HAYMON taschenbuch 197

LAND KÄRNTEN
Kultur

Gedruckt mit freundlicher Unterstützung durch die
Kulturabteilung des Landes Kärnten.

MIX
Papier aus verantwortungsvollen Quellen
FSC® C083411

Auflage:
4 3 2
2019 2018 2017 2016

HAYMON tb 197

Originalausgabe

www.haymonverlag.at

ISBN 978-3-7099-7824-5

Umschlag- und Buchgestaltung nach Entwürfen von
hœretzeder grafische gestaltung, Scheffau/Tirol
Umschlag: Eisele Grafik · Design, München,
unter Verwendung eines Fotos von: Robert Telsnig/CarinthiaPress
Satz: Da-TeX Gerd Blumenstein, Leipzig
Autorenfoto: Ingrid Kuehs

Gedruckt auf umweltfreundlichem,
chlor- und säurefrei gebleichtem Papier.

Wilhelm Kuehs

Wer zuletzt lacht

Ein Kärnten-Krimi

Wilhelm Kuehs

Wer zuletzt lacht

Kapitel 1

1

Ernesto Valenti lehnte sich in seinem Drehsessel zurück und schloss die Augen. Als er wieder hinsah, zeigte die Uhr rechts unten auf dem Bildschirm 20 Uhr 43. Ganz freiwillig hatte Ernesto den Journaldienst in der Redaktion der Kärntner Tagespost nicht übernommen. Winfried Auer, der Chef der Lokalredaktion, hatte ihn vor die Wahl gestellt. „Entweder fährst du nach Villach zur Promisitzung, oder du richtest das Faschingsspecial ein."

Bevor sich Ernesto die dümmlichen Witze und geschmacklosen Auftritte von übergewichtigen Männern in Damenunterwäsche live zu Gemüte führte, saß er lieber hier in der verlassenen Redaktion. Der Andruck war auf 23 Uhr verschoben. Mehr als genug Zeit, wenn sich alle an den Plan hielten.

Im Moment war die TV-Aufzeichnung der Promisitzung in Villach in vollem Gang. Danach gab es wie jedes Jahr einen Empfang des Bürgermeisters mit Heringsschmaus, Ansprachen und Ehrungen.

Die vier Seiten waren vorbereitet. Ernesto hatte ein Hauptfoto und drei kleinere Fotos eingeplant. Neben dem Bericht aus Villach plante Ernesto kleinere Berichte über die Faschingssitzungen in den Bezirken. Das Material hatte Ernesto über die letzten Tage und Wochen in einem Ordner gesammelt.

„Die Faschingssitzung in Feldkirchen war ein voller Erfolg", schrieb der Mitarbeiter. „Beim Auftritt des Stadtsandlers bogen sich die Bänke vor Lachen." Ernesto knurrte. Freilich, die Bänke bogen sich vor

Lachen, aber die Stühle haben nur gekichert. Solche Scherzkekse.

Als Ernesto die Datei mit den besten Sprüchen öffnete, grummelte er. Schon den ersten fand Ernesto weder lustig noch besonders geschmackssicher: „Welche vier Tiere braucht eine Frau unbedingt? Einen Jaguar in der Garage, einen Nerz im Schrank, außerdem einen Hengst im Bett und einen Esel, der das alles bezahlt."

Ernesto scrollte weiter nach unten, die Witze wurden nicht besser. Also keine Sprüche aus Feldkirchen. Die Fotos waren teils unscharf und allesamt unterbelichtet. Ernesto zog sie in den Fotokorb. Er würde später entscheiden, welches davon am wenigsten schlimm war.

Die Sprüche aus St. Veit waren auch alle nicht besonders fein. Das übliche Foto von den Gardemädchen, auf denen sie die Beine nach oben warfen und man ihre Unterhosen sehen konnte, löschte Ernesto. Das war ein beliebtes Fotomotiv bei Faschingssitzungen, aber Ernesto fand es völlig unpassend für die Kärntner Tagespost. Er nahm ein Foto von einem Büttenredner, der eine Fahne schwenkte, und aus Wolfsberg stellte er ein Foto vom Tanz des Elferrates in den Rahmen.

Draußen explodierte ein Schweizerkracher, und Ernesto zuckte zusammen. Er trat ans Fenster und sah hinunter auf den Völkermarkter Ring. Ein Trupp verkleideter Gestalten trat gerade aus dem Park und ging Richtung Süden davon. Ernesto sah, wie ein Clown etwas auf die Straße warf. Ein weiterer Knall.

„Sehr lustig", murmelte Ernesto und ging zurück an den Schreibtisch. Jetzt war es halb zehn. Leute, beeilt euch, sonst stehen die Druckmaschinen, und ich möchte nicht wissen, was das kostet. Ernesto schnappte sich sein Mobiltelefon und ging hinauf auf die Dachterrasse.

Es war eine windstille Nacht über Klagenfurt. Von der Innenstadt her hörte Ernesto Gejohle und Musik. Er zog den Reißverschluss des Anoraks bis zum Kinn herauf zu und zündete sich eine Zigarette an. Er versuchte, Markus am Mobiltelefon zu erreichen, landete aber zweimal hintereinander in der Sprachbox. Wenn man im Dienst ist, schaltet man sein Mobiltelefon nicht aus. Musste man das wirklich jedem Mitarbeiter extra sagen?

Die Kälte brannte auf Ernestos Gesicht. In den letzten Tagen war die Temperatur gefallen. Bis Weihnachten hatte es so ausgesehen, als ob der Winter dieses Jahr nicht bis ins Tal herunterkommen würde. Aber dann, nach Neujahr, hatte es zu schneien begonnen.

Ernesto schnippte die Zigarette über die Brüstung und sah ihr nach, wie sie als Ministernschnuppe durch die Luft flog. Dann ging er wieder hinunter in die Redaktion. Im Mailprogramm hatte sich nichts getan. Ernesto sah sich die Notizen zu einer Geschichte über ein neues Tourismusprojekt am Nassfeld durch.

Die Presseaussendung des Tourismusreferates der Kärntner Landesregierung war gelinde gesagt schwammig und verwirrend. Abgesehen davon, dass nirgends eine Investitionssumme genannt wurde, fand Ernesto auch nicht heraus, wer an diesem Projekt beteiligt war, geschweige denn, wer das Projekt leitete.

In den letzten Jahren hatte das Land Kärnten eine kaum zu überblickende Anzahl von Gesellschaften gegründet, die sich zwar zu hundert Prozent im Eigentum des Landes befanden, aber sonst als eigenständige Unternehmen agierten. Eine dieser Gesellschaften war die Tourismusförderungsholding GmbH. Die schien eine führende Rolle bei dem Projekt am Nassfeld zu spielen, auch wenn aus der Presseaussendung nicht hervorging, worin diese Rolle bestand. Der Geschäftsführer der „Agentur für Fortschritt und Entwicklung", ein gewisser Ulrich Wiegele, stand laut Bildunterschrift auf dem Pressefoto neben dem Landeshauptmann. In der Presseaussendung wurde aber weder der Geschäftsführer noch die Agentur erwähnt.

Ernesto notierte sich diese Ungereimtheiten. Das Durcheinander von Beteiligungen an dem Tourismusprojekt bedeutete vielleicht nur, dass man alle politischen Lager zufriedenstellen wollte. Hier ein Posten für diese Partei und da ein Auftrag für eine andere. Es konnte aber noch etwas ganz anderes dahinterstecken.

Der Liste an Fragen fügte Ernesto eine Liste von Namen bei. Bürgermeister, Gesellschafter und Geschäftsführer. Einige davon würde er nächste Woche anrufen. Aber jetzt war es langsam Zeit für die Geschichte aus Villach.

Es war zehn nach halb elf. Was dauerte an einem Mail mit ein paar Namen so lange? Und wo blieben die Fotos? Ernesto klickte noch einmal auf den Senden/Empfangen-Button, aber da kam keine Nachricht.

Das Mobiltelefon piepste und quengelte.

„Was ist los?", blaffte Ernesto.

„Es ist eine Katastrophe", sagte Markus.

„Wann, zum Henker, bekomme ich den Text?"

„Du musst sofort nach Villach kommen." Markus' Stimme zitterte. „Sofort."

„Sonst geht's dir aber gut. Ich brauch den Text, und zwar vor zehn Minuten. Wo ist der Fritz mit den Fotos? Was macht ihr da oben? Eine Party?"

„Der Fritz, der ist drinnen im Saal beim Bürgermeister."

„Ja und? Was macht er da? Die Bilder, ich warte auf die Bilder."

„Er fotografiert", sagte Markus.

„Was, zum Teufel, fotografiert er jetzt noch? Weißt du, wie spät es ist? Wenn ich die Sachen jetzt nicht auf der Stelle bekomme, dann müssen die in der Druckerei warten, und ich hör mir den Anschiss morgen in der Früh nicht an."

„Er fotografiert den toten Bürgermeister."

Ernesto hielt für einen Moment den Atem an. „Was hast du gesagt?", fragte er dann.

„Der Bürgermeister liegt tot am Boden", sagte Markus. „Die Rettung, der Notarzt und die Polizei sind schon da. Das ist nicht lustig."

„Ist die Kriminalpolizei auch schon da?", fragte Ernesto.

„Keine Ahnung. Ich sag doch, du musst nach Villach kommen."

„Scheiße." Ernesto packte seine Jacke und rannte los. „Bin schon unterwegs. Fritz soll weiter fotografieren."

2

„Ja, Genaueres weiß ich noch nicht, aber wir brauchen die Titelseite." Ernesto bog gerade auf die Autobahnauffahrt Richtung Villach und hatte Winfried Auer in der Leitung.

„Schick den Markus in die Redaktion. Ich ruf in der Druckerei an", sagte Auer.

„Schafft der das? Am Telefon hat er ziemlich verzweifelt geklungen."

„Ein paar Seiten umzeichnen? Ich denke, das wird gehen. Halt mich auf dem Laufenden."

Ernesto legte auf und schob die CD ins Autoradio. Dr. Kurt Ostbahn sang: „I hob an Glückstern, nua leuchtn tuat er net für mi. I hob mehr des Pech pocht, weil mei Stern do drobn is hin."

Die Blechstimme des Navis mischte sich ein und verkündete: „Bis zur Abfahrt Villach-Faaker See auf der A2 bleiben."

Bis dahin hätte Ernesto auch ohne Navi gefunden. Sorgen machte ihm der Rest der Strecke. In Villach verfuhr er sich regelmäßig. Die Faschingssitzung fand im Congress-Center direkt an der Drau statt. Ernesto wusste, wo sich das Congress-Center befand. Er hatte sogar eine Vorstellung, wie das Gebäude aussah, aber er hatte keine Ahnung, wie er dort hinfinden sollte.

Links sah er jetzt den Wörthersee, und dahinter leuchtete der neue Aussichtsturm auf dem Pyramidenkogel. Die Leute können sagen, was sie wollen, aber der Turm ist hässlich, eine phallische Spirale aus Holz um acht Millionen Euro, die sich hundert Meter in die Höhe schraubt. Acht Millionen Euro, da haben ein paar Leute aber ziemlich hell leuchtende Glückssterne.

Ernesto konzentrierte sich darauf, was ihn in wenigen Minuten erwartete. Eine Leiche, ein toter Bürgermeister. Gestorben beim Empfang nach der Fernsehsitzung des Villacher Faschings. Eine Riesenschlagzeile. Fritz Hochegger hatte die Leiche sicher fotografiert, das Chaos und die Arbeit des Notarztes. Solche Fotos hatte keine andere Zeitung.

„Verlassen Sie die Autobahn bei der Ausfahrt Villach-Faaker See“, meldete sich das Navigationsgerät. „Biegen Sie rechts ab. Folgen Sie der B84 bis zur Ossiacher Zeile.“

Schön, dachte Ernesto, probieren wir es.

„Biegen Sie rechts ab auf die Maria-Gailer-Straße B84“, sagte das Navi kaum zwei Minuten später.

„Jetzt widersprichst du dir“, sagte Ernesto. „Ossiacher Zeile oder Maria-Gailer-Straße.“ Er fuhr an den Straßenrand und sah sich die Karte am Navi an. Ah, die Maria-Gailer-Straße war die B84. Ernesto prägte sich den Rest der Strecke ein, und nach einiger Zeit sah er das Congress-Center schon vor sich, fuhr aber daran vorbei und parkte in der Nähe.

Er atmete durch, bevor er ausstieg. Vom Parkplatz aus sah er das Blaulicht direkt vor dem Eingang. Der Einsatz war schon im Gange, und nur wenn er Glück hatte, kam er überhaupt in den Festsaal, in dem der Empfang stattgefunden hatte.

Als Ernesto auf das Congress-Center zuging, bemerkte er einen Notarztwagen und drei Streifenwagen in der abgesperrten Einfahrt. Links vom Eingang stand eine Menschentraube. Frauen und Männer in Abendkleidung, dicht aneinandergedrängt, einige mit Zigaretten in den Händen. Die Polizisten kümmerten sich nicht um die Leute, und immer wieder ging einer durch die Glastür in die Vorhalle.

Etwa zwei Minuten stand Ernesto im Schatten einer Mauer und beobachtete. Dann setzte er sich in Bewegung. Schon hatte er sich der Menschentraube angeschlossen, arbeitete sich nach vorne durch und ging entlang der Wand zum Eingang. In der Vorhalle war es ruhig, nur an der Treppe zum ersten Stock standen zwei Beamte. Die große Tür zum Saal im Erdgeschoss war weit geöffnet. Von seinem Platz aus erkannte Ernesto die spärlich beleuchtete Bühne, wo ein Arbeiter den Boden wischte.

„Wohin wollen Sie?“, fragte der Polizist am Fuß der Treppe.

„Valenti, Kärntner Tagespost“, sagte Ernesto und hielt dem Polizisten sein Notizbuch entgegen.

Die Beamten ließen ihn durch, und er hastete die Treppe hinauf. Er suchte Markus, sah ihn aber nirgends. Als er das Absperrband der Polizei hochhob, packte ihn jemand am Arm. Er drehte sich um und sah Major Horst Steinkellner ins Gesicht.

„Valenti.“ Steinkellner schüttelte den Kopf. „Sie können nicht einfach so hier hereinplatzen.“

„Mit Ihrer Erlaubnis“, antwortete Ernesto.

„Warten Sie einen Moment. Die Spurensicherung.“

„Können Sie schon etwas sagen?“

„Nein. Warten Sie einfach hier.“ Ohne Ernesto noch einmal anzusehen, ging Steinkellner davon.

Ernesto schnaufte und streckte sich. Da vorne standen zwei Sanitäter und der Notarzt. Steinkellner steuerte auf sie zu, und Wolfgang Havlicek, der Chef der Spurensicherung, erhob sich gerade vom Boden.

Ernesto spürte eine Berührung an der Schulter. Er wirbelte herum. Markus war etwas blass um die Nase, und wenn Ernesto nicht alles täuschte, dann bedeckte ein leichter Anflug von ungesundem Grün die Wangen seines Kollegen.

„Ich habe alles gesehen. Ich war am Nebentisch. Das war gleich, nachdem sie den Heringssalat serviert haben. Da ist er plötzlich zusammengebrochen. Direkt mit dem Gesicht in den Teller.“

„Mit dem Gesicht im Teller“, sagte Ernesto.

„Ja. Fritz hat ein Foto davon.“

Ernesto zog eine Augenbraue hoch. Selbstverständlich hatte Fritz ein Foto davon. Eine ganze Fotoserie. Wie das wohl ankommen würde? Der tote Bürgermeister mit dem Gesicht im Heringssalat auf der Titelseite?

„Übernimmst du jetzt bitte. Mir ist schlecht. Ich glaub, ich geh jetzt kotzen", sagte Markus.

„Mhmm", machte Ernesto.

„Diese Krawallgeschichten, das ist echt nichts für mich."

„Wenn du mit dem Kotzen fertig bist, fährst du in die Redaktion und baust die Seiten um. Wir brauchen eine neue Titelseite. Fritz mailt dir ein brauchbares Foto. Und die zwei Seiten, die noch offen sind, die kannst du vom Layout grundsätzlich so lassen. Ich ruf dich in einer halben Stunde an und diktier dir den Text. Mit Auer ist das schon abgesprochen."

3

„Ich werde ihn jetzt für tot erklären", sagte der Notarzt zu Major Steinkellner.

Ernesto stand neben Steinkellner und sah auf die Leiche. Der Bürgermeister lag auf dem Rücken, die Arme ausgestreckt. Das Hemd über seiner Brust musste jemand mit Gewalt aufgerissen haben. Die Pads des Defibrillators klebten noch auf der Haut.

„Als Todesart gebe ich unnatürlicher Tod an", fuhr der Notarzt fort. „Genau kann ich das jetzt nicht sagen. Aber es würde mich nicht wundern, wenn der Pathologe eine Vergiftung feststellt."

Steinkellner nickte, bemerkte Ernesto und warf ihm einen strafenden Blick zu.

„Dann haben wir hier also einen Mord", sagte Steinkellner. „Na, bravo." Er drehte sich zu einem Beamten um. „Nehmen Sie die Personalien aller Anwesenden auf, und sorgen Sie dafür, dass niemand den Saal verlässt."

Die Sanitäter räumten ihre Gerätschaften zusammen, und der Notarzt kritzelte seine Unterschrift auf den Totenschein. Havlicek beäugte das missmutig.

„Ich kann auch nichts dafür", sagte einer der Sanitäter, als er Havliceks Gesichtsausdruck bemerkte. „Sollen wir ihn krepieren lassen, nur damit wir keine Spuren verwischen?"

Havlicek brummte etwas Unverständliches und fuchtelte mit den Armen, als wolle er die Sanitäter so verscheuchen. Dann ging er in die Hocke und besah sich die Leiche.

Ernesto machte ein paar Schritte zur Seite, um den Sanitätern nicht im Weg zu stehen. Er fragte sich schon die ganze Zeit, wo eigentlich sein Fotograf steckte. Fritz war sicher nicht gegangen, aber hier im Saal war er auch nicht. Die hochgewachsene, hagere Gestalt, die unvermeidliche ärmellose Jacke und vor allem die riesige Spiegelreflexkamera konnte man unmöglich übersehen. Und gerade jetzt wäre ein guter Zeitpunkt, noch ein paar Fotos zu schießen. Ernesto nestelte an seinem Mobiltelefon herum. Das Ding hatte eine Kamera, aber Ernesto hatte sie erst ein- oder zweimal benutzt. Er wusste kaum, wie man sie einschaltete, deshalb wischte er auf dem Display herum, klickte irgendwelche Apps an, und dann, er wusste nicht warum, sah er plötzlich, dass sich die Kamera aktiviert hatte. Als er das erste Foto schießen wollte, läutete das Telefon.

„Das kannst du dir sparen, du Amateur", sagte Fritz Hochegger. „Ich habe alles fotografiert. Auch dich."

„Wo bist du?“

„Schau nach oben.“ Hochegger winkte Ernesto von der Brüstung der Galerie. „Ich hab jedes Detail.“

„Dann schick Markus ein Foto für die Titelseite und ein paar für den Bericht. Aber nicht die Leiche.“

„Ich weiß“, sagte Hochegger gedehnt. „Nicht die Leiche, niemals die Leiche. Ich werd es nie verstehen.“

Ernesto beobachtete die Leute von der Spurensicherung, die ihre Markierungen platzierten und den Tatort vermaßen. Die Leiche des Bürgermeisters lag gleich neben dem umgekippten Stuhl. Der Bürgermeister hatte am Kopf des Tisches gesessen. „Bgm. Alois Guggenbichler“, stand auf dem Tischkärtchen, auf dem eine Erbse aus dem Heringssalat klebte. Links und rechts die Reihe der Ehrengäste. Ernesto las die Aufschriften auf den Tischschildern. Hilde Guggenbichler, die Frau des Bürgermeisters. Ulrich Wiegele, Prinz Fidelius LX, Ihre Lieblichkeit Carmen XII. Ernesto notierte sich die Namen. Auf der rechten Seite begann die Sitzordnung mit Jacqueline Moser. Beim dritten Platz in der rechten Reihe stutzte Ernesto. Boris Godunow, der russische Bordellbetreiber, am Ehrentisch des Bürgermeisters. Neben dem Russen noch drei Landtagsabgeordnete.

„Nicht! Sind Sie verrückt?“, schrie Havlicek, als sich Ernesto über den Tisch beugte, um zu sehen, was es zu essen gegeben hatte.

„Was?“

„Der Heringssalat“, sagte Havlicek. „Ich nehme an, es war der Heringssalat.“

„Ich will ihn ja nicht essen“, sagte Ernesto.

„Trotzdem, mit Cyanid ist nicht zu spaßen. Ich nehme an, in dem Heringssalat werden wir Kaliumcyanid finden. Riecht es nach Bittermandeln?“

Ernesto fächelte sich die Luft zu, wie er es vor Jahren im Chemieunterricht gelernt hatte.

„Schwach“, sagte er.

Havlicek nickte.

„Aber das müsste Guggenbichler doch gerochen haben.“

„Nicht unbedingt. Nur ungefähr dreißig Prozent der Menschen können das riechen.“

„Ich dachte immer, Bittermandelgeruch ist ein untrügliches Zeichen für eine Blausäurevergiftung“, sagte Ernesto.

„Ist es, ganz richtig. Aber das können eben nicht alle Menschen wahrnehmen. Eine genetische Abweichung.“

„Verstehe.“ Ernesto blieb am Tisch stehen und prägte sich das Bild ein. Der Tisch war hastig verlassen worden. Der Stuhl der Frau Bürgermeister war nach hinten gekippt. Wahrscheinlich war sie aufgesprungen, um ihrem Mann zu helfen. Stoffservietten lagen am Boden, über einer Stuhllehne hing ein Sakko, und die Weinkaraffe am unteren Ende des Tisches hatte jemand umgestoßen. Der Wein tropfte immer noch aus dem vollgesogenen Tischtuch.

Die Gäste hatten die Schüsseln mit dem Heringssalat weit von sich geschoben. Eine Schüssel lag zerbrochen am Boden, und der Heringssalat bildete eine violette Pfütze.

„Färbt Blausäure den Heringssalat violett?“, fragte Ernesto.

„Wieso?“ Havlicek kam näher und sah, was Ernesto meinte. „Nein, das ist sicher nicht vom Cyanid. Der Heringssalat da ist ganz normal.“ Havlicek zeigte auf die Schüssel, die am Platz des Bürgermeisters stand.

Der Heringssalat des Bürgermeisters war der einzige, der nicht violett eingefärbt war.

„Valenti, wenn Sie schon am Tatort herumstiefeln müssen, dann lassen Sie wenigstens die Leute in Ruhe arbeiten." Steinkellner nahm Ernesto an der Schulter und drängte ihn vom Tisch weg. „Sie kontaminieren den Tatort."

„Ha", machte Ernesto. „Sicher. Ist Ihnen der Heringssalat da schon aufgefallen?"

„Was soll damit sein?"

„Er ist violett."

„Und?"

„Der Heringssalat des Bürgermeisters ist ganz normaler Heringssalat, offenbar vergiftet. Aber der Rest hier am Tisch ist violett. Was hat das zu bedeuten?"

Steinkellner schwieg und ließ seinen Blick von einer Schale zur anderen wandern. „So wusste der Mörder, welchen Heringssalat er vergiften musste", sagte er nach einer Weile. „Aber warum hatte der Bürgermeister einen anderen Heringssalat?"

„Das ist die Frage", sagte Ernesto. „Wer hat den Heringssalat geliefert?"

Havlicek zeigte mit der ausgestreckten Hand auf eine Seitentür. Dort stand ein Cateringwagen aus Edelstahl. Auf der Seitenfläche prangte ein Aufkleber: Bio-Catering Wulz.

Noch bevor Steinkellner reagieren konnte, hatte sich Ernesto schon in Bewegung gesetzt. Er schlängelte sich zwischen Stühlen und Tischen hindurch und steuerte direkt auf die Frau in der weißen Schürze zu.

„Ich nehme an, Sie sind hier für das Catering zuständig", begann Ernesto. Er las das Namensschild auf ihrer Bluse. Isabella Wulz.

„Wir haben den Heringssalat und das Gebäck geliefert“, antwortete sie.

„Und warum haben Sie zwei unterschiedliche Arten von Heringssalat geliefert?“

„Eigentlich nicht.“

„Wie meinen Sie das?“

Steinkellner hatte Ernesto mittlerweile eingeholt.

„Es wurde rheinischer Heringssalat bestellt. Wegen der Abordnung aus Mainz. Aber eine Portion, das war ausdrücklich auf der Bestellung vermerkt, sollte traditioneller Kärntner Heringssalat sein.“

„Warum?“, meldete sich Steinkellner.

„Ich nehme an, der Kärntner Heringssalat war für den Bürgermeister.“

„Mochte der Bürgermeister den rheinischen Heringssalat nicht?“, fragte Ernesto. „Ich könnte es verstehen, bei der Farbe.“

„Aber nein. Im rheinischen Heringssalat sind neben den roten Rohnen Nüsse, und das weiß doch jeder, dass der Bürgermeister darauf allergisch ist.“

„War“, korrigierte Ernesto, mit dem Erfolg, dass Isabella Wulz Tränen in die Augen traten. Steinkellner stieß ihm mit dem Ellenbogen in die Rippen.

„Wann haben Sie denn geliefert?“, fragte Steinkellner.

„Ich weiß nicht, lassen Sie mich nachdenken. So gegen halb neun waren wir sicher schon da.“

„Wer, wir?“, setzte Steinkellner nach.

„Meine Kellnerinnen und ich. Wir sind zu fünft. Dann haben wir den ersten Essenswagen mit dem Lift hier heraufbefördert, und dann den zweiten, und dann war ich noch kurz weg, um das Gebäck zu holen.“

„Und das Essen war dann unbeaufsichtigt?“

„Ja, mehr oder weniger", sagte sie.

„Es hat also jeder Zugang gehabt?"

„Warum fragen Sie das?"

„Ihnen ist nichts aufgefallen, als Sie das Essen servierten?"

„Was hätte mir auffallen sollen?"

„Der Heringssalat war sicher mit einer Folie oder so etwas abgedeckt", sagte Ernesto. „Nicht wahr? Und vielleicht ist Ihnen da etwas aufgefallen. Vielleicht war die Folie verrutscht oder hatte ein Loch oder so etwas in der Art."

Isabella Wulz sah Ernesto an. „Sie meinen, der Heringssalat hat etwas mit ... Das kann gar nicht sein. Um Gotteswillen." Die Frau wurde kreidebleich und hielt sich beide Hände vor den Mund. „Das glauben Sie doch selber nicht, dass ich ..."

„Beruhigen Sie sich", sagte Steinkellner. „Sie werden nicht als Beschuldigte geführt. Ich frage Sie nur, weil Sie zur Klärung des Sachverhalts beitragen können. Also, überlegen Sie. Sie sagen, der Essenswagen war unbeaufsichtigt? Die ganze Zeit über, oder war irgendwann jemand von ihren Leuten in der Nähe?"

„Ja, um halb neun haben wir das Essen gebracht. Dann bin ich noch einmal gefahren. Ich glaube nicht, dass in dieser Zeit jemand hier war. Und dann ... Die meiste Zeit waren wir da in der Nähe, haben alles vorbereitet. Die Tische gedeckt, und dann war da jemand vom Congress-Center, der die Getränke gebracht hat. Also irgendwie ..."

„In dieser Zeit, als Sie die Tische deckten, war da sonst noch jemand im Saal?"

„Im Saal glaube ich nicht, aber ich kann es nicht beschwören. Auf so etwas schaut man doch nicht."

4

„Mischen Sie sich ja nicht in meine Ermittlungen", zischte Steinkellner, als sie wieder zu Havlicek und der Leiche zurückgingen. „Was fällt Ihnen überhaupt ein, Fragen zu stellen? Sie sind ja völlig verrückt geworden."

„Ich bin Journalist", sagte Ernesto. „Es ist meine Aufgabe, Fragen zu stellen."

„Verschwinden Sie. Ich will Sie hier nicht mehr sehen, sonst lass ich mir wirklich etwas einfallen, um sie zu verhaften."

Ernesto winkte Hochegger, der immer noch an der Brüstung der Galerie stand und fotografierte. Dann schlüpfte er unter dem Absperrband durch und verschwand aus Steinkellners Blickfeld. Für den Artikel hatte er mehr als genug Informationen. Aber bevor er Markus anrief, wollte er sich noch kurz mit Hochegger unterhalten.

Sie trafen sich im Gang vor dem Saal, und Hochegger zeigte Ernesto ein paar Fotos auf dem Display seiner Kamera. Darunter waren ein paar brauchbare Porträts vom Bürgermeister und einige ziemlich spektakuläre Aufnahmen vom Notarzt und den Sanitätern.

„Das beste Foto aber ist das", sagte Hochegger und hielt Ernesto die Kamera hin. Eine Nahaufnahme vom Bürgermeister, wie er mit dem Gesicht im Heringssalat liegt.

„Du weißt doch genau ..." Weiter kam Ernesto nicht.

„Warte einen Moment. Da passiert gerade etwas", unterbrach ihn Hochegger und zog ihm die Kamera unter der Nase weg.

Einige uniformierte Beamte hatten den Saal betreten und wiesen die Gäste an, sich in einer Reihe aufzustellen. Havlicek hatte sich an einem Tisch positioniert und nahm gerade einer Frau die Handtasche ab. Er leerte den Inhalt auf den Tisch und pickte sich einen Lippenstift und ein Parfumfläschchen heraus.

Hochegger fotografierte.

Der nächste in der Reihe musste seine Hosensäcke ausleeren, und ein Beamter tastete ihn ab.

„Die suchen den Behälter für die Blausäure", sagte Ernesto.

„Glaubst du, ich kann gleich die Verhaftung fotografieren?"

„Hochegger, geben Sie die Speicherkarte heraus." Steinkellner tauchte neben ihnen auf.

„Ich denke ja gar nicht daran."

„Wenn Sie die Fotos veröffentlichen, gefährden Sie die Ermittlungen. Ich beschlagnahme die Speicherkarte hiermit. Also ..."

„Das können Sie nicht machen, Steinkellner", mischte sich Ernesto ein. „Das ist ein Verstoß gegen die Pressefreiheit. Außerdem brauchen Sie einen Gerichtsbeschluss."

„Ich halte Sie beide so lange hier fest, bis der Staatsanwalt da ist, dann werden wir ja sehen."

„Die Ermittlungen gefährden", sagte Hochegger. „Sie wissen doch genau, dass das nicht passiert. Das ist ja fadenscheinig."

„Geben Sie mir die Speicherkarte", wiederholte Steinkellner.

Hochegger schnaufte.

„Das ist ja lächerlich", sagte Ernesto. „Das ist absolut lächerlich, und das wissen Sie auch."

Steinkellner zog sein Mobiltelefon aus der Tasche.

„Ich gebe Ihnen noch eine Chance, Hochegger. Händigen Sie mir sofort die Speicherkarte aus, oder ich rufe den Staatsanwalt an, und dann sitzen Sie hier für den Rest der Nacht fest."

„Gott im Himmel", stöhnte Hochegger, verdrehte die Augen und öffnete das Fach für die Speicherkarte. „Da haben Sie sie."

„Ich verweise Sie des Tatorts. Verlassen Sie das Congress-Center auf der Stelle", sagte Steinkellner und steckte die Speicherkarte ein.

Ernesto schüttelte den Kopf und ging. Hochegger folgte ihm grinsend.

„Was ist daran so lustig?", fragte Ernesto, als sie den Ausgang erreicht hatten. „Jetzt haben wir nicht einmal ein Foto."

„Aber Quatsch. Was glaubst du, was ich Steinkellner gegeben habe?"

„Die Speicherkarte?"

„Natürlich hat er jetzt eine Speicherkarte. Aber ich bin doch nicht blöd. Ich mach immer ein Live-Backup." Hochegger klopfte auf den Akku, den er wie eine Umhängetasche an der Seite trug. „Auf der anderen Speicherkarte sind genau die gleichen Fotos."

Kapitel 2

5

Den Geschmack der durchwachten Nacht noch auf der Zunge, blätterte Ernesto in der aktuellen Kärntner Tagespost. Er wollte sehen, wie sich das Bild von den Sanitätern, die sich über den sterbenden Bürgermeister beugen, auf der Doppelseite machte. Vom Bürgermeister war kaum etwas zu sehen. Nur die Beine mit voneinander wegweisenden Schuhspitzen und ein Teil der rechten Schulter wurden nicht von den Sanitätern verdeckt.

Der ORF brachte die Meldung vom Tod des Villacher Bürgermeisters zwar seit vier Uhr früh in den stündlichen Nachrichten, aber das war keine Konkurrenz. Keine andere Zeitung hatte die Geschichte, nicht einmal als Einspalter, ganz zu schweigen von einer bebilderten Reportage vom Tatort.

Ernesto trank von seinem stark gezuckerten Kaffee und war sich sehr bewusst, dass die meisten Leser solche Überlegungen abartig finden. Den Bericht lesen sie aber trotzdem. Nein, nicht trotzdem, gerade deshalb. Weil sich hier Schaulust und Morbidität mit Information mischen. Die Menschen starren auch aus ihren Autos und fahren langsamer, wenn sie an einem Unfallort vorbeikommen. Gleichzeitig fasziniert und ängstlich beobachten die Passanten den Schrecken, die meisten jedenfalls.

Die Redaktionskonferenz begann in ungefähr fünf Minuten. Ernesto setzte sich und gähnte. Franziska Edlinger, die Politikchefin der Tagespost, sortierte Unterlagen und warf Ernesto einen Blick zu.

„Und? Wer war's, deiner Meinung nach?", fragte Edlinger.

„Du schreibst doch den Nachruf", antwortete Ernesto.

„Ich tippe auf den Vize."

„Welchen Grund hätte der?"

„Such dir einen aus", sagte Edlinger und zuckte mit den Schultern. „Als Bürgermeister machst du dir keine Freunde."

Die Eingangstür zur Redaktion flog auf und knallte mit der Schnalle gegen die Wand.

„Bin spät dran", begrüßte Winfried Auer die beiden. „Redaktionskonferenz in", er sah auf die Uhr, „zehn Minuten." Er verschwand in seinem Büro, lugte dann aber noch einmal aus der Tür. „Zyankali? Nett."

„Altmodisch, würde ich sagen", antwortete Ernesto, aber Auer hörte die Entgegnung nicht mehr. „Also der Vizebürgermeister", wandte sich Ernesto wieder an Edlinger. „Andere Partei?"

„Die vom LH", antwortete Edlinger. „Guggenbichler hat ihn bei der letzten Bürgermeisterwahl haushoch geschlagen."

„Wegen so was bringt man doch keinen um."

„Sagst du. Aber wenn man einander jeden Tag bis aufs Blut bekämpft – Mord kommt in den besten Ehen vor."

6

In der Redaktionskonferenz ging es nur ganz am Anfang um den Tod des Bürgermeisters. Auer erledigte die Angelegenheit, indem er sie Ernesto übergab. „Was auch immer, wie auch immer. Ernesto ist der Knotenpunkt für alles, was mit dem BGM zu tun hat", sagte er.

„Und wann ernennst du ihn zum Leiter des Mordressorts?", fragte David Simon.

„Ich dachte, das hast schon du inne", sagte Ernesto. „Oder was glaubst du, um was es im Wirtschaftsressort geht?"

„Kommunist."

„Kapitalist."

„Und jetzt ist Schluss", fuhr Auer dazwischen. „Wir machen hier eine Zeitung, ihr Kasperln. David, was ist mit der Schließung der Kärntenbräu?"

„Pressekonferenz des Betriebsrates heute 11 Uhr. Aber ich kann dir jetzt schon sagen, dass da nichts Gescheites herauskommt."

„Hat das Land da nicht vor Kurzem investiert?"

„1,8 Millionen Euro vor zwei Jahren. Eine neue Abfüllanlage, als die Firma von einem deutschen Konzern aufgekauft wurde. Die haben das Geld verpulvert, und jetzt hauen sie den Hut drauf", sagte Simon.

„Okay, kommt auf die vier und fünf. Außer es gibt etwas Sensationelles beim Bürgermeister", sagte Auer.

„Glaub ich eher nicht", meinte Ernesto.

„Dann haben wir auf der Einser im Lokalteil die Geschichte von dem Hundevergifter. Steht die Story?" Auer sah die zuständige Redakteurin an.

„Zwei tote Hunde, ein Labrador und ein Spitz, fünf weitere von Tierärzten gerettet", sagte die Redakteurin. „Hab Interviews mit dem Tierarzt des Tierschutzhauses, dem Polizeisprecher, und wir machen am Vormittag noch eine Sechserumfrage auf dem Kreuzbergl."

„Spar dir die Umfrage für übermorgen. Wir werden die Geschichte nicht so schnell verheizen“, sagte Auer und machte weiter.

Ernesto klinkte sich an diesem Punkt aus der Konferenz aus. Er schloss kurz die Augen und spürte die Müdigkeit. Er kramte seine Sachen zusammen, nickte Auer zu und ging. Draußen schnappte er sich seine Zigaretten und sein Mobiltelefon und ging auf die Dachterrasse.

Im Pullover stand Ernesto an der Brüstung und zog die Schultern hoch. Auf den Kieseln hatte sich in der Nacht eine dünne Schneekruste festgesetzt. Ernesto blies den Rauch durch die Nasenlöcher aus, kniff die Augen zusammen und wandte sein Gesicht in den kalten Wind. Von gestern hing noch der Geruch von Feuerwerkskörpern in der Luft.

Vermutlich hatte es keinen Sinn, Steinkellner jetzt anzurufen. Was würde er schon sagen? Dass es noch keine Ergebnisse gab? Dass die Ermittlungen in vollem Gange waren? Sehr wahrscheinlich, ja. Dennoch klappte Ernesto die Schutzhülle seines Mobiltelefons auf und suchte nach Steinkellners Nummer.

„Valenti hier, guten Morgen.“

„Ich habe nichts für Sie. Warten Sie auf die Pressemeldung.“

„Können Sie das mit dem Zyankali bestätigen?“, fragte Ernesto.

„Wieso? Sie haben es doch schon geschrieben. Was fragen Sie mich nach Dingen, die Sie schon wissen?“ Steinkellner wurde lauter.

„Ich habe geschrieben mutmaßlich“, sagte Ernesto. „Und diese Mutmaßung kam nicht von mir, sondern von Ihrem Kollegen Havlicek.“

„Havlicek mutmaßt nicht.“

„Jedenfalls hat er mich auf den Bittermandelgeruch aufmerksam gemacht. Hat denn das Handtaschenausleeren etwas gebracht?“

„Lesen Sie die Pressemeldung“, sagte Steinkellner und legte auf.

Ernesto rauchte seine Zigarette zu Ende und ging wieder zurück in die Redaktion. Auf dem Weg dorthin steckte er seinen Kopf noch in das Büro des Kulturredakteurs. Čertov hatte darauf bestanden, ein Büro direkt unter dem Dach, weitab vom Großraumbüro der Lokalredaktion, zu bekommen.

„So wird das nie etwas mit deiner Versetzung in die Kultur“, sagte Čertov.

„Na, was soll ich machen?“

„Dich nicht einmischen.“

„Ah, du bist lustig“, sagte Ernesto.

„Und Arbeit abwälzen. Apropos Arbeit abwälzen. Der Villacher Fasching gibt doch sicher auch etwas für die Kulturseite her. Mach mir eine Reportage für übermorgen. Du weißt schon, über die Entstehung, die Wurzeln, anthropologische Hintergründe. Aber lesbar, bitte. Keine Abhandlung.“

„Dann musst du das schon selber schreiben“, sagte Ernesto und zog die Tür hinter sich zu. Eine Reportage, ja genau, als ob er sonst nichts zu tun hätte.

Natürlich würde er die Reportage schreiben, heute Abend, morgen irgendwann, aber im Moment hatte er ein größeres Problem: zwei leere Seiten im Lokalteil, die er mit einer Geschichte über den Tod des Bürgermeisters füllen musste. Die Stellungnahme des LH hatte er schon seit acht Uhr im Mailordner, und nach und nach trafen auch öffentliche Beileidsbekundungen von Landesräten, Parteiobmännern und Bürgermeistern ein. Mit dem Nachruf von Franziska war der

Job erledigt, aber Ernesto wollte nichts überstürzen. Vielleicht ergab sich im Lauf des Tages noch etwas.

Franziska Edlinger saß schon wieder auf ihrem Platz, als Ernesto in die Redaktion kam.

„Der Vizebürgermeister“, begann Ernesto.

„Samonig, Kurt Samonig.“

„Ja, gibt es irgendeinen konkreten Anlass, dass du den Vize verdächtigst?“

„Mehrere“, sagte Franziska. „Aber die Sache mit dem Einkaufszentrum, die könnte schon eskaliert sein. Der Vize macht sich seit Jahren für die Widmung eines Grundstückes als Gewerbefläche im Süden von Villach stark. Die Stadt soll dort ein neues Einkaufszentrum errichten.“

„Die Stadt soll errichten?“

„Das wäre dem Vize am liebsten, aber auch mit der Widmung wäre er schon glücklich. Sicher ist, dass er dabei zumindest mittelbar profitieren würde. Sein Cousin könnte das Baumanagement übernehmen. Eine ziemlich lukrative Sache.“

„So etwas muss man doch ausschreiben.“

„Spiel nicht den Naiven. Natürlich muss man so etwas ausschreiben. Und? In Wirklichkeit kommen doch immer die gleichen drei oder vier Generalunternehmer zum Zug, und jeder von denen hat ausgezeichnete Verbindungen zur Politik.“

„Sag einmal, nur grob geschätzt, um welche Summe könnte es da gehen?“

„Ein zweistelliger Millionenbetrag.“

„Und für den Vize?“

„Na, Genaues weiß man nicht“, sagte Edlinger. „Aber eine Provision wird schon herausschauen für ihn, eine Kickbackzahlung für die Partei versteht sich eh von selbst.“

„Und der Bürgermeister wollte nicht?“

„Komisch, oder? Aber Guggenbichler hatte sich in den Kopf gesetzt, kein weiteres Einkaufszentrum in der Peripherie zuzulassen. Er arbeitete an einem Konzept zur Belebung der Innenstadt, wie das so schön heißt, und wenn du mich fragst, sieht das so aus, als könnte es funktionieren. Keine Subventionen für Handelsketten, dafür Mietzuschüsse für Kleinbetriebe. Lenkung des Branchenmixes durch das Stadtmarketing und ein Konzept für die Werbung, das vom Christkindlmarkt bis zum Sommershopping alles abdeckt.“

„Ich weiß ja nicht.“ Ernesto machte ein skeptisches Gesicht. „Da muss schon noch etwas gewesen sein.“

„Soll schon mehr Morde wegen weniger Geld gegeben haben.“

„Wegen weniger Geld, genau. Überleg einmal. Für hundert Euro und für weniger, da wird schon einmal jemand umgebracht, aber wenn es um Millionen geht ...“ Ernesto schüttelte den Kopf. „Nein, dann eher nicht.“

7

Gegen elf Uhr war Ernesto mit seinen Seiten fertig. Dann fuhr er nach Villach, um mit Markus essen zu gehen, aber Markus saß noch im Regionalbüro und bastelte an seinem dreiseitigen Regionalteil. Er wollte mit einer Umfrage zum Tod des Bürgermeisters unter den Regionalpolitikern und Prominenten aufmachen. Beileidsbekundungen und die üblichen Stehsätze, welch engagierten Politiker man nicht verloren habe.

Ernesto runzelte die Stirn. Grundsätzlich war es kein Problem, wenn Markus und er sich die Statements aufteilten. Auf der Regionalseite die Leute aus der Stadtregierung und dem Gemeinderat, ein paar Prominente vielleicht, und auf den Lokalseiten der LH und die übrigen Konsorten. Doch besonders begeistert war er davon nicht.

„Was Besseres ist dir nicht eingefallen?“ Ernesto beugte sich über den Schreibtisch und las die Beileidsbekundung des Vizebürgermeisters.

„Hast du etwas anderes?“, entgegnete Markus.

„Noch nicht. Aber der Tag ist noch nicht zu Ende. Gehen wir essen. Wohin gehen wir eigentlich?“

„In den Brauhof, würde ich sagen. Der ist ganz in der Nähe.“

Sie spazierten durch die eisig kalte Stadt. Ernesto zog den Kopf ein, als ein Windstoß über die Drau her auf sie zufegte. Auf der Brücke blieben sie stehen und sahen hinüber zum Congress-Center. Die Sonne stand schräg über dem Horizont, und jetzt, gegen Mittag, glitzerten ihre Strahlen auf den Wellen des Flusses.

„Hast du schon mit dem Faschingskanzler gesprochen?“, fragte Ernesto.

„Dem Wiegele? Der wird im Brauhof sein“, antwortete Markus. „Seine Presseaussendung hab ich dir weitergeschickt.“

„Mich würde nur interessieren, ob er die Faschingssitzungen jetzt abbläst.“ Ernesto wandte sich vom Fluss ab, und sie setzten ihren Weg fort.

„Schwer zu sagen“, meinte Markus. „Einerseits ist es irgendwie makaber, wenn sie weitermachen, aber andererseits, was bleibt ihnen übrig?“

„Ich versteh das mit dem Fasching ja nicht“, sagte Ernesto. „Was daran so lustig sein soll.“

Markus ging neben ihm her, sagte aber nichts.

„Ich meine, natürlich verstehe ich das in der Theorie. Woher die Faschingsbräuche kommen und wie sie sich gewandelt haben, aber warum das lustig ist, keine Ahnung."

„Das ist vielleicht nicht deine Art von Humor."

„Humor? Ich bitte dich", sagte Ernesto und stieß die Tür des Brauhofs auf.

Das Stimmengewirr, das Klirren von Besteck und Gläsern schlugen Ernesto entgegen, und trotz Lüftung stand der Geruch nach Bier und Essen im Raum, garniert mit einem leichten Hauch von Schweiß. Die Tische gegenüber der Theke waren belegt, nur im hinteren Bereich gab es noch eine Art Nische mit einem Tisch für zwei Personen. Der große Raum war durch hüfthohe Wände aus Klinker unterteilt, und die Stühle und Tische sahen auf den ersten Blick alt und abgenutzt aus. Aber als Ernesto sich hinsetzte und die Tischplatte genauer betrachtete, erkannte er, dass die Platte aus Altholz zusammengeleimt war. Sorgsam ausgesuchte Bretter mit Wurmlöchern und gedunkelten Stellen, Flecken von ausgezogenen Nägeln und Schrammen, stabilisiert und mit einer Schicht farblosem Dicklack überzogen. Die Einrichtung musste ein Vermögen gekostet haben. Ernesto grauste es vor dieser Pseudorustikalität. Die Wandmalerei tat noch das Übrige, um ihm den Appetit zu verderben. An der Stirnseite des Saales waren recht ungelenk ein paar Frauen in Dirndln und daneben ein Kirchtagslader für den Villacher Kirchtag in den Putz gepinselt.

„Zum Trinken?", fragte die Kellnerin im Dirndlkleid und legte die Speisekarten auf den Tisch. „Heute kann ich das Villacher Faschingsmärzen ganz besonders empfehlen."

„Heiße Schokolade und einen Aschenbecher“, sagte Ernesto und erntete dafür einen erstaunten Blick der Kellnerin. „Kommst du öfter hierher?“, fragte er Markus.

„Geht so. Wenn du etwas wissen willst, musst du dich hier hereinsetzen, das ist quasi das Wohnzimmer des Gemeinderates und der Faschingsgilde.“

„Ich wette, die meisten gehören zu beiden Vereinen.“

Markus nickte.

„Schöne Gesellschaft.“ Ernesto blätterte die Speisekarte durch, und als die Kellnerin mit den Getränken kam, bestellte er eine Portion Kärntner Kasnudeln. Markus zog ein angewidertes Gesicht.

„Was? Sind die Kasnudeln nicht gut?“, fragte Ernesto.

„Na schon, ausgezeichnet sogar, aber Kakao und Kasnudeln, isst man das so in Unterkärnten?“

„Normalerweise mit Kaffee.“

„Ist ja widerlich.“

„Eine Frage der Gewohnheit. Sag einmal, du arbeitest jetzt ja schon ewig im Regionalbüro, erzähl ein paar Geschichten über den Bürgermeister.“

„Welche Kategorie hättest du gern? Politisch oder schlüpfrig?“

„Meinetwegen beides, aber fangen wir einmal mit schlüpfrig an.“

„Du hast die Sitzordnung im Festsaal ja gesehen. Ist dir da etwas aufgefallen?“

„Dass der Bordellbesitzer auf einem besseren Platz sitzt als die drei Landtagsabgeordneten?“, riet Ernesto.

„Das auch, aber weiter oben am Tisch ist es auch lustig zugegangen. Rechts vom Bürgermeister seine Frau Hilde und links von ihm Jacqueline Moser.“

„Und?“

„Das ist die Langzeitgeliebte des Bürgermeisters. Zwölf Jahre jünger als die Frau Bürgermeister, aber sonst das gleiche Modell.“

„Die schauen einander ähnlich?“, fragte Ernesto.

„Was heißt ähnlich? Sie könnten Schwestern sein. Aber das ist noch nicht alles. Von dieser Affäre weiß die ganze Stadt. Guggenbichler hat sich auch keine Mühe gemacht, sie zu verheimlichen. Eher im Gegenteil. Einmal taucht er mit seiner Ehefrau auf, einmal mit der Geliebten, auch bei offiziellen Anlässen, und bei besonderen Gelegenheiten nimmt er gleich beide mit.“

„Interessante Geschichte.“

„Wird noch besser. Die Frauen fahren auch das gleiche Auto, haben den gleichen Hund, und was ihre Kleider und Schuhe anbelangt, da hat er wohl Mengenrabatt kassiert.“

Ernesto zerteilte die Kasnudel fachgerecht mit der Gabel und spießte sie dann auf. „Das macht beide verdächtig“, sagte er, bevor er sich den Bissen in den Mund schob.

„Sicher“, sagte Markus. „Irgendwie jedenfalls. Du meinst, die Frau Bürgermeister war eifersüchtig und hat deshalb ...“

„Aber“, unterbrach ihn Ernesto. „Wieso sollte sie ihn erst jetzt umbringen, wenn die Affäre schon seit Jahren am Laufen ist? Gibt es da einen auslösenden Faktor?“

„Nicht, dass ich wüsste.“ Markus zuckte mit den Schultern.

„Und umgekehrt? Hätte die Geliebte einen Grund gehabt? Wollte der Bürgermeister die Affäre beenden?“

„Wohl eher nicht. Jedenfalls nicht, dass ich etwas gehört hätte. Es gibt das Gerücht, dass Jacqueline schwanger ist. Da wird er sich nicht von ihr trennen."

„Oder erst recht." Ernesto schürzte die Lippen. „So etwas kann jedenfalls nicht reibungslos abgelaufen sein. Die Ehefrau, die Geliebte. Wenn die voneinander gewusst haben."

„Die sind sogar manchmal zusammen gesehen worden."

„Trotzdem. Die Frau hat sich mit der Geliebten abgefunden?"

„Aber vielleicht mit den anderen Affären nicht."

„Welche andere Affären?", fragte Ernesto.

„Der Bürgermeister war kein Kostverächter, und er hat alles gevögelt, was nicht bei drei auf den Bäumen war. Heißt es."

„Heißt es, oder kannst du das beweisen?"

„Es ist zumindest ein Gerücht", sagte Markus. „Und solche Gerüchte haben meistens einen wahren Kern."

„Wenn du meinst." Ernesto widmete sich wieder seinen Kasnudeln.

„Markus", hallte es laut durch den Saal. Ein Mann kam auf ihren Tisch zu. Ernesto schätzte ihn auf Ende vierzig, Anfang fünfzig. Er trug einen ziemlich teuren Anzug, dezente Krawatte und italienische Schuhe.

„Und Sie sind sicher Ernesto Valenti. Meine Verehrung." Der Mann streckte Ernesto seine rechte Hand entgegen, und Ernesto schüttelte sie.

„Sie werden mich nicht kennen."

„Ich habe ein schlechtes Namensgedächtnis, aber Gesichter merke ich mir gut", sagte Ernesto. „Sie sind der Faschingskanzler, nicht wahr?"

„Ulrich Wiegele. Faschingskanzler, ganz genau." Wiegele lachte und schlug Ernesto auf die Schulter. „Darf ich mich setzen?", fragte er und tat es, ohne eine Antwort abzuwarten. „Eine schreckliche Sache, das mit dem Bürgermeister. Ich habe Ihren Artikel gelesen."

„Sie waren doch selbst dabei", sagte Ernesto.

„Aber wenn man es dann in der Zeitung liest, wirkt es anders, realer, wenn Sie verstehen, was ich meine."

Ernesto legte das Besteck beiseite und lehnte sich zurück. Er kramte nach seiner Zigarettenpackung und unbeeindruckt vom Nichtraucherzeichen an der Wand steckte er sich eine an. „Werden Sie die Faschingssitzungen jetzt absagen?"

„Wieso?"

„Der Bürgermeister", sagte Markus.

„Ach so, der Bürgermeister. Nein, ich glaube nicht, dass das in seinem Sinne wäre."

„Und außerdem sind die Karten ja auch schon verkauft", sagte Ernesto.

„Morgen übrigens zeichnet der ORF noch einmal auf. Wenn Sie möchten, sind Sie herzlich eingeladen. Ich reserviere Ihnen einen Platz am Pressetisch."

„Die Einladung nehme ich an", sagte Ernesto.

„Ich dachte, du hasst Faschingssitzungen", sagte Markus.

„Meine persönlichen Befindlichkeiten spielen hier keine Rolle." Ernesto warf Markus einen scharfen Blick zu. „Wie war das überhaupt mit dem Bürgermeister? War der auch bei der Faschingsgilde?"

„Um Gotteswillen nein, natürlich nicht. Der Empfang nach der Sitzung war alles, was der Bürgermeister beitragen durfte."

„Wieso eigentlich?"

„Im Fasching übernimmt doch der Narrenrat das Regiment“, sagte Wiegele.

„Aber doch nicht in echt.“

„Trotzdem muss es da eine Trennung geben. Der Bürgermeister muss sich aus dem Fasching heraushalten.“

„Der Vizebürgermeister offensichtlich aber nicht“, sagte Ernesto und zeigte mit dem Kinn Richtung Theke. „Oder täusche ich mich da, und der Mann mit der Narrenkappe und dem Vollbart ist gar nicht Vizebürgermeister Kurt Samonig?“

„Vizebürgermeister. Das geht“, sagte Wiegele. „Nur der Bürgermeister darf nicht Mitglied der Gilde sein.“

„Mhmm“, machte Ernesto. „Wenn ich das richtig sehe, dann ist Samonig von der anderen Fraktion, also kein sonderlicher Freund des Bürgermeisters.“

„Die beiden konnten sich nicht ausstehen“, sagte Markus.

„So schlimm war es auch wieder nicht“, entgegnete Wiegele. „Sicher, im Gemeinderat ging es manchmal hoch her, aber nachher sind immer alle noch auf ein Bier gegangen.“

„Pack schlägt sich, Pack verträgt sich“, sagte Ernesto leise.

„So würde ich das nicht sagen.“ Wiegele schien ein wenig konsterniert.

„Sie meinen also, Samonig hätte keinen Grund gehabt, den Bürgermeister zu vergiften?“, fragte Ernesto.

„Was weiß man schon.“

„Und Sie?“

„Das meinen Sie jetzt aber nicht ernst.“

Ernesto zog die Mundwinkel nach unten.

„Sie sind ja ...“

„Ich denke“, unterbrach ihn Ernesto, „Sie sollten sich schon einmal an solche Fragen gewöhnen. Früher oder später wird die Kriminalpolizei auch bei Ihnen auftauchen und ...“

„Ja, aber was hab ich damit zu tun?“

„Sie und alle anderen hier.“ Ernesto zeigte noch einmal in Richtung Theke. „Also, ich weiß nicht, aber sie schauen alle verdächtig aus.“

„Was, ich? Das ist doch absurd.“

„Oder der Vizebürgermeister. Der Faschingsprinz.“

„Der Faschingsprinz, wie kommen Sie darauf?“

„Was weiß ich? Soll ich raten? Ich nehme an, Faschingsprinz wird man nur auf Nominierung der Faschingsgilde.“

„Ja und? Wollen Sie eine Feindschaft zwischen der Faschingsgilde und dem Bürgermeister konstruieren? Das ist ja absurd. Unser Faschingsprinz ist ein angesehener Unternehmer aus Villach, und seine italienischen Wurzeln betonen den Alpen-Adria-Gedanken.“

„Ich habe ja nicht gesagt, dass es einer von Ihnen war“, meinte Ernesto. „Aber der Verdacht wird nicht ausbleiben.“

„Und den ganzen schönen Fasching verderben.“

„Ja, das könnte sein“, sagte Ernesto.

„Aber das werde ich nicht zulassen. Der Fasching wird weitergehen, und am Aschermittwoch kann die Polizei den Mörder immer noch verhaften.“ Wiegele stand auf und machte eine ausladende Geste. „Nichts wird den großen Umzug am Samstag verhindern, dafür sorge ich.“

Ernesto drückte seine Zigarette aus und stand auf.

„Sie können jetzt doch noch nicht gehen“, sagte Wiegele.

„Ich zahle an der Theke", antwortete Ernesto. „Das wird noch ein langer Tag für mich."

„Das kommt ja gar nicht infrage. Rufen Sie ihren Chefredakteur an und sagen Sie ihm, Sie sind verhindert. Sie verpassen sonst den besten Heringssalat der Welt. Der Chefkoch bereitet ihn gerade frisch für uns zu."

„Sie wollen allen Ernstes Heringssalat essen?" Ernesto zählte dem Kellner das Geld auf die Theke und steckte die Rechnung ein.

„Warum denn nicht?", sagte Wiegele, aber Ernesto antwortete ihm nicht mehr. Er zog den Kragen seiner Jacke hoch und ging hinaus in den kalten Wintertag.

Kapitel 3

8

„Heringssalat? Wirklich? Diesen Leuten ist aber auch gar nichts heilig." Ernesto ließ sich auf die Couch im Villacher Regionalbüro fallen und schloss die Augen.

„Das meint er nicht böse", sagte Markus. „Der ist einfach so."

„Was? Ein primitiver, gefühlloser Arsch? Ja, da könntest du recht haben."

„Gehst du auf die Sitzung heute Abend?"

„Ich denke, dass sollte ich."

Markus hatte mittlerweile vor dem Computer Platz genommen, klickte sich durch die neuesten E-Mails und öffnete das Redaktionsprogramm.

„Der Artikel von der Edlinger ist jetzt da."

„Gibt es schon eine Presseaussendung von der Polizei?"

„Moment." Markus rief die Seite der Landespolizeidirektion auf. „Neue Entwicklungen im Fall Guggenbichler", las er vor.

„Weiter", sagte Ernesto und setzte sich auf.

„Das Rechtsmedizinische Institut der Universität Graz schließt in einem ersten Gutachten eine natürliche Todesursache aus. Der Villacher Bürgermeister Alois Guggenbichler wurde möglicherweise vergiftet. Um welches Gift es sich handelt und wie es verabreicht wurde, müssen weitere Untersuchungen klären. Die Ermittlungen sind im Gange."

„Super", sagte Ernesto und rappelte sich auf. Er setzte sich an den zweiten Computer und sah sich seine Seite an. In die Spalte links unten neben dem

Nachruf kopierte er die neue Presseaussendung der Polizei, dann las er den Nachruf auf den ermordeten Bürgermeister.

Alois Guggenbichler – Ein Nachruf

Von Franziska Edlinger

Mit Bürgermeister Alois Guggenbichler hat einer der letzten seiner Art die politische Bühne für immer verlassen. Seit mehr als fünfzehn Jahren prägte Guggenbichler die Politik in seiner Heimatstadt Villach und darüber hinaus. 1999 zum ersten Mal zum Bürgermeister gewählt, regierte er bis zu seinem tragischen Tod am vergangenen Freitag mit absoluter Mehrheit und wurde zweimal mit überragendem Erfolg direkt in seinem Amt bestätigt.

1959 in Villach geboren, startete Guggenbichler schon sehr früh seine Parteikarriere. Mit 18 Jahren trat er in den Villacher Gemeinderat ein. In der Folge bekleidete er verschiedene politische Funktionen, unter anderem war er als Landtagsabgeordneter, Geschäftsführer der Landesorganisation und als Vorsitzender des Landesparteivorstandes tätig. Seine Leidenschaft galt aber seiner Arbeit als Bürgermeister.

In seiner Zeit als Bürgermeister veränderte er Villach im Alleingang. Freunde wie Gegner sagten ihm einen durchaus autoritären Führungsstil nach. Postenbesetzungen sorgten in der Gemeinde seit Jahren für Aufregung. Die Opposition sah in Guggenbichlers Vorgehen eine gezielte Umfärbung der Gemeinde. Besonderes Aufsehen erregte die Berufung von Jacqueline Moser zur Personalchefin vor drei Jahren. Die Gerüchte, dass Guggenbichler hier seine langjährige Geliebte auf einen der wichtigsten Posten der Gemeinde gehievt habe, sind bis heute nicht verstummt.

Als wichtigste Errungenschaften Guggenbichlers gelten sicher die Ansiedlung von Hightech-Firmen und der Ausbau des Bildungsstandortes. Seine Bemühungen, Villach für den Städtetourismus attraktiver zu machen, waren überaus erfolgreich. Villacher Kirchtag und Christkindlmarkt nahmen einen ungeahnten Aufschwung und sorgten neben dem Seminarbetrieb im neu gebauten Congress-Center für einen stetigen Strom an Touristen und Besuchern.

In zahlreichen Auseinandersetzungen mit politischen Gegnern, aber auch mit Kritikern aus den eigenen Reihen setzte Guggenbichler seine Vorstellung von Kommunalpolitik um. Vorrangige Ziele der letzten Jahre waren die wirtschaftliche Belebung der Innenstadt und der soziale Wohnbau. Auf beiden Gebieten wurde ihm von der Opposition erbitterter Widerstand entgegengebracht.

Offen bleiben vor allem zwei Baustellen. Guggenbichler wehrte sich gegen ein geplantes Einkaufszentrum in der Peripherie. Seine Priorität war die Innenstadt, und er hatte erst vor einem Monat ein Konzept zur Ansiedlung auch größerer Geschäfte im Stadtkern präsentiert. Außerdem kämpfte Guggenbichler gegen die ausufernde Prostitution in der Stadt. Gerüchten zufolge ist im Süden Villachs ein Luxusbordell geplant, und darüber hinaus liegen noch weitere Anträge für Genehmigungen von Laufhäusern und Bordellen vor.

Ob der Mord an Alois Guggenbichler politische Gründe hat, ist unklar. Angesichts der Umstände kann das aber nicht ausgeschlossen werden.

Die Polizei hält sich derzeit noch bedeckt und gibt, aus ermittlungstechnischen Gründen, wie es heißt, keine weiteren Einzelheiten preis.

Ernesto stellte den Artikel auf Fertig, öffnete die Regionalseite und las Markus' Artikel. Gleichzeitig rief er Auer an und erzählte ihm, was er vorhatte.

„Noch einen Bericht von der Faschingssitzung kannst du dir aber schenken“, sagte Auer.

„Ich geh da nicht wegen der Witze hin.“

„Noch einen Bürgermeister werden sie wohl nicht umbringen. Und der Mörder wird sich auch nicht gleich ergeben, wenn er dich sieht. Aber mir soll's recht sein“, sagte Auer. „Wir sehen uns dann am Montag.“

9

Gegen 19 Uhr erwachte Ernesto auf der Couch des Regionalbüros. Vom Hauptplatz fiel gelbes Licht auf den Parkettboden, und das Rauschen des Verkehrs drang durch die geschlossenen Fenster. Für einen Moment fühlte sich Ernesto desorientiert, aber dann wusste er wieder, wo er war und was er hier wollte.

Er rappelte sich auf und rieb sich den Schlaf aus den Augen. Es blieb ihm noch eine Stunde bis zum Beginn der Faschingssitzung. Ohne Licht zu machen, fand er in der Kochnische die Kaffeemaschine und füllte den Wassertank. Der Kaffee schmeckte bitter, und Ernesto trank ihn in kleinen Schlucken am offenen Fenster, während er eine Zigarette rauchte. Sein Notizbuch und sein Mobiltelefon hatte er dabei, mehr brauchte er heute Abend nicht. Es grauste ihn vor der Vorstellung, bei einer Faschingssitzung in der ersten Reihe zu sitzen, aber es war eine ausgezeichnete Gelegenheit, eine ganze Reihe von Tatverdächtigen zu beobachten. Dort auf der Bühne, auf der Empore für den Elferrat würden nicht nur der Faschingskanzler und der Faschingsprinz, sondern auch der Rest der Truppe Platz nehmen.

Der Weg zum Congress-Center war nicht sehr weit. An der Drau hielt Ernesto an und sah von der Brücke hinunter auf das vorbeiströmende Wasser. Jetzt in der Finsternis nahm er kaum etwas anderes wahr als das Glucksen der Wellen am Ufer, nur manchmal schimmerte ein Wellenberg im fahlen Licht, das von der Promenade auf den Fluss fiel.

Vor dem Congress-Center sammelten sich die Gäste. Männer in Anzügen, Frauen in Abendkleidern mit Narrenhüten auf dem Kopf oder unter dem Arm, daneben Leute in Straßenkleidung, ein paar Ordner, leicht erkennbar an ihren dunklen Jacken mit dem Schriftzug einer Securityfirma. Die Besucher wurden nur paarweise vorgelassen. Für Ernesto sah es so aus, als hätten die Ordner am liebsten jeden einzeln einer Leibesvisitation unterzogen. Die Nervosität war den Männern jedenfalls anzusehen, wobei es dafür vermutlich keinen Grund mehr gab. Einen weiteren Mord hielt Ernesto für überaus unwahrscheinlich.

Die Ordner beäugten ihn nicht besonders genau, und er schlüpfte an ihnen vorbei in die Vorhalle. Dort sah er den Faschingskanzler an einem Stehtisch, eine schwarz-goldene Narrenkappe auf dem Kopf, wie er auf einen Mann einredete. Der Vizebürgermeister, wenn sich Ernesto nicht täuschte.

„Herr Valenti“, rief Ulrich Wiegele quer durch den Raum und kam mit ausgebreiteten Armen auf Ernesto zu. „Schön, dass Sie kommen konnten.“ Er legte einen

Arm um Ernestos Schultern und beugte sich etwas zu ihm hin. „Darf ich vorstellen? Der Vizebürgermeister, Herr Kurt Samonig. Wir sprachen gerade darüber, wie es jetzt weitergehen soll. Immerhin, wir haben noch den großen Umzug am Samstag."

Samonig reichte Ernesto die Hand und nickte. „Sie müssen wissen", begann der Vizebürgermeister, „die Sache ist heikel. Einerseits müssen wir selbstverständlich an den verstorbenen Bürgermeister denken. Andererseits ist der Fasching eine große Sache für Villach. Unsere Wirtschaft erzielt einen schönen Teil des Jahresumsatzes in diesen paar Wochen, und ganz besonders am letzten Wochenende."

„Ich sagte gerade", meinte Wiegele, „es wird den Bürgermeister kaum stören, wenn wir mit den offiziellen Trauerfeierlichkeiten bis zum Aschermittwoch warten. Ich meine sogar, das wäre das Allerbeste. Am Aschermittwoch ist alles vorbei."

„So lange legen wir ihn auf Eis", sagte Samonig und trank den Rest aus seinem Bierglas, stellte es auf das Tablett eines vorbeigehenden Kellners und bestellte ein neues.

„Der Stimmung tut der Mord offensichtlich keinen Abbruch", sagte Ernesto. „Es wundert mich ein bisschen."

„Die Villacher wissen schon, wie sie damit umgehen müssen", sagte Samonig. „Der Bürgermeister ist tot. Daran kann man jetzt nichts ändern, und die Faschingssitzung ist ja nicht nur dazu da, um die Leute zu unterhalten. Der ORF filmt heute noch einmal, und da brauchen wir ein gutes Publikum."

„Die Witze über den Bürgermeister haben wir natürlich gestrichen", sagte der Faschingskanzler. „Wo bleibt übrigens Markus? Ich dachte, der begleitet Sie."

„Der hat die Sitzung ja schon gesehen“, sagte Ernesto.

„Das ist doch kein Grund. Markus lässt fast nie eine Sitzung aus. Das wundert mich jetzt. Aber Sie können sich zu mir setzen“, sagte Samonig. „Dann sind Sie nicht so allein am Pressetisch.“

In der Hoffnung, dass sich der Tisch des Vizebürgermeisters nicht ganz so nahe an der Bühne befand, willigte Ernesto ein und wurde enttäuscht. Der Promitisch stand gleich neben dem Pressetisch. Ernesto quetschte sich neben Samonig auf einen Stuhl. Links von ihm saß eine Frau, die sich jetzt über ihn hinwegbeugte und den Vizebürgermeister auf die Wange küsste.

„Roxanne“, stellte sie sich dann vor und reichte Ernesto die Hand.

„Ernesto Valenti, Kärntner Tagespost“, antwortete Ernesto.

„Ah, Sie sind das“, sagte Roxanne.

„Wo haben Sie denn von mir gehört?“

„Jeder hier weiß doch, dass der Faschingskanzler Sie persönlich zur Sitzung eingeladen hat. Eine große Sache. Das können Sie mir glauben.“

Ernesto zog die Augenbrauen hoch und konzentrierte sich auf die Ereignisse auf der Bühne. Der Narrenrat war schon einmarschiert und hatte sich zu Musik und rhythmischem Geklatsche auf der Empore niedergelassen. Ulrich Wiegele flanierte an der Spitze über die Bühne und winkte ins Publikum. Hinter ihm zehn weitere Männer in Anzug, Krawatte und Narrenhut. Der letzte blieb neben der Empore stehen und griff sich ein Mikrofon. Als der Applaus und die Musik abgeebbt waren, begann er mit seiner launigen Begrüßung. In Reimform stellte er den Elferrat und die Musik vor.

„Wer ist das?“, fragte Ernesto seine Sitznachbarin.

„Das ist der Gildemeister. Kofler heißt der.“

„Gildemeister?“

„Der Gildemeister ist für das Gildehaus zuständig, für technische Dinge und die Verpflegung der Akteure. Er ist so etwas, wie soll ich das sagen, die gute Seele.“

Ernesto meinte, einen leichten Akzent hinter dem kärntnerisch gefärbten Deutsch zu hören, aber er fragte nicht. Im Moment faszinierte ihn die Aneinanderreihung von lahmen Witzchen, die der Gildemeister von sich gab.

„Wissen Sie, was der Unterschied zwischen einem Politiker und einer Telefonzelle ist?“ Der Gildemeister horchte übertrieben ins Publikum. „Ganz einfach. In einer Telefonzelle zahlt man und darf dann wählen. Einen Politiker wählt man und darf dann zahlen.“

Das aufbrausende Lachen animierte den Gildemeister zum nächsten Witz.

„Was ist eine Blondine zwischen zwei Negern? Na, keine Ahnung? Eine Milchschnitte.“

„Sexistisch und rassistisch zugleich“, brummte Ernesto. „Reife Leistung.“

Der Vizebürgermeister sah Ernesto kurz an. So, als wolle er sich versichern, dass er sich verhört hatte. Ernesto starrte zurück.

„Und jetzt begrüßen Sie mit einem kräftigen Applaus unsere Garde“, schrie der Gildemeister ins Mikro und zog sich hinter den Vorhang zurück.

Die Mädchen stapften im Stechschritt auf die Bühne und hoben ihre Knie dabei bis über die Hüften. Dann stellten sie sich in einer Reihe auf, fassten sich gegenseitig um die Schultern und begannen mit ihrem Hüpftanz. Das sah ein wenig ungelenk aus, aber das störte niemanden, solange man die rüschenbesetzten Unterhosen der Mädchen sehen konnte. Eine nach der anderen warf das linke Bein in die Höhe, als wolle sie sich damit selbst die Nase brechen, und grinste dazu. Das erste Mädchen wirbelte einen Stock in die Höhe und fing ihn wieder auf. Dann nahm sie Anlauf und rutschte in einem Spagat über den Boden. Das nächste Mädchen nahm Anlauf und vollführte einen Überschlag. Dabei klappte ihr Kleidchen um, und die weiße Unterhose kam erneut zum Vorschein.

Die Anwesenden kannten Ernesto nicht gut genug, um seinen Gesichtsausdruck zu deuten. Der harte Zug um den Mund, die zusammengekniffenen Lippen waren ein Zeichen dafür, wie sehr Ernesto diese Vorstellung missfiel. Warum, zum Teufel, gaben sich die Mädchen dafür her? Was fanden sie daran, ihren Unterleib der Menge entgegenzurecken und ihre stramm verpackten Brüste zu präsentieren?

Umständlich zog Ernesto den Tabakbeutel aus seiner Jackentasche und begann, sich eine Zigarette zu drehen. Er maß den Tabak mit den Fingerspitzen ab, verteilte ihn im Papier und leckte die Gummierung ab. Während der ganzen Zeit sah er kein einziges Mal auf die Bühne.

„Sie rauchen ohne Filter?“, fragte Roxanne.

„Möchten Sie auch eine?“

„Warum nicht“, sagte sie und steckte sich die Zigarette in den Mund. Ernesto gab ihr Feuer und drehte sich dann eine neue Zigarette.

Die Gardemädchen traten von der Bühne ab, und der Gildemeister kündigte den ersten Büttenredner an.

„Das ist ein guter Tabak“, sagte Roxanne. „Aber sehr stark.“

Ernesto nickte.

„Und wie haben Ihnen die Gardemädchen gefallen? Warten Sie, jetzt kommt der Apotheker, der ist wirklich witzig."

„Meinen Sie", sagte Ernesto.

„Sie sind nicht so der lustige Typ?", fragte Kurt Samonig.

„Eher nicht", antwortete Ernesto.

„Das kann ich gar nicht verstehen. Man muss das Leben doch genießen."

„Das mache ich", sagte Ernesto und wandte sich der Bühne zu.

Helfer hatten ein Pult auf die Bühne geschleppt. Auf der Frontseite war ein Äskulapstab zu sehen und obenauf stand ein Mörser. Ein Mann im Apothekermantel stolzierte am Narrenrat vorbei, hob sein Sektglas und brüllte: „Lei-Lei!"

„Lei-Lei!", antwortete die Menge.

„Neulich, eigentlich heute erst, wisst ihr, was mir da passiert ist?", begann der Apotheker. „Da kommt einer zu mir in die Apotheke und verlangt schwarze Kondome.

Schwarze Kondome, sag ich, das ist aber außergewöhnlich. Ich glaub nicht, dass wir so etwas auf Lager haben, aber ich schau gerne nach. Da suche ich also in allen Schubladen und leg eine ganze Kollektion von Kondomen auf den Ladentisch, rote, blaue, mit Erdbeergeschmack, pinke und was weiß ich nicht, was noch. Aber schwarze Kondome, so etwas hab ich nicht.

Also frag ich den Herrn: Sagen Sie einmal, wozu brauchen Sie die denn?

Sagt er: Na, ich muss doch der Gattin des Verstorbenen kondolieren."

Die Lacher im Publikum waren etwas verhalten, aber der Vizebürgermeister schüttelte sich vor Freude und schlug sich auf die Schenkel.

„Aber jetzt zu etwas anderem", sagte der Apotheker. „Ich weiß nicht, als Apotheker ist einem ja nichts Menschliches fremd. Aber bei unserem Finanzminister, da wundere sogar ich mich. Weil, wenn das Sprichwort stimmt, dass Lügen kurze Beine haben, dann müsste der schon auf den Hämorrhoiden daherkommen.

Ja, noch etwas zum Finanzminister. In der letzten Presseaussendung des Finanzministeriums wird eine Australienreise des Ministers angekündigt. Angeblich soll er dort von den Kängurus lernen, wie man mit leerem Beutel große Sprünge macht."

In der Tonart ging das noch gut zehn Minuten weiter. Die meisten Witze hatte Ernesto schon vor zehn Jahren auf diversen Faschingssitzungen gehört. So etwas zu verfolgen, könnte geradezu interessant sein, dachte er. Wenn man den Weg und die Transformation so eines Witzes über die Jahre aufzeichnen und dokumentieren würde, dann könnte man feststellen, dass sich nichts an der politischen Misere ändert und die Beziehungen der Menschen zutiefst vergiftet sind. Wieso sonst kann irgendjemand über diese erniedrigenden Witze lachen?

Der Apotheker wurde von einem Mann und einer Frau abgelöst, die in Klappsesseln vor einem Wohnwagen saßen und einen sexistischen Kalauer nach dem anderen produzierten. Ernesto hörte nicht zu.

Danach folgte eine Tanznummer. Nur diesmal kam nicht die Garde, sondern das Männerballett auf die Bühne. Fünf Herren im Tütü tänzelten über die Bretter. Ihre Bäuche schwabbelten und hingen über die Röckchen. Nur der letzte war so dürr, dass sich seine Rippen unter dem Feinripp abzeichneten und die Beine wie behaarte Streichhölzer unter dem Kleid hervorstakten.

Einer nach dem anderen drehte eine Pirouette. Der dritte Mann rutschte aus und fiel der Länge nach hin. Das Publikum johlte. Die anderen Männer halfen ihm auf, und dabei stürzten sie übereinander und rollten als Knäuel über die Bühne. Dann stellten sie sich wieder in Grundposition. Der mittlere der Männer trat vor, verbeugte sich und vollführte zunächst ein Demi-plié, das gar nicht so übel aussah, aber der darauffolgende Sprung, so etwas wie ein Grand jeté, misslang. Beine und Arme ruderten unkoordiniert, ein Träger des Leibchens riss und entblößte die linke Brust des Mannes. In gespieltem Schreck zog er das Leibchen nach oben, versuchte, seine Fettwülste zu bedecken und flüchtete mit neckischen Sprüngen von der Bühne.

Der Vizebürgermeister bestellte eine Runde Schnaps nach der anderen. Ernesto schob gerade das dritte Glas von sich weg und nippte an seinem Kaffee.

„Sie müssen doch heute nicht mehr fahren", sagte Roxanne und kippte ihren Schnaps.

„Aber sicher werde ich heute noch fahren", antwortete Ernesto. „Ich wüsste nicht, wo ich in Villach übernachten sollte und wozu."

Roxanne lachte. „Jetzt haben Sie sich nicht so", sagte sie. „Vielleicht überlegen Sie es sich ja noch. In der Zwischenzeit übernehme ich." Sie kippte auch Ernestos Glas.

„Ihr beide unterhaltet euch ja gut." Samonig wandte sich ihnen zu und hob sein Glas. „Aber Sie sind wirklich ziemlich steif, nicht wahr, Valenti?"

Ernesto antwortete darauf nicht.

„Sie müssen doch nirgendwohin. Feiern Sie einmal. Das ist doch eine großartige Gelegenheit heute Abend. Die Pause fängt in ein paar Minuten an. Kommen Sie doch mit hinter die Bühne."

„Ja, kommen Sie mit." Roxanne fasste Ernesto unter dem Arm und zog ihn hoch. „Das wird Ihnen sicher gefallen."

„Und dabei können wir doch auch dieses förmliche Sie lassen, oder?", sagte Samonig.

Ernesto brummte etwas vor sich hin. Im Grunde war ihm das gar nicht recht. Diese Verbrüderung mit Politikern widerte ihn an. Es ließ sich nur nicht immer vermeiden. Der Wolfsberger Bürgermeister zum Beispiel duzte Ernesto seit Jahren, und das, obwohl Ernesto ihn hartnäckig siezte und ihn auch schon darauf hingewiesen hatte, wie unhöflich diese Anbiederung war. Aber in Kärnten griff diese Unsitte um sich. Der LH tauchte bei Zeltfesten auf und war mit jedem per Du, sprach die Leute mit Vornamen an, zahlte eine Runde Bier und klopfte ihnen auf die Schulter. Da dieser Unfug Erfolg hatte, ahmten die anderen Provinzpolitiker den LH nach, und so musste Ernesto es sich gefallen lassen, von jedem dahergelaufenen Gemeinderat mit Vornamen angesprochen zu werden.

In diesem Fall konnte diese Verbrüderung aber von Vorteil sein.

„Kurt", sagte der Vizebürgermeister und hielt Ernesto die Hand hin.

„Ernesto", antwortete er und schlug ein.

„So, und jetzt müsst ihr Freundschaft trinken." Roxanne drückte jedem ein Schnapsglas in die Hand. „Los geht's."

Ernesto führte seinen linken Arm durch die Armbeuge des Vizebürgermeisters. So ineinander verhakt trank jeder sein Glas leer.

„Aber küssen werde ich dich nicht", sagte Ernesto und knallte sein Glas auf den Tisch.

„Küssen kannst du ja mich", sagte Roxanne und umarmte Ernesto. Sie küsste ihn auf den Mund und hakte sich dann bei ihm unter. „Wir beide müssen nicht Freundschaft trinken. Wir verstehen uns auch so", sagte sie.

Zu dritt machten sie sich auf den Weg durch die Reihen. Ernesto merkte, dass der Vizebürgermeister, Kurt, korrigierte er sich, nicht mehr ganz sicher auf den Beinen war. Als Kurt Schlagseite bekam, packte Ernesto etwas fester zu und stützte ihn.

„Es geht schon wieder", sagte Kurt, nachdem er sich gefangen hatte. „Da vorne müssen wir hin, direkt an der Bühne vorbei. Ein Geheimgang." Er hob den Zeigefinger und fuchtelte damit vor Ernestos Gesicht herum.

„Ein Geheimgang. Ich verstehe", sagte Ernesto.

10

Durch ein Gewirr aus schweren Vorhängen und eine Schiebetür führte der Weg hinter die Bühne. Dort kamen Ernesto und seine Begleiter in der Nähe des Bühnenaufgangs an, wurden beinahe vom Männerballett umgerannt und gelangten dann in einen kleinen Saal, der den Akteuren als Aufenthaltsraum diente.

Roxanne zog Ernesto zu sich und ließ sich mit ihm auf ein Sofa fallen. Die Arme in seinen verschlungen, lehnte sie sich an ihn und gluckste. Ernesto achtete nicht besonders auf sie, zu faszinierend war der Anblick, der sich ihm hier bot.

Samonig steuerte auf eine improvisierte Bar zu, stützte sich dort an der Tischplatte ab und goss Champagner ein.

Aufbrausender Applaus drang durch die schweren Vorhänge hinter die Bühne. Zuerst kamen die Musiker, schnappten sich ihr Bier und verzogen sich in einen anderen Raum. Die Gardemädchen standen eine Weile herum, wurden dann aber von einem Mann verscheucht. Der Tanzlehrer, wie Roxanne Ernesto verriet. Er mochte es nicht, wenn sie wie die schnatternden Gänse herumliefen.

Nach einiger Zeit lichtete sich der Andrang an der Bar. Leute standen in Gruppen herum und unterhielten sich. Ganz fern im Hintergrund lief Musik. Auf den ersten Blick sah alles recht normal aus. Die Show hatte Pause, und die Akteure versammelten sich hinter der Bühne, tranken etwas und plauderten miteinander.

Die Gruppen wanderten langsam durch den Raum. Ernesto erkannte Ulrich Wiegele, neben ihm den Büttenredner, der als Apotheker aufgetreten war, den Faschingsprinzen und Samonig.

„Wisst ihr, was mir heute Vormittag für ein Witz eingefallen ist?“, fragte der Apotheker. „Da kommt ihr nie drauf.“

„Hast du ihn nicht in deine Rede eingebaut?“, fragte Wiegele.

„Bist du verrückt?“

„Warum? Jetzt machst du mich aber neugierig“, sagte Samonig.

„Also gut, hört zu. Da kommt der Vizebürgermeister, also du, Kurtl, zu mir in die Apotheke. Sag ich, schau an, der Kurtl, ein ganz ein seltener Kunde. Du bist nicht oft krank, sag ich. Sagt er, ich bin ja auch nicht krank. Ich brauch nur ein bisschen Blausäure. Wer hat dir denn das verschrieben, sag ich. Da brauchst du aber ein Rezept. Sagt er, Rezept hab ich keines, aber ein Foto vom Bürgermeister."

„Der ist wirklich gut", sagte Wiegele und bog sich vor Lachen.

Der Vizebürgermeister schlug dem Apotheker anerkennend auf die Schulter.

Erst jetzt drehte sich der Faschingskanzler zu Ernesto und entdeckte ihn auf dem Sofa.

„Amüsieren Sie sich?", fragte er.

„Es geht so", sagte Ernesto.

„Dann nehmen Sie die hier." Wiegele zog eine Zigarre aus der Innentasche seines Sakkos und reichte sie Ernesto.

„Wollen Sie mich nicht Ihren Freunden vorstellen?", fragte Ernesto und stand auf.

„Die meisten kennen Sie ja schon. Den Vizebürgermeister und den Faschingsprinzen haben Sie ja schon im Brauhof gesehen."

„Unter anderem", sagte Ernesto und sah den Faschingsprinzen an.

„Unser heuriger Faschingsprinz heißt Fidelius der sechzigste."

„Aber in Zivil heißt er doch anders", sagte Ernesto.

„Natürlich. Massimo de Lorenzo, einer der hervorragendsten Geschäftsmänner unserer Stadt", sagte Wiegele, und de Lorenzo verbeugte sich. „Außerdem ein Zeichen unserer Verbundenheit mit dem Alpen-Adria-Raum. Massimo stammt ursprünglich aus Florenz, aber seit vielen Jahren ist er hier in Villach."

„Aha", machte Ernesto und schnupperte an der Zigarre.

„Eine wirkliche Bereicherung für unsere Stadt." Wiegele klopfte de Lorenzo auf die Schulter. „Feuer?"

Ernesto nahm ihm das Feuerzeug aus der Hand und zündete seine Zigarre selber an. Massimo de Lorenzo, den Namen merkte sogar er sich, ohne ihn aufzuschreiben.

Der Gildemeister trat einen Schritt vor und reichte Ernesto die Hand. „Wir wurden einander auch noch nicht vorgestellt. Kofler. Ich bin der Gildemeister."

„Valenti, Kärntner Tagespost", sagte Ernesto und schüttelte die dargebotene Hand. „Und Sie sind der Apotheker, unschwer zu erkennen. Noch ein bisschen zynischer, und der Witz über den Bürgermeister hätte sogar mir gefallen."

„Eigentlich bin ich ja kein Apotheker, nur auf der Bühne." Der Apotheker lächelte Ernesto an. „Ein Lei-Lei-Apotheker sozusagen." Er kicherte.

„In Wahrheit ist er Arzt, unser Doktor Suppan", sagte der Faschingskanzler. „Kann man immer wieder brauchen, einen Arzt, nicht wahr?" Auch er lachte.

Ernesto zog sanft an seiner Zigarre. Eine Cohiba, schön protzig und teuer. Ob Wiegele wusste, dass die Cohiba die Lieblingszigarre Fidel Castros ist? Ernesto lächelte.

„Was finden Sie so komisch?", fragte der Apotheker. „Nicht doch noch meinen Witz?"

„Nein, die Zigarre", sagte Ernesto. „Oder besser, das Erscheinen dieser Zigarre in diesem Zusammenhang."

Die Verwunderung auf dem Gesicht des Apothekers reizte Ernesto abermals zum Lachen.

„Das ist selbstverständlich kein Witz, wie Sie ihn erzählen würden, es ist im Grunde genommen überhaupt kein Witz." Ernesto machte eine abwehrende Handbewegung. „Vergessen Sie es."

„Das möchte ich jetzt aber wissen", sagte der Apotheker.

„Die Cohiba, damals hieß sie freilich noch nicht so, ist ein Produkt des kubanischen Kommunismus, ja, ein Produkt der Vorlieben Fidel Castros selbst. Sein Leibwächter bot ihm eines Tages eine Zigarre an, und Fidel war davon so begeistert, dass er den Macher der Zigarre, einen gewissen Eduardo Rivera, unter seine Fittiche nahm und eine Fabrik gründete, die nur diese Zigarren herstellt."

„Und? Wo ist da jetzt der Witz?"

„Ja, genau, der hat sich gut versteckt, nicht wahr?", sagte Ernesto. „Es ist nur erstaunlich, wie aus dieser Zigarre ein Symbol kapitalistischen Angebertums werden konnte."

„Und das finden Sie witzig?"

„Amüsant. Ich finde solche Geschichten amüsant", sagte Ernesto, der sich wünschte, den Mund gehalten zu haben. Die meisten Menschen fanden so etwas nicht lustig, sie hielten ihn bloß für einen Klugscheißer, wenn er seinen Assoziationen freien Lauf ließ.

Kapitel 4

11

Das Gebläse fauchte, und langsam fraß die warme Luft schmale Keile in die angelaufene Windschutzscheibe. Die Uhr am Armaturenbrett zeigte 1 Uhr 37, und Ernesto schloss für einen Moment die Augen. Er fragte sich, woher die Redensart „sich auf Russisch verabschieden" wohl kam. Die Unhöflichkeit, sich bei einem Fest einfach davonzuschleichen, lastet eigentlich den Franzosen an. Das hatte Ernesto irgendwo gelesen. Jedenfalls hatte sich Ernesto gerade auf diese Art aus der Affäre gezogen, still und leise und unbemerkt.

Nachdem es Konfetti geregnet und die Band das Villacher Faschingslied gespielt hatte, wollte Ernesto gehen. Aber Roxanne hielt ihn zurück. Die richtige Party, der eigentliche Spaß, ging erst jetzt los. Zwar konnte sich Ernesto mittlerweile durchaus vorstellen, wie diese Party ablaufen würde, aber er war dennoch neugierig. So setzte er sich wieder im Aufenthaltsraum aufs Sofa, hielt sich Roxanne, so gut es ging, vom Leib und beobachtete.

Etwas weiter im Hintergrund saß eine Frau auf einem Tisch. Ihre Beine waren angewinkelt und gespreizt, und dazwischen hockte eine Gestalt, die ihren Kopf im Schoß der Frau vergraben hatte. Die Frau bäumte sich auf, griff nach hinten und hielt sich am Tisch fest. Ihr Stöhnen kam plötzlich und erschreckend laut. Niemand außer Ernesto kümmerte sich darum.

Die Windschutzscheibe war jetzt so weit abgetaut, dass Ernesto die Scheinwerfer einschaltete und losfuhr. Er musste sich immer noch ein wenig nach vorne beugen, um durch den eisfreien Streifen auf die Straße sehen zu können, aber das störte ihn nicht. Um diese Uhrzeit war kaum jemand unterwegs.

Er fuhr gemütlich Richtung Autobahn. Das Gebläse hatte mehr als die Hälfte der Scheibe vom Eis befreit, und die Scheibenwischer taten das Übrige. Das Seitenfenster einen Spalt geöffnet, steckte sich Ernesto eine Zigarette an, und links und rechts zog das hässliche Weichbild der Stadt an ihm vorbei.

Eigentlich wollte Ernesto nur dort auf dem Sofa sitzen und sehen, was sich nach der Faschingssitzung so tat. Aber der Vizebürgermeister entdeckte ihn und kam mit drei Sektgläsern auf ihn zu.

„Wie gefällt dir die Party?“, fragte er und griff einem vorbeigehenden Gardemädchen auf den Hintern. Das Mädchen blieb stehen und sah sich um. Samonig packte sie an den Hüften und zog sie zu sich auf das Sofa. Das Mädchen quietschte kurz vor Schreck, machte aber keinen Versuch, sich zu befreien.

„Man muss die Äpfel pflücken, wenn sie reif sind“, sagte Samonig, knöpfte ihr Oberteil auf und griff dem Mädchen an die Brüste.

„Wie alt ist die Kleine?“, fragte Ernesto, der Roxannes Hand an seinem Oberschenkel spürte.

„Alt genug, nicht wahr, meine Liebe?“, sagte Samonig und küsste das Mädchen brutal. Er zog ihr das Oberteil aus und drückte sie neben sich in die Kissen.

Ernesto stand auf. Er fühlte, wie Roxannes Hand von seinem Körper glitt, und für einen Moment wusste er nicht, was er tun sollte. Eigentlich müsste er Kurt jetzt bei den Haaren packen und von dem Mädchen zerren, aber Ernesto sah weiter zu, wie Samonig das Gardemädchen begrapschte.

Sonderlich überrascht war Ernesto über den Anblick nicht, wenn ihn auch ein wenig die Dreistigkeit erstaunte. Vor den Augen eines Journalisten machte sich Samonig an ein höchstwahrscheinlich minderjähriges Mädchen heran. Strafrechtlich war diese Szene nicht relevant. Das Mädchen war sicher älter als vierzehn, und so sehr Ernesto das anwiderte, er konnte wenig mehr tun, als sein Mobiltelefon zu zücken und ein paar Fotos zu machen.

„Ah, ein Spanner", raunte Roxanne und schlang ihre Hände von hinten um Ernestos Hals.

„Du ahnst ja gar nicht, was für einer", sagte Ernesto und machte noch drei Fotos.

„Dann habe ich etwas für dich. Folge mir." Sie streckte ihre Hand nach Ernesto aus und führte ihn aus dem Aufenthaltsraum tiefer hinein in den Bauch des Gebäudes.

„Die Klos sind sehr beliebt", sagte Roxanne und stieß die Tür zur Männertoilette auf. Auf den ersten Blick konnte Ernesto kaum erkennen, was er da vor sich hatte. Er legte den Kopf leicht schräg, als könne er so besser sehen, welche menschlichen Körper wie ineinander verkeilt waren. Dieser Hintern gehörte einem Mann und dieses Knie einer Frau. Da hing eine Brust aus dem Gewirr, und auf dem Waschbecken saß eine weitere Frau, von der wenig mehr als ein Teil des Gesichts zu sehen war.

Einige Sekunden betrachtete Ernesto den schwabbelnden Hintern des Mannes, dann drehte er sich um.

„Nicht dein Geschmack, was? Da hab ich noch was anderes."

Ernesto begann, die Orientierung zu verlieren in diesem Gewirr aus Gängen und Zimmern. In einem anderen Raum lag eine junge Frau auf dem Boden, und zwei Männer machten sich über sie her. Der eine hatte noch das Tütü von seinem Auftritt mit dem Männerballett an. Der Schmerbauch hing jetzt nackt heraus, und darunter stand sein Penis hervor.

Aus einem Nebenraum tauchte eine weitere Gestalt auf. Der Faschingsprinz, wenn sich Ernesto nicht täuschte. Bis auf die Narrenkappe war er nackt, und bald nachdem er sich über die Frau gebeugt hatte, begann das Glöckchen an der Kappe rhythmisch zu läuten. Der Mann im Tütü war offensichtlich weniger an der Frau als am Hinterteil des Faschingsprinzen interessiert, was zunächst zu Problemen führte, aber nach kurzer Zeit hatten sich die drei aufeinander eingespielt.

„Na, mitmachen?", fragte Roxanne. Gleichzeitig versuchte sie, Ernestos Hose aufzuknöpfen.

Ernesto schüttelte den Kopf und zog die Stirn in Falten.

„Ich verstehe. Die Gardemädchen, darauf stehst du, auf diese jungen Dinger. Kannst du haben."

Sie zog Ernesto mit sich, brachte ihn wieder zurück zum Aufenthaltsraum, wo der Vizebürgermeister ungeniert mit dem Gardemädchen zugange war.

„Nicht schlecht, oder?", sagte Roxanne. „Aber ich habe etwas Besseres für einen Spanner wie dich. Etwas viel Besseres." Sie führte ihn in einen kleinen Raum, kaum größer als eine Abstellkammer. Gegenüber der Tür gab es ein großes Fenster, eine Einwegscheibe, wie Ernesto gleich erkannte. Der Blick öffnete sich nämlich in den Umkleideraum der Gardemädchen.

„Das turnt dich an, oder?" Roxanne rieb sich an Ernestos Rücken. „Komm schon, sei ein bisschen locker. Ich hol dir auch ein Mädchen. Such dir eine aus."

Ernesto drehte sich zu ihr um, fasste sie an den Oberarmen und hielt sie fest.

„Du tust mir weh.“

„Hör zu, Roxanne. Ich hab mir das bis hierher gefallen lassen, aber jetzt werde ich langsam grantig. Wer bist du, und um was geht es hier?“

„Um was es hier geht? Das siehst du doch. Jetzt hab dich nicht so. Du bist eingeladen.“

„Von wem?“

„Ulrich hat gesagt, ich soll mich um dich kümmern.“

„Um mich kümmern?“

„Ja, natürlich. Du bist ein wichtiger Gast.“ Sie versuchte, ihren linken Arm zu befreien. Ernesto ließ los. „Ich weiß nur nicht, worauf du stehst. Vielleicht ist es leichter, wenn du es mir einfach sagst. Wir können uns auch zuerst einmal betrinken.“

Ernesto schnaufte.

„Sag schon. Was ist dein Ding?“

Ernesto drehte sich noch einmal zur Einwegscheibe um. Er sah, wie der Faschingskanzler den Raum betrat.

12

Mittlerweile hatte Ernesto die Autobahn erreicht. Leichter Schneefall setzte ein, und die Flocken blitzten grell im Scheinwerferlicht auf, bevor sie gegen die Scheibe prallten oder am Auto vorbeizischten. Zwischen den Reifenspuren blieb der Schnee schon liegen, und auf der linken Spur breitete sich ein grauweißer Film aus.

Die Reifen pflügten durch den Matsch. Dreckiger Schnee spritzte an der Seite hoch, und gerade jetzt tauchten im Rückspiegel zwei Scheinwerfer auf und kamen schnell näher. Ein SUV bretterte auf der linken Spur an Ernesto vorbei. Mit Schnee vermischtes Wasser klatschte auf die Windschutzscheibe, und für einen Moment sah Ernesto nichts, außer den verschwommenen Umrissen des Wagens, der sich von ihm entfernte.

Ernesto sang laut mit der CD. Ein Liebeslied nach einem Text von H. C. Artmann. Willi Resetarits sang fein und behutsam und doch so, dass es einem unter die Haut ging.

Das wünschte Ernesto seiner Begleiterin Roxanne und den Gardemädchen, dass einer kommen mochte, der so für sie empfand. Nur, dort, wo sie jetzt waren, gab es niemanden, der diese Art der Liebe kannte, die alte höfische Liebe, die Minne.

Ernesto wanderte mit Roxanne von Raum zu Raum, und ein schauriges Panoptikum tat sich vor ihm auf. Eine Parade von Geschlechtsteilen, Hängebäuchen und verschwitzten Leibern.

Später, kurz bevor er sich aus dem Staub machte, traf Ernesto noch einmal den Vizebürgermeister. Jetzt stand er mit ein paar anderen Männern in einem Gang, und sie tranken Schnaps. Sie grölten jedes Mal, wenn einer ein Glas kippte, und erzählten dreckige Witze.

Ernesto hatte sich bei Roxanne untergehakt. Sie versuchten, sich an den Männern vorbeizudrängen, aber Samonig hielt sie auf.

„Hast du dich ein wenig entspannt?“, fragte er.

Ernesto sah ihn fragend an.

„Ich meine, du bist vorhin so aufgesprungen bei dem Gardemädchen. Damit hast du wohl nicht gerechnet.“

„Nein, habe ich nicht“, sagte Ernesto.

„Diese Mädels, ich sag dir, ein Wahnsinn.“

„Du vögelst sie?“

„Aber hallo.“

„Und das erzählst du mir einfach so?“

„Du bist doch ein Freund vom Markus, oder?“

„Da hast du allerdings recht.“ Ernesto grinste Samonig an.

„Aber Roxanne ist auch nicht schlecht. Komm, trink noch einen Schnaps. Das bringt dich in Fahrt.“

„Das glaube ich, aber wer ist sie eigentlich?“

„Hast du das nicht gemerkt? Sie ist eine Nutte. Eine Edelnutte. Mehr muss man doch nicht wissen.“

Der Schneefall wurde dichter. Wie durch einen Kanal aus flirrendem Schnee fuhr Ernesto über die Autobahn. Das Grau des Asphalts verschwand unter dem Schnee, der sich auf die Fahrbahn legte. Auf der Gegenfahrbahn sah Ernesto die orangen Lichter der Schneeräumung. Die Schneeschilder kratzten und schepperten über den Boden. Das Licht blendete Ernesto, und als er bremste, merkte er, wie die Reifen für einen Moment den Halt verloren.

Viel wird das nicht nützen, dachte er sich, als er an den Räumfahrzeugen vorbei war. Denn mittlerweile schneite es in fetten Flocken. Aus dem Schneematsch war eine kompakte Fläche geworden, und von Minute zu Minute häufte sich mehr Schnee auf der Fahrbahn.

Irgendwann musste die Schneeräumung doch auch auf seiner Seite vorbeikommen, dachte Ernesto. An der Ausfahrt Klagenfurt Ost war er vorbei, und es sah nicht so aus, als würde er es bis Wolfsberg schaffen. Der Schnee fiel jetzt so dicht, dass Ernesto kaum noch 40 km/h fahren konnte. Das Tunnelportal sah er erst, als er es schon fast erreicht hatte, und weit und breit gab es kein anderes Fahrzeug.

Ernesto wechselte von der CD aufs Radio. Die Kärntner Sender brachten um diese Zeit keine Verkehrsnachrichten, also wechselte er auf Ö3. Dort hörte er, was er schon wusste. Schwere Schneefälle in Kärnten. Behinderungen auf allen Straßen. Selbst auf der Südautobahn ging nichts mehr. Räumfahrzeuge waren unterwegs, schafften es aber nicht, die Fahrbahnen freizuhalten. Wer konnte, sollte Fahrten vermeiden.

„Ja, genau", sagte Ernesto. „Fahrten vermeiden. Das hilft mir jetzt ungemein." Er überlegte, ob er die Ausfahrt Grafenstein nehmen sollte, entschied sich aber dagegen. Da würde er statt auf der Autobahn auf der Bundesstraße weiterfahren, und das war auch nicht besser. Wenn er überhaupt noch fahren konnte. Der Schnee fiel so dicht, dass Ernesto kaum etwas sah. Die Fahrbahn war schon längst unter dem Weiß verschwunden, und die Räder fanden kaum Halt.

Im Schritttempo näherte sich Ernesto der ersten Kurve nach der langen Geraden. Die Ampel vor dem Tunnel blinkte gelb. Hoffentlich kein Unfall. Langsam nahm Ernesto den Fuß weiter vom Gas, zu bremsen wagte er nicht. Kurz vor dem Tunnel wollte Ernesto das Gas loslassen und gleichzeitig die Kupplung treten, um die letzten Meter im Leerlauf zu rollen. Aber er ließ das Gas zu schnell los, und der Wagen ruckelte, die Reifen griffen nicht mehr, und er rutschte seitlich weg.

Der Schreck fuhr Ernesto in die Beine. Er sah, wie die Leitplanke auf ihn zukam, wie er an ihr vorbeirutschte, und da war auch schon die Tunnelwand. Mit einer kurzen Lenkbewegung, die Reifen fanden auf dem Asphalt Halt, fing Ernesto den Wagen ab und brachte ihn zum Stehen. Keuchend saß er da und versuchte sich zu beruhigen. Gerade noch, dachte er.

Er musste von der Straße. Nach Wolfsberg schaffte er es nie, und er brauchte ja nur in Völkermarkt abfahren und bei Sonja übernachten. Aber Sonja war vermutlich nicht besonders gut auf ihn zu sprechen. Wobei „vermutlich“ und „nicht besonders gut“ maßlose Untertreibungen waren. Ernesto hatte sich seit über einem Monat nicht bei ihr gemeldet.

Er fuhr jeden Tag zweimal an Völkermarkt vorbei. Einmal in der Früh auf dem Weg zur Redaktion und dann, wenn er wieder nach Hause nach Wolfsberg fuhr. Über einen Monat lang hatte er es nicht geschafft, auch nur für eine Stunde bei ihr vorbeizuschauen.

Sie würde ihn schon nicht draußen stehen lassen. Obwohl, dachte Ernesto, ich würde es ihr nicht einmal übelnehmen. Ich kann notfalls im Stall schlafen, bei den Schafen, aber ich muss von der Straße herunter.

13

Es war die gleiche Angst. Als Ernesto den Wagen in die Hofeinfahrt lenkte, überfiel ihn eben jene Panik, der er zu entkommen versuchte. Wie gerade vorhin im Tunnel zitterten seine Hände auch jetzt. Doch es war weniger die Furcht davor, was Sonja tun oder sagen könnte. Es war vielmehr sein Schuldgefühl, das ihm die Angst in die Glieder trieb. Er hatte sich nicht gemeldet, er war das Arschloch, das sich wochenlang nicht blicken ließ. Wenn er ihr gegenüberstand, und nur bei dem Gedanken daran wurde ihm heiß und kalt, würde er sehen, wie sehr er sie verletzt hatte.

Als er die Wagentür öffnete, hörte er zuerst nur das Rieseln der Schneeflocken. Dann aber, nur Sekunden später, knirschten Pfoten im Schnee. Ein Schatten, ein kleines schwarzes Fass galoppierte auf Ernesto zu. Die Hundeschnauze bohrte sich in seine Hand.

„Betty", sagte Ernesto und fing ihre Vorderpfoten mit den Händen auf, als sie an ihm hochsprang.

Die Labradorhündin wedelte, und weiße Atemwolken stiegen von ihrer zu einem Lachen geöffneten Schnauze auf.

„Na wenigstens jemand, der mich freundlich empfängt", sagte Ernesto und streichelte der Hündin über den Kopf. „Wo ist sie denn?", fragte er, und Betty machte einen Satz Richtung Haus, drehte sich um und sah Ernesto an.

„Aber das Haus ist doch finster. Was machst du im Freien?"

Betty wedelte und wartete auf Ernesto. Als sie sah, dass er ihr folgte, trabte sie voran, lief am Haus vorbei, Richtung Stall.

Das Licht ergoss sich aus der Türöffnung und den beiden Fenstern des Schafstalles. Über den Matsch im Hof hatte sich eine Schicht Schnee gelegt. Der Schlamm darunter begann zu frieren, nur an wenigen Stellen sog sich der frische Schnee noch mit Erde voll.

„Wo warst du, Betty?", rief Sonja.

„Bei mir", antwortete Ernesto.

„Ernesto?"

Ernesto betrat den Stall, sah Sonja aber nicht. Er beugte sich über eine der Trennwände und fand sie, wie sie bei einem Schaf kniete.

„Was machst du hier, mitten in der Nacht?", fragte Sonja.

„Das könnte ich dich auch fragen."

„Das siehst du ja." Sonjas Ton wurde schärfer.

„Der Schnee", sagte Ernesto.

„Ah, braucht es einen Schneesturm, damit du herfindest?"

Ernesto antwortete nicht.

„Was machst du also um diese Zeit unterwegs? Na, sag nichts, ich kann es mir schon denken. Der Mord an dem Bürgermeister, und das ist auch eine super Ausrede, dass du dich nie meldest. Aber hoppla, der Bürgermeister ist erst seit was?, einem Tag tot, und du hast dich schon einen Monat lang nicht blicken lassen."

„Es tut mir ja leid."

„Ja, davon hab ich etwas, wenn es dir leid tut. Ehrlich. Hast du dir auch nur einen Moment überlegt, wie sich das anfühlt? Bin ich ein Fetzen, den man so hernehmen kann, wenn man ihn gerade braucht?"

„Nein, aber ..."

„Nein, aber was? Es sieht aber ganz danach aus." Sonja drehte sich weg.

Ernesto sah ihr eine Weile zu, sagte aber nichts. Sonja streichelte das Schaf, das immer wieder leise blökte. Das Tier war trächtig. Der Bauch wölbte sich zu beiden Seiten enorm. Die Hinterbeine hatte das Schaf angewinkelt, als ob es in die Hocke gehen wollte.

„Eine schwere Geburt?", fragte Ernesto.

„Die Fruchtblase ist schon vor zwei Tagen hervorgequollen, aber nicht geplatzt. Ich hab gedacht, ich warte noch, aber jetzt wird es Zeit."

„Was willst du machen?"

Sonja sah zu Ernesto auf. „Nach was sieht es aus?"

„Ich helfe dir." Ernesto ging die Stallgasse hinunter und holte die Einweghandschuhe und die Flasche mit dem Geschirrspülmittel. „Irgendwie ist das der richtige Abschluss für diesen Tag“, sagte er mehr zu sich selbst.

„Was für ein Tag?“

„Ich war auf der Villacher Faschingssitzung“, sagte Ernesto und zog den Pullover aus. Die Einweghandschuhe waren im Grunde umsonst. „Willst du?“

„Ja, gib her.“ Sonja streifte die Handschuhe über und goss sich Spülmittel auf den Arm. „Stell dich über sie und halt sie fest. Das wird ihr nicht gefallen. Und erzähl ruhig weiter.“ Sonja wartete, bis Ernesto das Schaf zwischen den Schenkeln hatte und das Halsband mit beiden Händen festhielt. Dann legte sie Finger und Daumen zusammen und begann vorsichtig, die Vagina des Tieres zu weiten.

Das Schaf war unruhig und trat von einem Bein auf das andere. Ernesto streichelte seinen Kopf und redete leise.

„Spürst du schon etwas?“, fragte Ernesto.

„Nein, irgendwie ist das alles schon wieder zu. Das ist nicht gut. Wie war das jetzt mit dem Fasching? Du hasst den Fasching doch.“ Sonja drehte ihren Kopf zur Seite und griff weiter hinein in den Geburtskanal des Schafes. Schweißtropfen erschienen auf ihrer Stirn. „Scheiße, ich erwische den Fuß einfach nicht“, fluchte sie.

Das Schaf stemmte sich gegen den Boden, wollte fliehen und riss die Augen weit auf. Das Blöken wurde lauter, und jetzt brüllte es in Panik. Sonja stützte sich mit einem Arm am Hinterteil des Tieres ab und begann zu ziehen. Sie ächzte und stöhnte, Blut lief aus der aufgedehnten Vagina des Schafes über ihre Hand und platschte zu Boden.

„Dreh dich um“, keuchte Sonja.

Ernesto griff dem Schaf ins Fell und schwang sich von seinem Rücken. Mit einer Hand hielt er das Schaf am Halsband und drehte sich um. Das Schaf merkte, dass der Druck von seinen Rippen verschwunden war, und versuchte sich zu befreien. Sonja folgte den Bewegungen des Schafes mit ihrem Arm, der immer noch bis zum Ellenbogen in dem Tier steckte, war aber nicht schnell genug. Vor Schmerzen brüllend bäumte sich das Schaf auf, und Ernesto drückte es mit aller Kraft nieder, hielt es wieder fest.

„Du musst ...“ Sonja war außer Atem und setzte noch einmal an. „Wenn du das Bein siehst, dann musst du zugreifen. Es sind zwei Lämmer.“

Ernesto nickte.

Das Schaf amtete schnaufend in langen, heftigen Zügen. Schleim klatschte auf den Boden, und ein Faden Blut ringelte sich um Sonjas Oberarm.

„Jetzt“, sagte sie.

Ein kleiner Huf erschien, und Ernesto packte zu.

„Nicht ziehen, nur festhalten.“ Sonja bohrte ihre Hand neben dem Huf wieder in den Geburtsgang. Der Huf war noch ganz weich und warm. Ernesto hielt ihn fest und spürte, dass das Lamm lebte. Keine Minute später hatte Sonja einen zweiten Huf.

„Warte. Ich muss das eine Lamm noch einmal zurückschieben.“ Sie drückte den Huf wieder hinein, und mit der nächsten Bewegung flutschte ein Lamm aus dem Mutterschaf und fiel ins Stroh. Sonja machte weiter, und da war auch schon das zweite Lamm. Beide atmeten.

Während er das eine Lamm abtrocknete und Sonja das andere, erzählte Ernesto von der Faschingssitzung.

„Eine Prostituierte“, sagte Sonja, als Ernesto ihr von Roxanne erzählte. „Das war also das billige Parfum.“

„Du hast das gerochen?"

„Aber natürlich. Und? Hast du?"

„Habe ich was?"

„Mit ihr geschlafen."

„Ich bin doch nicht bescheuert."

„Das wird dir schon niemand vorhalten. Immerhin treiben's die auch mit allem, was sich nicht schnell genug in Sicherheit bringt."

„Aber du vergisst, dass ich einem Mörder auf der Spur bin. Da gibt man sich eine solche Blöße nicht. Abgesehen davon, dass dieses Verhalten widerlich ist."

„Was meinst du?"

„Wenn ich mich von solchen Leuten beleidigen ließe, dann wäre ich jetzt extrem angefressen."

„Wieso das?"

„Die halten mich für ihresgleichen. Wahrscheinlich, weil mein lieber Kollege Markus bei ihren Partys fleißig mitmacht. Gib ihm eine Nutte, gib ihm ein Gardemädchen oder auch zwei, und er hält sein Maul. Füttere die Journalistensau, dann hast du deine Ruhe. Die wickeln dich ein, ohne dass du es merkst. Dieser Faschingskanzler, dieser Ulrich Wiegele", Ernesto wischte Schleim aus den Nüstern des Lammes, „das ist ein durchaus sympathischer Kerl. Gutes Auftreten, ein bisschen zu jovial vielleicht, aber das ist Geschmackssache. Ich bin da halt empfindlich. Aber das mit Roxanne geht zu weit. Du kannst einem Journalisten doch nicht einfach eine Prostituierte an den Tisch setzen, so zur freien Verfügung quasi."

„Und was schließt du daraus?"

„Das macht die ganze Bande erst recht verdächtig. Jeden einzelnen von ihnen, aber ganz besonders Wiegele. Ich bin zwar nicht beleidigt. Aber verarschen können sie jemand anderen."

Mit dem Lamm auf dem Schoß lehnte sich Ernesto an die Rückwand der Box und schloss die Augen. Er spürte noch, wie das Lamm sich langsam hochkämpfte. Es war wohl auf dem Weg zu seiner Mutter. Dann schlief Ernesto ein.

Kapitel 5

14

„Dir ist aber schon aufgefallen, dass das hier eine Tageszeitung ist und kein Institut für Altgermanistik", sagte Auer, als er sich von hinten über Ernesto beugte.

„Es gibt kein Institut für Altgermanistik, und das hier hat mit unserem Mordfall zu tun."

„Will ich wissen, was die Minnelieder von Walther von der Vogelweide mit dem Tod des Villacher Bürgermeisters zu tun haben?"

„Keine Ahnung", sagte Ernesto.

„Solang du deine Arbeit machst, frag ich nicht", sagte Auer.

„Ich erinnere dich daran."

„Aber weil es mir gerade einfällt, was ist eigentlich mit der Schigeschichte vom Nassfeld?"

Ernesto sah seinen Chef verständnislos an.

„Der Ausbau des Schigebiets", erklärte Auer.

„Ah, das. Dir ist aber schon aufgefallen, dass ich hier mit einem Mordfall beschäftigt bin?"

„Und das soll jetzt deine Ausrede dafür sein, dass du andere Arbeit liegen lässt?"

Ernesto zog eine Augenbraue hoch.

„Ich mein ja nur."

„Sonst geht's dir aber noch gut", knurrte Ernesto. „Diese Schigeschichte ist erstens öd, zweitens undurchsichtig und drittens ... Was red ich überhaupt? Das weißt du besser als ich."

„Und deshalb sage ich, du sollst dich darum kümmern."

Ernesto schnaubte.

„Ich sag dir, da ist mehr dran, als man auf den ersten Blick sieht. Das sagt mir meine Erfahrung."

„Ich hab aber keinen Reißverschluss eingebaut. Soll's doch der Simon machen, der kennt sich da besser aus."

„Ich will aber, dass du das machst", sagte Auer.

„Um Gottes willen", stöhnte Ernesto. „Ich mach es ja, aber das wird wohl noch bis nächste Woche oder so warten können."

„Und wenn es jemand vor uns hat?" Auer ging, ohne die Antwort abzuwarten.

Was es auch immer mit diesem Schiprojekt auf sich hatte, es war unwahrscheinlich, dass irgendjemand außer Auer dahinter eine Schweinerei vermutete. Auf den ersten Blick sah das alles völlig harmlos aus. Nur gab es eben kaum Informationen zu den Investoren oder zur Investitionssumme oder zum Baubeginn. Das musste aber nichts weiter bedeuten. Der Landespressedienst neigte zu solchen Schlampereien, und oft genug kam es auch vor, dass Politiker über Eier gackerten, die sie noch nicht gelegt hatten. Vielleicht stellte diese Presseaussendung eher eine Willensbekundung dar, nur hatte man auf den Konjunktiv vergessen. Das alles konnte Ernesto nächste Woche auch noch herausfinden, oder übernächste, je nachdem, wie lange es dauerte, den Mörder des Bürgermeisters zu fassen.

Ernesto klickte wieder auf die Seite mit den Minneliedern. In seinem Artikel für die Kulturseite wollte er diese Form der Liebe dem Grobianismus gegenüberstellen, der ihn am Samstag in Villach so entsetzt hatte.

Aber wenn er darüber so nachdachte, dann ließ er die Minnelieder vielleicht doch lieber weg. Er überlegte. Ihm würde das gefallen, die Liebe eines Walther von der Vogelweide gegen die Gier der Barbaren. Doch irgendwie war das schon eher weit hergeholt, und für einen Zeitungsartikel auch zu viel.

Eine Überlegung, die er auf später verschob. Zuerst musste er die anderen Villach-Geschichten auf die Reihe bekommen. Markus sollte sich um Interviews mit dem Vizebürgermeister und dem stellvertretenden Parteiobmann kümmern. Die mussten jetzt mit der Sprache herausrücken, wie es im Gemeinderat weiterging. Nur Bürgermeisterwahl oder gleich Neuwahl des gesamten Gemeinderats?

„Kannst du das nicht übernehmen?", versuchte sich Markus aus der Geschichte herauszuwinden.

„Warum ich? Du kennst dort doch alle Leute."

„Ja eben. Du kannst da viel unbelasteter an die Sache herangehen."

„Ernsthaft?"

„Das kostet dich doch nur ein paar Anrufe. Ich mail dir die Nummern. Außerdem muss ich doch über die Vorbereitungen zum Faschingsumzug berichten. Ich mache da eine große Geschichte auf der Regionalseite. Da hab ich eigentlich keine Zeit für etwas anderes."

„Heute komm ich mir irgendwie vor wie im falschen Film. Wenn du mir das schon aufs Aug drückst, dann verrate mir wenigstens, was ich über den Gemeinderat wissen muss. Hat der Faschingskanzler, dieser Wiegele, da irgendeinen Einfluss, und wie war sein Verhältnis zum Bürgermeister? Dass Wiegele und der Vize Arsch und Hose sind, das weiß ich schon."

„Der Wiegele nimmt das mit der Schlüsselübergabe vielleicht ein bisschen zu wörtlich."

„Das heißt, Wiegele und der Bürgermeister konnten einander nicht ausstehen."

„So würde ich das nicht sagen, aber ...“

„Aber es trifft es ziemlich genau, nicht wahr?“

„Wiegele ist immerhin ein einflussreicher Mann“, sagte Markus. „Er ist ja nicht nur Faschingskanzler.“

„Faschingskanzler ist auch schon was.“

„Du hast keine Ahnung, wie das in Villach so läuft. Du wirst nicht einfach so Faschingskanzler. Da musst du schon etwas vorzuweisen haben. Wiegele zum Beispiel leitet die Agentur für Fortschritt und Entwicklung. Der ist super vernetzt, hat den LH in der Kurzwahl.“

„Ich bin begeistert“, sagte Ernesto. „Und das heißt?“

„Wenn du dem in die Suppe spuckst ...“

„Wobei sind die beiden einander in die Haare gekommen?“, unterbrach ihn Ernesto.

„Du willst dich da nicht hineinhängen.“

„Jetzt scheiß dich nicht an.“

„Ich sag dir, Ernesto, du hast keine Ahnung. Aber wenn du unbedingt willst. Das letzte große Thema war das Einkaufszentrum im Süden der Stadt.“

„Geht's ein bisschen genauer?“

„Ich mail dir die Unterlagen. Im Wesentlichen ging es darum, dass Guggenbichler kein weiteres Einkaufszentrum am Stadtrand haben wollte.“

„Das ist ja ganz etwas Neues.“

„Guggenbichler war der einzige Bürgermeister, der sich mehr oder weniger erfolgreich gegen die Ansiedlung von Konzernen wehrte.“

„Du hast darüber geschrieben?“

„Ja klar, aber das ist doch etwas anderes. Ich habe doch niemanden beschuldigt.“

„Und du glaubst, ich mache das, um jemanden zu beschuldigen?“

„Darauf läuft es doch hinaus. Das ist doch ein Motiv."

„Das sehe ich noch nicht", sagte Ernesto. „Aber wer weiß? Wie schaut es mit dem Faschingsprinzen aus? Diesem Massimo de Lorenzo?"

„Was soll mit dem sein?"

„Man wird nicht so einfach Faschingskanzler, hast du gesagt, und Faschingsprinz auch nicht. Was ist der, oder was hat er getan, um sich diese Ehre einzuhandeln?"

„Wie du das schon sagst. Einhandeln. De Lorenzo ist ein angesehener Geschäftsmann, und außerdem engagiert er sich für die Stadt. Er sponsert zum Beispiel die Ballettschule und ermöglicht Schulkindern immer wieder Ferien in Italien. Im letzten Sommer hat seine Firma alle siebenten Klassen des Gymnasiums zu einer Sportwoche nach Bibione eingeladen."

„Großzügig", sagte Ernesto. „Und wo ist der Haken?"

„Kein Haken."

„Ja klar. Welche Firma betreibt denn unser strahlender Held?"

„Eine Leiharbeiterfirma vorwiegend, aber auch Import-Export, Olivenöl und Marmor, Fensterrahmen und Mode."

„Klingt nach einer ganzen Menge Haken", sagte Ernesto. „Und? Gab es da irgendwelche Differenzen zwischen de Lorenzo und Guggenbichler?"

„Nicht, dass ich wüsste. Guggenbichler war über das Geld und die Einladung für die Schulklassen, glaube ich, ziemlich erfreut."

15

Nach der Redaktionskonferenz telefonierte Ernesto mit Major Steinkellner. Nicht, dass Ernesto glaubte, der Major würde ihm irgendetwas von Bedeutung verraten.

„Die Ermittlungen sind noch im Gang. Mehr kann ich Ihnen nicht sagen“, hörte Ernesto statt einer Begrüßung.

„Ihnen auch einen wunderschönen Montagvormittag, Major Steinkellner“, sagte Ernesto. „Sie werden mir ja nicht erzählen, Sie hätten gar nichts herausgefunden seit Freitag. Todesursache, zum Beispiel.“

„Darüber scheinen Sie ja schon bestens Bescheid zu wissen.“

„Also hatte Havlicek recht, und es handelt sich um Kaliumcyanid?“

Steinkellner schwieg.

„Und es war im Heringssalat? Jetzt sagen Sie schon etwas.“

„Was soll ich sagen?“

„Ob ich recht habe oder nicht.“

„Das ist keine Quizshow.“

„Ich habe also recht. Und wie kommt das Kaliumcyanid in den Heringssalat?“

„Woher soll denn ich das wissen“, sagte Steinkellner. „Der Salat stand mindestens zwei Stunden in dem Kühlwagen, und da kann sonst wer vorbeigekommen sein.“

„Also kein Ergebnis beim Durchsuchen der Taschen. Keine Sprühflasche, kein Lippenstift oder Ähnliches.“

„Mhmm“, machte Steinkellner.

„Sie sind aber nicht sehr gesprächig heute."

„Vielleicht, weil ich nicht mit Ihnen reden will?"

„Wie ist es mit den Angestellten der Cateringfirma?"

„Zu laufenden Ermittlungen erteile ich keine Auskünfte."

„Jetzt machen Sie nicht so einen Aufstand, Steinkellner."

„Wie gesagt, die Ermittlungen laufen."

„Also wirklich", sagte Ernesto. „Jetzt machen Sie es mir doch nicht so schwer. Sagen Sie mir wenigstens irgendetwas. Was ist jetzt mit dem Gift?"

Major Steinkellner schwieg einen Moment. Er räusperte sich. „Ich nehme an, das Gift ist erst im Congress-Center in den Heringssalat gekommen. Das können Sie meinetwegen schreiben. Aber mehr auch nicht."

„Das reicht mir. Aber das Gift könnte doch auch vorher in den Heringssalat gekommen sein. Ich meine, jeder wusste, dass dieser Heringssalat für den Bürgermeister bestimmt war. Schon der Koch oder eine Küchenhilfe hätten den Salat vergiften können."

„Sie wollen nicht ernsthaft davon ausgehen, dass eine Küchenhilfe den Heringssalat vergiftet hat?", sagte Steinkellner.

„Ausschließen würde ich das nicht. Immerhin ist es ja denkbar, dass jemand eine Küchenhilfe bestochen hat oder dass ein Mitarbeiter des Caterings eine persönliche Fehde mit dem Bürgermeister hatte."

„Das ist ziemlich abwegig", sagte Steinkellner. „Sie wissen so gut wie ich, dass die meisten Gewaltverbrechen von Verwandten oder engen Bekannten, von Freunden begangen werden."

„Mit der nicht unerheblichen Einschränkung, wenigstens in diesem Fall, dass der Täter irgendwie an Kaliumcyanid gekommen sein muss", meinte Ernesto.

„Das werden wir herausfinden."

„Früher oder später. Aber Sie gehen davon aus, dass der Täter im unmittelbaren Umfeld des Bürgermeisters zu suchen ist?"

„Irgendwo muss man anfangen", sagte Steinkellner. „Und im Gegensatz zu Ihnen bevorzuge ich das Wahrscheinliche. Giftmorde werden überdurchschnittlich oft von Frauen begangen, und da liegt der Ansatzpunkt. Aber bitte schreiben Sie das nicht."

„Ah, das alte Klischee", sagte Ernesto. „Und an welche Frau denken Sie da? An die Ehefrau? Die Geliebte?"

„Dazu sage ich gar nichts."

„Glauben Sie wirklich, ich würde das schreiben?"

„Warum wollen Sie es dann wissen?"

„Um ... Ich bin einfach neugierig. Sie kennen mich, Steinkellner."

„Eben. Sie wollen den Mörder vor mir fassen. Das steckt doch dahinter. Deshalb wollen Sie wissen, in welche Richtung ich ermittle."

„Und? Wäre das so schlimm?"

„Es ist schlicht und ergreifend nicht Ihre Aufgabe, Valenti. Wenn Sie Verbrecher jagen wollen, bewerben Sie sich bei der Polizei."

„Die Götter mögen das verhüten. Aber ich helfe immer gerne."

„Ich brauche keinen Sherlock Holmes", sagte Steinkellner.

„Fassen wir also zusammen ..."

Noch während Ernesto die Informationen aufzählte, öffnete er die Layoutansicht seiner Seite und begann zu tippen.

Tod durch Zyankali

Neue Erkenntnisse im Fall Guggenbichler.
Von Ernesto Valenti

Der Tod des Villacher Bürgermeisters Alois Guggenbichler gilt nun offiziell als Mord. Wie die Kriminalpolizei bestätigt, starb der Bürgermeister an Kaliumcyanid. Das schnell wirkende Gift befand sich im Heringssalat, der traditionell zum Bürgermeisterempfang nach der Fernsehaufzeichnung der Villacher Faschingssitzung serviert wird.

„Der Täter oder die Täterin wusste genau, welcher Heringssalat für den Bürgermeister bestimmt war“, erklärt Major Horst Steinkellner von der Kripo Klagenfurt. „Guggenbichler litt unter einer schweren Nussallergie. Deshalb wurde ihm als Einzigem ein Kärntner Heringssalat serviert.“

Zu Ehren einer Delegation aus Mainz gab es für die anderen Gäste rheinischen Heringssalat. Der wird mit Nüssen und roten Rüben zubereitet. „So konnte der Täter den Heringssalat des Bürgermeisters leicht identifizieren“, so Steinkellner weiter.

Zu den laufenden Ermittlungen gibt Major Steinkellner derzeit keine Stellungnahme ab.

Ernesto las den Artikel einmal durch und stellte ihn auf Fertig. Damit war sein heutiges Soll zum Fall Guggenbichler erfüllt.

„Was erreicht?“, fragte Auer im Vorbeigehen.

„Steinkellner sagt nichts. Aber er hat die Frau Bürgermeister im Visier.“

„Und, schreibst du das?“

„Mhm, keine Ahnung.“

„Warum nicht? Weil er es nicht direkt gesagt hat? Diese noble Zurückhaltung kenne ich gar nicht an dir."

„Vielleicht ist es taktisch unklug. Ich meine, die Frau war es vielleicht gar nicht."

„Warum nicht?"

„Es ist banal."

„Ja, aber die Welt ist banal", sagte Auer.

Ernesto schnaufte.

16

Ernesto suchte im Online-Telefonbuch nach dem Catering vom Empfang des Bürgermeisters. Bio-Catering Wulz, Inhaberin Isabella Wulz, also jene Frau, mit der Ernesto schon am Abend des Mordes gesprochen hatte.

„Ich habe mit dem Mord nichts zu tun und auch keine meiner Mitarbeiterinnen", sagte sie.

„Wie können Sie sich da so sicher sein?" Ernesto überlegte kurz, ob „Mitarbeiterinnen" gegendert war oder ob Wulz nur Frauen beschäftigte.

„Wie soll das Gift in meine Küche gekommen sein?"

„Eine ausgezeichnete Frage. Jemand könnte es mitgebracht haben."

„Wozu?"

„Na, das ist doch offensichtlich. Um den Bürgermeister zu vergiften, natürlich."

„Aber das ist doch wirklich lächerlich."

„Ich sage ja nicht, dass es so war. Aber denkbar ist es."

Isabella Wulz wies diese Vermutung als absurd zurück. Keine ihrer Angestellten kannte Guggenbichler, geschweige denn hatte ein Naheverhältnis zum Bürgermeister. Die überwiegende Zahl der an diesem Tag Beschäftigten waren Leiharbeiterinnen, fünf an der Zahl, und dazu kamen noch weitere drei Mädchen als Kellnerinnen.

„Von der Hotelfachschule. Ich biete ihnen ein Praktikum während der Schulzeit an“, sagte Wulz.

„Und da sagen Sie, es gäbe niemanden, der etwas gegen Guggenbichler hatte? An Ihrer Stelle wäre ich mir da nicht so sicher.“ Abgesehen von den beiden fix Angestellten kam jedenfalls Isabella Wulz selbst als Verdächtige infrage. Wer weiß, welche Schwierigkeiten ihr der Bürgermeister in den letzten Jahren gemacht hatte? Selbst die Mädchen von der Hotelfachschule konnte man nicht so ohne weiteres von der Liste streichen. Zuerst musste man herausfinden, wer sie waren, woher sie kamen und ob es irgendeine, wenn vielleicht auch verborgene, Verbindung zum Bürgermeister gab.

„Die Schülerinnen sind nicht einmal aus Kärnten“, sagte Wulz. „Die Leiharbeiterinnen auch nicht. Die habe ich von de Lorenzo. Der hat sie in seiner Leihfirma unter Vertrag.“

„Und Sie werden mir weder die Namen der Leiharbeiterinnen noch die der Kellnerinnen verraten.“

„Das darf ich doch nicht. Außerdem war die Polizei schon bei mir. Die hatten eine Anordnung des Staatsanwaltes oder Richters, so irgendetwas.“

„Selbstverständlich“, sagte Ernesto. „Etwas anderes. Die Nussallergie des Bürgermeisters, die war ja nicht gerade ein gut gehütetes Geheimnis. Ich meine, das wusste doch jeder?“

„Was weiß ich, wer das wusste. Aber Geheimnis, nein, Geheimnis war das keines.“

„Also, ehrlich gesagt, fällt es mir ein bisschen schwer, Sie da aus der Schussbahn zu nehmen. Wenn ich einen Artikel über den Heringssalat schreibe, über die Möglichkeiten, wo und wie das Gift ...“

„Ich habe damit doch nichts zu tun“, unterbrach ihn Wulz.

„Das mag sein, aber das wird jeder behaupten.“

„Ich muss doch überhaupt nicht mit Ihnen reden.“

„Müssen Sie nicht. Meinen Artikel werde ich aber trotzdem schreiben.“

„Dann verklage ich Sie.“

„Frau Wulz, ich will Ihnen doch nicht schaden“, sagte Ernesto. „Aber das ist eine ernste Sache.“

„Was soll ich Ihnen denn anderes sagen als der Polizei?“

„Wenn Sie mir wenigstens sagen, was Sie Major Steinkellner erzählt haben.“

„Das habe ich doch gerade. Bis auf die Namen der Angestellten.“

„Eines noch.“ Ernesto räusperte sich. „Sie kennen sich da sicher aus. Ich frage mich, warum hat man dem Bürgermeister nicht einfach Nüsse in seinen Heringssalat gemischt, wenn er doch allergisch war?“

„Deshalb hat er doch den Kärntner Heringssalat bekommen und nicht den rheinischen. Im Kärntner sind keine Nüsse.“

„Ja, aber man hätte die Nüsse doch trotzdem hineinmischen können. So eine Art trojanisches Pferd.“

„Das müsste aber ein ziemlich dummer Mörder sein.“ Isabella Wulz lachte. „Ich meine, auch wenn die Nussallergie sehr schwer war. Das hätte ihn nicht umgebracht. Ein anaphylaktischer Schock ist da eher selten, und außerdem wäre doch gleich ein Arzt zur Stelle gewesen.“

„Interessant, das ist wirklich interessant“, sagte Ernesto.

Der Direktor der Hotelfachschule wollte Ernesto abwimmeln. Er könne doch unmöglich die Daten seiner Schülerinnen herausgeben. Ernesto ließ ihn reden und malte mit dem Kugelschreiber Kringel auf die Schreibunterlage. Selbst die Polizei brauche einen Gerichtsbeschluss.

„Eigentlich reicht doch das Einverständnis der Eltern“, sagte Ernesto. „Sie brauchen mir nur die Namen der Eltern zu geben, und ich rufe an.“

„Aber dann wissen Sie doch schon, wie die Mädchen heißen. Außerdem sind die Mädchen volljährig.“

Ernesto hatte wenig Hoffnung gehegt, der Trick könnte funktionieren.

„Es geht um einen Mord“, sagte Ernesto.

„Dessen bin ich mir sehr wohl bewusst“, entgegnete der Direktor. „Ich kenne auch Ihren Ruf. Ich finde, es ist Aufgabe der Polizei, die Ermittlungen zu führen. Ich werde Sie nicht dabei unterstützen, die Polizei lächerlich zu machen mit ihren billigen Manövern.“

„Gut, ich verstehe“, sagte Ernesto. „Ich glaube, wir können unsere Unterhaltung an dieser Stelle abbrechen.“

In der Zwischenzeit hatte Ernesto den Ordner mit den Fotos von Freitagabend geöffnet. Hochegger hatte über sechshundert Fotos hochgeladen. Es dauerte aber nicht lange, bis Ernesto die Fotos vom Empfang fand.

Die ersten Bilder zeigten den Bürgermeister und sein Gefolge. Sie zogen in den Saal ein, und Guggenbichler selbst geleitete die Damen seines Tisches an ihre Plätze. Auf einem Foto sah Ernesto die Frau des Bürgermeisters neben der Geliebten. Sie hätten tatsächlich Schwestern sein können, aber das wusste Ernesto schon.

Der Heringssalat wurde serviert. Drei Mädchen in dunklen Schürzen und weißen Blusen trugen Tabletts mit Schalen. Ernesto konnte auf den Fotos den Kühlcontainer nicht sehen. Er stand hinter der Schiebetür im Gang. Selbst zu diesem Zeitpunkt, überlegte Ernesto, hätte man das Gift noch leicht applizieren können.

Ernesto vergrößerte einen Bildausschnitt. Das Gesicht des Mädchens war gut zu erkennen. Es war sicher kein Problem, sie anhand des Fotos zu identifizieren. Mit den anderen hatte Ernesto nicht solches Glück. Auf den meisten Fotos wandten sie das Gesicht ab, oder es wurde durch eine Hand, den Kopf eines Gastes oder die Saaldekoration verdeckt.

17

Im Vorbeifahren sah Ernesto den Streifenwagen auf dem Parkplatz der Hotelfachschule. Es war eine blöde Idee gewesen, sich vor die Schule zu stellen und auf die Mädchen zu warten. Ernesto entschied sich im letzten Moment anders. Er fuhr die Kumpfallee entlang und bog dann rechts ab.

Ernesto wendete in einer Nebenstraße und fuhr wieder durch die Allee. Die Mädchen hatten mittlerweile den Eingang der Schule erreicht. Das Polizeiauto stand immer noch auf dem Parkplatz, und Ernesto fragte sich, was ihm da eingefallen war. Er bog ab und fuhr in eine Sackgasse, wendete erneut und versuchte, in die Stadt zu kommen. Doch nach ein paar weiteren Seitenstraßen und Kreuzungen musste sich Ernesto eingestehen, dass er sich verfahren hatte.

Nicht, dass ihn das besonders wunderte. Villach entpuppte sich immer wieder als ein Rhizom aus Straßen und Wegen. Jede Straßenkreuzung eine Möglichkeit sich zu verfahren. Ernesto ahnte die Innenstadt mehr, als dass er wusste, in welcher Richtung sie sich befand, deshalb geriet er auf Abwege, landete in einer Wohnsiedlung und musste sich über Nebenstraßen wieder zurück auf die Warmbader Straße kämpfen, von der er wusste, dass sie Richtung Innenstadt führte.

Als er die Straße endlich gefunden hatte, bog er links statt rechts ab und fuhr statt in Richtung Stadtkern hinaus ins Grüne. Rechts tauchte die Therme Warmbad Villach auf. Ernesto fuhr daran vorbei, folgte der Bahnlinie und sah links und rechts nur mehr Wiesen und Wälder. Auch wenn er sich in Villach nicht besonders gut auskannte, wusste Ernesto, dass er hier falsch war.

Für seinen nächsten Termin musste er ans andere Ende der Stadt. Bevor er sich auf den Weg gemacht hatte, hatte er ein Treffen mit dem Faschingsprinzen vereinbart. De Lorenzo hatte der Cateringfirma ein paar Leiharbeiterinnen vermittelt, und er hatte Ernesto eingeladen, ihn in seinem Haus in Villach St. Magdalen zu besuchen, um mit einer der Leiharbeiterinnen zu sprechen.

Zuerst musste Ernesto aber einen Weg in die Innenstadt oder zur Autobahn finden. Wenn ihn sein Orientierungssinn nicht ganz im Stich ließ, fuhr er zwar in die falsche Richtung, aber irgendwo da vorne musste eine Abzweigung auf die Südautobahn sein. Zumindest sagte das Schild am Straßenrand Autobahnauffahrt direkt voraus. Gleich hinter dem Hinweisschild sah Ernesto ein riesiges Plakat. Etwa drei

Meter hoch und vielleicht doppelt so lang war die nackte Rückenansicht einer Frau abgebildet. Darüber der Schriftzug: „Kärnten von seinen schönsten Seiten."

Etwas kleiner, aber immer noch aus fünfzig Meter leicht zu lesen, standen da der Name und die Adresse eines Wellnessclubs. Zumindest nannte sich der Laden so. Das Sujet sah aber so gar nicht nach Klangschalentherapie und Schlammpackungen aus, und auch die Bezeichnung Club irritierte Ernesto.

Auf dem Rücken der Frau stand zu lesen: Eröffnung am Donnerstag, den 12. Februar. Freier Eintritt.

Ernesto bog noch einmal falsch ab und fuhr jetzt den Warmbach Weg entlang, stieß wieder auf die Warmbader Straße. Diesmal blieb Ernesto an der Kreuzung stehen und überlegte. Wenn er sich nicht täuschte, dann lag links von ihm die Autobahnauffahrt, und rechts ging es wieder zurück zur Hotelfachschule. Also bog Ernesto links ab, und diesmal hatte er richtig geraten. Der nächste Wegweiser kündigte an, dass er die Autobahnauffahrt nach 500 Metern erreichen würde.

Die ganze Zeit über dachte Ernesto darüber nach, wie er den Artikel für die Sonntagsausgabe angehen sollte. Das hatte ihn abgelenkt, aber das alleine war nicht daran schuld, dass er sich in dem Straßengewirr nicht zurechtfand. Villach, so kam es ihm vor, war als Falle für Autofahrer konstruiert.

Eine Reportage über den Fasching, aber irgendetwas für die Kulturseite. Ernesto wusste ganz genau, dass Čertov kein Interesse an einer Reportage hatte. Čertov wollte einen essayistischen Text über die Entstehung des Faschings, seine gesellschaftliche Relevanz, und falls es nicht allzu viel Mühe machte, sollte es noch einen deutlichen Regionalbezug geben. Und das alles bitte bis gestern.

Am Sonntagnachmittag hatte sich Ernesto vor den Computer gesetzt und ein bisschen recherchiert. Die erste Villacher Faschingssitzung fand 1961 statt und wurde auch gleich vom ORF aufgezeichnet und im Radio gesendet. Der Ursprung des Villacher Faschings liegt aber laut Vereinschronik weiter zurück. Angeblich wird der Begriff „Villacher Fasching" das erste Mal anlässlich einer Corsofahrt am Faschingdienstag des Jahres 1867 erwähnt.

1908 wurde die sogenannte Villacher Bauerngman gegründet. Ein Verein aus Bürgern, die sich zusammentaten, um armen Familien zu helfen. Vor allem den Kindern wollten sie jedes Jahr ein schönes Weihnachtsfest bescheren. Um Geld aufzutreiben, veranstaltete die Bauerngman am 11. Jänner 1910 den ersten Bauernball. Die Veranstaltung entwickelte ein gewisses Eigenleben. Der Bauernball war sowohl die Wiege des Villacher Kirchtags, der 1936 zum ersten Mal über die Bühne ging, als auch des Villacher Faschings.

Die Satzung der Bauerngman fand Ernesto besonders interessant. Die Mitgliederzahl war auf 24 beschränkt. Nur wenn eines der aktiven Mitglieder ausschied, wurde ein neues aufgenommen. Dieses musste von einem der Bauern vorgeschlagen und von den anderen Bauern akzeptiert werden.

Nach drei Sitzungen, denen der Anwärter als Gast beiwohnte, wurde er von einem „Nachtwachter" genannten Mitglied der Gman mit einer Zipfelmütze bekleidet. Nun war der Anwärter zu einem Knecht geworden und musste weitere drei Sitzungen absolvieren, um zum Großknecht zu werden. Angeblich sollte er durch Späße die Sitzungen aufheitern und stören. Weitere drei Sitzungen später wurde aus dem Großknecht ein vollwertiger Bauer.

Weder in der Galerie der aktiven noch der ehemaligen Mitglieder fand Ernesto eine Frau. Die Villacher Faschingsgilde hatte zwar auch keine besonders überzeugende Frauenquote, aber immerhin eine Frau hatte es zu höheren Weihen gebracht. Sie war für die Verwaltung der Requisiten zuständig.

1966 trennte sich die Villacher Faschingsgilde von der Bauerngman und war nun ein eigenständiger Verein. Die Spaltung erfolgte nicht aufgrund von persönlichen Differenzen, wie es hieß, sondern lediglich aus organisatorischen Gründen. Zwei Großveranstaltungen, zwei Vereine.

Ja, so kann man das auch formulieren, dachte Ernesto, als er beim Knoten Villach von der Autobahn abfuhr und sich einen Weg in die Wittgensteinstraße suchte.

Nichts von alledem interessierte Čertov auch nur ein bisschen. Was Čertov von Ernesto wollte, war ein Text, der möglichst intellektuell klang, für den Durchschnittsleser aber dennoch unterhaltsam und leicht verdaulich war. Konkret lief das auf ein essayistisches Geschwurl hinaus, das dic antiken Saturnalien und den Dionysoskult mit der mittelalterlichen Lachkultur und den aktuellen Faschingsbräuchen verband. Das Ganze noch gewürzt mit ein paar Hinweisen auf irgendwelche Vegetationskulte, und Čertov war glücklich.

Jetzt fuhr Ernesto schon eine ganze Weile auf der Autobahnabfahrt, und wenn er sich nicht täuschte, entfernte er sich gerade von Villach und fuhr Richtung Norden. Da vorne gab es einen Wegweiser. Aber er wurde zur Hälfte durch ein riesiges Plakat, auf dem ein ebenso riesiger nackter Frauenhintern prangte, verdeckt.

Wellnessclub Kärnten. Kärnten einfach zum Wohlfühlen. Eröffnung am Donnerstag, den 12. Februar. Freier Eintritt.

Laut der Beschreibung des Faschingsprinzen musste Ernesto hier irgendwo in die Triester Straße einbiegen. „Wenn Sie den Bach überqueren, dann sind Sie zu weit", hatte de Lorenzo gesagt. Zur Linken mussten sich drei kleine Seen befinden, oder auch vier oder fünf, so genau wusste de Lorenzo das nicht. „Jedenfalls biegen Sie nach links ab in die Peter-Melcher-Straße. Dann sind Sie schon fast da."

Nach einem weiteren Plakat mit einem nackten Frauenrücken und dem Slogan „Die schönste Art der Entspannung" fand Ernesto die Peter-Melcher-Straße und fuhr an kleinen Waldungen und Feldern vorbei. Hier und da ein Einfamilienhaus und der Blick auf einen zugefrorenen See. Die Bäume waren von dickem Raureif überkrustet, und die Sonne spiegelte sich in den Eisflächen und brachte den Schnee zum Leuchten.

Für einen Moment genoss Ernesto dieses Bild, nahm die Silhouette einer fliegenden Ente wahr, die über dem Wäldchen auftauchte und dann wieder hinter Bäumen verschwand. Dann konzentrierte er sich wieder auf die Straße, auf die Autos, die am Straßenrand parkten, die Einfahrten zu den Einfamilienhäusern und die Frau mit dem Schäferhund, die ihm entgegenkam.

Die Wittgensteinstraße ging rechts von der Peter-Melcher-Straße ab, und Ernesto wunderte sich, dass de Lorenzo ihn in eine Wohngegend gelotst hatte.

Aber nach einem halben Kilometer wichen die Einfamilienhäuser einem Waldstück, und da tauchte eine Betonmauer auf und ein mindestens drei Meter hohes Tor aus Aluminiumstäben. Rechts davon ein Firmenschild. De Lorenzo Personal Service and Consulting.

18

Massimo de Lorenzo empfing Ernesto auf der Terrasse vor seinem Büro. Eingehüllt in einen dunklen Anorak und begleitet von einem Dobermann stand er da und rauchte. Ernesto ging die Treppe hinauf und beobachtete den Hund. Als er Ernesto sah, fixierte er ihn einen Augenblick, und dann begann sein Stummelschwanz zu wedeln.

„Das ist aber ein Netter“, sagte Ernesto und streckte eine Hand aus.

„Eigentlich nicht“, antwortete de Lorenzo. „Das ist ein Wachhund, abgerichtet und ausgebildet.“

Der Dobermann schnüffelte an Ernestos Handrücken und leckte ihn dann ab.

„Nicht ärgern“, sagte Ernesto und streichelte den Hund. „Der weiß schon, was er tut.“

„Wie kann ich Ihnen helfen?“, fragte de Lorenzo und wies Ernesto den Weg in sein Büro.

„Die Leiharbeiterin.“

„Natürlich. Glauben Sie, die hat etwas mit dem Mord zu tun?“

„Vielleicht hat sie etwas gesehen. War die Polizei schon bei Ihnen?“

„Sie haben angerufen.“

„Ah“, machte Ernesto und setzte sich. Der Hund folgte ihm. „Sagen Sie, wie war eigentlich Ihr Verhältnis zum Bürgermeister? Kannten Sie ihn gut? Ich meine, Sie müssen doch manchmal miteinander zu tun gehabt haben."

„Kaum", sagte de Lorenzo. „Ich mische mich nicht in die Politik ein. Ich mache meine Geschäfte." Er lächelte.

„Ja, aber wenn man Geschäfte macht, hat man früher oder später mit der Politik zu tun. Man braucht Genehmigungen, will vielleicht eine Förderung."

„Dafür habe ich meine Rechtsanwälte. Möchten Sie etwas zu trinken? Die Dame, die sie sprechen wollen, wird in etwa zehn Minuten hier sein."

„Eine Tasse Kaffee wäre nett."

De Lorenzo verließ für einen Moment das Büro, sprach mit jemandem auf dem Gang. Ernesto streichelte den Hund und sah sich um. Ein etwa vierzig Quadratmeter großer Raum, an den Wänden Regale und Schränke mit Fronten aus honigfarbenem Holz mit dunklem Splintanteil. Wahrscheinlich Akazie, dachte Ernesto. Sehr modisch. Dazu die Couch aus dunklem Leder und Chrom. Das Werk eines durchschnittlich begabten Raumplaners.

„Die Dame wird gleich da sein", sagte de Lorenzo, als er wieder zurückkam. „Haben Sie schon eine Spur?"

„Wie meinen Sie das?"

„Es wird geredet. Und als Sie mich anriefen, dachte ich mir, dieser Valenti hat eine Spur. Es ist doch nicht das erste Mal, dass Sie als Hobbydetektiv tätig sind."

„Ich mache nur meine Arbeit", sagte Ernesto. „Wie sind Sie eigentlich zur Faschingsgilde gekommen? Das ist doch für jemanden, der nicht in Villach geboren ist, recht außergewöhnlich."

„Das ist vielleicht ein Zeichen der Öffnung.“

„Mag sein“, sagte Ernesto und trank einen Schluck. „Aber da sind sicher auch Beziehungen im Spiel.“

„Wie meinen Sie das?“

„Nicht unbedingt negativ. Aber um in so einem Verein aufgenommen zu werden, muss man Leute kennen, die etwas zu sagen haben. Man muss Netzwerke knüpfen, wie das heute so heißt.“

„Das ist doch genau, was wir mit der EU wollen“, sagte de Lorenzo. „Wir machen es hier eben im Kleinen. Da gibt es doch diesen Spruch. Global denken, lokal handeln, oder so.“

Ernesto nickte und war von der Eloquenz dieses Mannes beeindruckt. Der italienische Akzent war kaum wahrnehmbar, und jedem Wort merkte man das Rhetoriktraining an.

„Hat die EU nicht gerade dafür den Friedensnobelpreis bekommen? Wo die Leute Handel treiben, beginnen sie keinen Krieg.“ De Lorenzo bemerkte Ernestos Lächeln. „Sie glauben das nicht?“

„Oh.“ Ernesto hob abwehrend eine Hand. „Meine Meinung ist da, fürchte ich, unerheblich. Und wenn man das so hört, klingt das ganz vernünftig, aber man könnte auch sagen, dass unsere Art des Handels, der Wirtschaft, die Fortsetzung des Krieges mit anderen Mitteln ist. Aber darüber müssen wir wirklich nicht diskutieren. Wie Sie richtig erkannt haben, geht es mir lediglich um eine Geschichte für die Zeitung.“

„Sie möchten den Täter vor der Polizei fassen.“

„Das haben Sie gehört?“

„So etwas in der Art.“

„Die Leute überschätzen mich. Ich bin nur ein Journalist, weiter nichts.“

Es klopfte an der Tür.

„Das muss sie sein“, sagte de Lorenzo. Der Hund spitzte die Ohren und setzte sich in Positur.

Eine Frau, vielleicht Anfang, Mitte zwanzig, betrat den Raum. Nach einem schnellen Blick auf den Hund senkte sie den Kopf und sah zu Boden. Die Arme hielt sie vor dem Bauch gekreuzt, und sie wartete direkt neben der Tür.

„Setz dich“, sagte de Lorenzo, und die Frau kam durch das Büro und nahm vorsichtig Platz. Sie vermied es, de Lorenzo, Ernesto oder den Hund anzusehen.

„Ihr Name ist ...“ De Lorenzo schien zu überlegen. „Svetlana. Also, Svetlana, ich habe dir erklärt, wer das ist. Bitte antworte auf seine Fragen.“

„Mein Name ist Ernesto Valenti, und ich arbeite für die Kärntner Tagespost. Das ist eine Tageszeitung. Ich schreibe über den Mord an Bürgermeister Guggenbichler, und ich möchte Ihnen gerne ein paar Fragen stellen, wenn das für Sie in Ordnung ist. Sie verstehen mich doch?“

Svetlana sah Ernesto an und nickte.

„Wenn ich recht verstehe, dann arbeiteten Sie an diesem Abend für das Catering?“

„Ja“, sagte Svetlana.

„Wofür waren Sie zuständig?“

Svetlana warf de Lorenzo einen Blick zu. „Ich habe gearbeitet in Küche“, sagte sie dann.

„Haben Sie den Heringssalat gemacht?“

„Heringssalat, ja. Geschnitten Fisch und Gemüse und so.“

Ernesto beugte sich ein wenig vor und legte die Handflächen aneinander.

„Ist Ihnen da etwas aufgefallen? Jemand, der nichts in der Küche verloren hatte? Ein Streit vielleicht?“

Svetlana schüttelte den Kopf.

„Ich danke Ihnen für Ihre Zeit“, sagte Ernesto. Als er merkte, wie Svetlana aufspringen wollte, sagte er: „Ich habe gehört, Sie sind nur mehr heute in der Stadt. Darf ich fragen, wo Sie als nächstes arbeiten?“

„Sie geht wieder zurück aufs Nassfeld“, antwortete de Lorenzo. „Ich habe sie nur für drei Tage von dort oben abgezogen.“

„Verstehe“, sagte Ernesto.

Svetlana verließ ohne ein weiteres Wort das Büro.

„Ihre Leiharbeiterfirma scheint gut zu funktionieren. Wie viele Menschen verleihen Sie denn so?“

„Wie viele Leiharbeitnehmer wir derzeit beschäftigen, kann ich ihnen gar nicht genau sagen.“

„Eine ungefähre Zahl“

„Wirklich, das ist schwer zu sagen.“

„Ist auch nicht wichtig“, sagte Ernesto und stand auf.

„Sie kommen doch am Faschingsamstag zum Umzug?“

„Wenn es sich nicht vermeiden lässt.“

„Ich habe schon gemerkt, dass Sie nicht so sind. Da sollten Sie sich ein Beispiel an Ihrem Kollegen nehmen.“

„Markus? Ja, das habe ich auch schon gehört“, sagte Ernesto.

„Sie müssen ein bisschen lockerer werden. Sie sind doch ein intelligenter Mann. Aus Ihnen kann noch etwas werden.“

Ernesto tätschelte dem Hund den Kopf und lächelte. „Dann verabschiede ich mich“, sagte er und wandte sich zum Gehen. Der Hund folgte ihm bis zur Terrassentür. Dort blieb Ernesto stehen und sah de Lorenzo an. Er überlegte, ob er noch etwas sagen sollte. Etwas über Hunde und Frauen und Anstand, aber Ernesto entschied sich dagegen. „Dann also bis Samstag“, sagte er, strich dem Hund noch einmal über den Kopf und ging.

Kapitel 6

19

Die Mappe mit der Presseaussendung zum Tourismusprojekt am Nassfeld lag aufgeschlagen vor Ernesto. So sehr er sich auch bemühte, er wurde aus dem Text nicht schlau. Da stand weder, wer hinter dem Projekt steckte, noch, wann es realisiert werden sollte. Nicht einmal, ob es sich um ein rein privates Projekt handelte oder ob es eine Beteiligung des Landes gab, konnte Ernesto feststellen.

Bloß das Vorhaben an sich wurde angepriesen. Vier neue Liftanlagen, zwei davon Gondeln, die anderen beiden Kabinensessellifte, dazu ein Hotelkomplex mit 250 Betten, Luxusstandard, und ein Feriendorf mit 80 Appartements.

Auf der Schreibunterlage notierte sich Ernesto ein paar Punkte. Darunter das Investitionsvolumen von 46 Millionen Euro. Eine ungeheure Zahl. Gerade wollte er zum Hörer greifen und den Landespressedienst anrufen, als die Tür zur Redaktion aufgestoßen wurde und eine Frau das Großraumbüro betrat.

Das Klacken ihrer Stöckelschuhe ließ alle Köpfe nach oben fahren. Die Jacke des Kostüms bauschte sich ob des energischen Schrittes, und aus dem Gesicht sprachen Kampfbereitschaft und Empörung. Ernesto erkannte die Frau des Villacher Bürgermeisters und stand auf. Er ging ihr ein Stück entgegen und stellte sich ihr in den Weg.

„Frau Guggenbichler, was kann ich für Sie tun?“, sagte er.

„Wer hat hier das Sagen?“

„Folgen Sie mir, Frau Guggenbichler." Ernesto breitete seine Arme aus und führte die Frau in ein Besprechungszimmer. „Kann ich Ihnen etwas anbieten? Einen Kaffee?"

„Den Chefredakteur. Ich möchte den Chefredakteur sprechen."

„Darf ich mich vorstellen? Mein Name ist Ernesto Valenti, und ich bin für die Berichterstattung über den Fall ihres Mannes zuständig."

„Haben Sie nicht gehört? Ich will den Chefredakteur sprechen."

„Der wird Sie wieder an mich zurückverweisen. Außerdem ist das im Moment nicht möglich. Ich werde aber gerne im Sekretariat nachfragen, ob wir in absehbarer Zeit einen Termin für Sie reservieren können."

Hilde Guggenbichler schlug die Beine übereinander und stellte die Handtasche neben sich auf den Boden. Ernesto setzte sich ihr gegenüber.

„Sie haben doch hoffentlich nichts an der Berichterstattung auszusetzen", sagte Ernesto und musterte sein Gegenüber.

„Nein", schnappte Guggenbichler und strich eine Haarsträhne hinters Ohr. „Aber die Polizei." Sie presste die Lippen aufeinander. „Die Polizei, dieser Major ..."

„Steinkellner", half Ernesto aus.

„Das ist ein furchtbarer Mensch. Können Sie sich vorstellen, wie der mich behandelt hat?"

„Erzählen Sie."

„Angeschrien hat er mich, und diese impertinenten Fragen. Wissen Sie, so geht man doch mit einer Dame nicht um."

Ernesto nickte.

„Da stehen auf einmal drei Beamte vor meiner Tür. In aller Herrgottsfrüh und wie im Film, sage ich

Ihnen. Wie im Film. Mitkommen, hat der eine gesagt. Kein Guten Morgen, kein Entschuldigen Sie die Störung. Mitkommen. Fehlt nur noch, dass sie mir Handschellen anlegen."

„Die Polizei. Also drei uniformierte Beamte haben Sie heute in der Früh abgeholt? Habe ich das richtig verstanden? Wissen Sie noch, wann genau das war? Und haben die irgendetwas gesagt, warum und wieso?"

„Nichts, kein Wort. Es war noch nicht einmal sechs Uhr. Ich in Nachthemd und Hausmantel. Stellen Sie sich das vor. Die Haare." Sie deutete etwas an, das wie ein Turm auf ihrem Kopf aussah. „Die halbe Nacht hab ich nicht geschlafen. Das ist alles furchtbar. Und dann poltern die gegen die Tür. Aufmachen, Polizei. Wie im Film."

Ernesto winkte Auer, der gerade draußen vorbeiging. „Bring der Frau Bürgermeister doch bitte eine Tasse Kaffee", sagte Ernesto, als Auer die Glastür einen Spalt öffnete.

„Dann im Polizeiauto nach Klagenfurt. Kein Wort haben die mit mir geredet, die ganze Fahrt nicht."

„Das ist doch sehr ungewöhnlich", sagte Ernesto. „Sie haben doch sicher gefragt, was man mit Ihnen vorhat?"

„Natürlich habe ich gefragt. Aber Antwort habe ich keine bekommen. Wenigstens anziehen durfte ich mich. Nur, dass diese Polizistin die ganze Zeit dabeigestanden ist. Was glaubt die eigentlich? Dass ich durchs Badezimmerfenster steige und davonlaufe? Ich bitte Sie. Und diese abschätzigen Blicke. Die hat mich angesehen wie eine Schwerverbrecherin. Außerdem, was ist das für ein Benehmen? Eine Frechheit ist das, eine bodenlose Frechheit. Dazustehen und mir zuzusehen, wie ich ... Ich will gar nicht ins Detail gehen und Sie in Verlegenheit bringen."

Ernesto winkte ab.

„Die ganze Fahrt über kein einziges Wort."

„Major Steinkellner hat Ihnen dann erklärt, was er von Ihnen will?"

„Dieser Rüpel. Ein ungehobelter Kerl ist das. Sitzt da in seinem Stuhl. Gerade, dass er die Füße nicht auf den Tisch legt." Sie rümpfte die Nase. „Wo ich in der Nacht war. Das war seine erste Frage. Statt einer Begrüßung."

„Sie waren im Congress-Center, direkt neben Ihrem Mann", sagte Ernesto. „Das weiß Steinkellner doch. Ich verstehe nicht ..."

„Da gibt es auch nichts zu verstehen", unterbrach ihn Hilde Guggenbichler. „Er wollte mich demütigen. Lässt mich da mitten im Büro stehen. Die Beamten immer noch bei der Tür, und dann stolziert dieser Major vor mir auf und ab."

Ernesto verbarg das Schmunzeln hinter seiner Hand. Steinkellner mit auf dem Rücken zusammengelegten Händen, leicht vorgebeugt, wie er um die Frau Bürgermeister herumrennt.

„Hat er auch noch andere Fragen gestellt?"

„Bah. Das hat gar nicht mehr aufgehört. Irgendwann hab ich mich einfach hingesetzt. Unglaublich. Ob ich von dem Verhältnis meines Mannes mit Jacqueline wusste? Na, was denn? Die Frau saß mir direkt gegenüber. Ich bin doch nicht blöd. Und die anderen Affären, die Sekretärinnen, Friseurinnen und so weiter."

„Was haben Sie gesagt?"

„Das mich das nicht interessiert hat, noch nie, und außerdem bin ich ja keine Buchhalterin, dass ich eine Liste führe."

„Aber egal war Ihnen das nicht."

„Das hat dieser Major auch behauptet." Sie warf den Kopf zurück.

Winfried Auer kam mit dem Kaffee zurück. Er warf Ernesto einen fragenden Blick zu, aber Ernesto schüttelte fast unmerklich den Kopf.

„Sie haben also grundsätzlich von den Affären Ihres Mannes gewusst. Ich glaube, Major Steinkellner sieht darin ein Motiv."

„Das ist doch lächerlich. Wenn das ein Motiv wäre, dann würde mein Mann schon seit zwanzig Jahren unter der Erde liegen."

„Ich verstehe."

„Aber selbst wenn das ein Motiv wäre. So muss man sich nicht behandeln lassen. Schon gar nicht, wenn es andere Verdächtige gibt."

„Ach so?"

„Schon seit über einem Jahr weiß dieser Major Steinkellner, dass mein Mann immer wieder Drohbriefe bekam. Fast jede Woche einen, und ich kann Ihnen sagen, die haben mir Angst gemacht."

„Was steht in diesen Drohbriefen?"

„Immer das Gleiche. Mein Mann soll von seinem Bürgermeisteramt zurücktreten, oder es passiert etwas Schreckliches. Und jetzt ist es passiert."

„Morddrohungen?"

„Zuerst nicht." Hilde Guggenbichler tupfte sich mit einen Taschentuch die Augenwinkel. „Zuerst, die ersten Briefe, da stand nichts Genaues drin. Nur eben, wenn er nicht zurücktritt ... Aber dann kamen die Morddrohungen. Wir zünden dir das Haus über dem Kopf an. Sei vorsichtig, wenn du über die Straße gehst."

„Und die Polizei hat davon gewusst?" Ernesto blätterte seinen Notizblock um und schrieb weiter. Drohbriefe. Und das hatten der Bürgermeister und die Polizei fast ein Jahr lang geheim gehalten? Da war nie auch nur das kleinste Gerücht aufgekommen?

„Von Anfang an", sagte Guggenbichler. „Man hat uns sogar Personenschutz angeboten. Aber mein Mann wollte das nicht. Der hat das nicht besonders ernst genommen."

„Aber es wurde ermittelt?"

„Das behauptet die Polizei jedenfalls."

„Und Ergebnisse?"

„Die Drohbriefe wurden von jemandem verfasst, der einen tiefen Hass auf meinen Mann hegt, oder so ähnlich, sagt Steinkellner."

„Auch schon was. Hat die Schriftanalyse etwas ergeben, Fingerabdrücke, das Papier?"

„Die Buchstaben wurden aus Zeitungen ausgeschnitten und aufgeklebt. Keine Fingerabdrücke oder DNA."

Ernesto schüttelte den Kopf.

„Das macht mich wütend. Was glauben die eigentlich, wer sie sind, diese Polizisten. Seit Monaten, seit über einem Jahr wissen die, dass mein Mann bedroht wird. Was hat dieser Steinkellner getan? Vertröstet hat er uns. Das wird schon nicht so schlimm sein. Bellende Hunde beißen nicht. Und jetzt lässt er mich vorführen. Oh, ich könnte ihm ins Gesicht springen."

„Sie sagen also, die Polizei in der Person von Major Steinkellner hat von den Drohbriefen gewusst und hat nicht wirklich was unternommen."

„Genau das sage ich. Und das können Sie auch so schreiben. Außerdem, und auch das können Sie schreiben, lass ich mich nicht wie eine Verbrecherin behandeln. Wenn die Polizei so ihre Unfähigkeit vertuschen will, dann haben die sich die Falsche ausgesucht. Das lasse ich mir nicht bieten."

„Ausgezeichnet", sagte Ernesto. „Ich muss natürlich Major Steinkellner die Möglichkeit geben, sich dazu zu äußern, aber wenn Sie einverstanden sind, dann schreibe ich das so."

„Schreiben Sie. Machen Sie das."

„Ich hätte da noch ein paar Fragen. Aber nicht für die Geschichte. Ich werde auch sicher nicht darüber schreiben", sagte Ernesto. Jetzt legte er seinen Notizblock weg und sah Hilde Guggenbichler in die Augen. Dafür, dass sie angeblich aus dem Schlaf gerissen und dann von Steinkellner verhört worden war, sah sie wie aus dem Ei gepellt aus. Das Haar trug sie offen. Die Bluse betonte ihre Augenfarbe, und der ponchoartige Umhang passte in Schnitt und Farbe perfekt zu ihren Schuhen.

„Sie haben vermutlich einen Verdacht, wer hinter den Drohbriefen steckt", begann Ernesto. „Was auch immer Sie mir darüber sagen, werde ich natürlich nicht schreiben. Das versteht sich von selbst. Aber ich bin neugierig."

20

Nachdem die Frau des Bürgermeisters gegangen war, verzog sich Ernesto auf die Dachterrasse. Er holte sich einen Liegestuhl aus der Abstellkammer und legte sich in die Sonne. Die Winterjacke bis zum Anschlag zugezogen, die Beine überkreuzt, so lag Ernesto da und blinzelte.

In ihrer Empörung hatte Hilde Guggenbichler alle Vorsicht vergessen. Es würde sie ja nicht wundern, wenn der Faschingskanzler hinter dem Mord stünde. Vielleicht hätte er das Gift auch höchstpersönlich in den Heringssalat gekippt. Zutrauen würde sie ihm das jedenfalls. Ulrich Wiegele bekleidete die Position des Faschingskanzlers seit Jahren, und wie Ernesto schon wusste, gab ihm dieses Amt eine Macht, die weit über das Abhalten von Faschingssitzungen hinausging. Als Geschäftsführer der Agentur für Fortschritt und Entwicklung ... Aber das wusste Ernesto schon alles.

Der Punkt war ein ganz anderer. Hilde Guggenbichler hatte einen konkreten Grund genannt, ein Motiv, und zwar ein verdammt gutes Motiv.

Als Bürgermeister konnte Alois Guggenbichler so gut wie alles in der Stadt verhindern. Jede Subvention, jede Personalentscheidung, jedes Bauvorhaben brauchte seinen Segen. Viele Bürgermeister üben diese Macht nicht in vollem Umfang aus. Guggenbichler war da anders. Während seine Partei bei der letzten Wahl die absolute Mehrheit verlor, schaffte Guggenbichler satte 76 Prozent bei der Direktwahl. Daraus einen politischen Auftrag abzuleiten, war nicht besonders schwer. Bei jeder Auseinandersetzung konnte er sich darauf berufen, wie groß das Vertrauen der Bevölkerung in seine Person war und wie gewaltig daher seine Verantwortung. Eine Verantwortung, die letztlich ganz allein auf seinen Schultern lastete.

Ernesto hatte dieses Argument bei der Durchsicht des Archivs so oft gelesen, dass er glaubte, Guggenbichler würde jede seiner Entscheidungen damit begründen. Das Argument wirkte jedenfalls, und in der Öffentlichkeit macht sich die Sorge um die Bevölkerung, um Frauen und Kinder immer besser als wirtschaftliche Überlegungen. Guggenbichler unterstellte seinen Gegnern gerne, dass es ihnen gar nicht um die

Schaffung von Arbeitsplätzen ging, sondern um Gewinnmaximierung.

Der aktuelle und laut Hilde Guggenbichler tiefgreifendste Konflikt mit dem Faschingskanzler und auch dem Vizebürgermeister betraf die Widmung einer riesigen Fläche im Süden der Stadt. Dort sollte, wenn es nach Wiegele und seiner Agentur ging, ein Einkaufszentrum, ach was, ein megalomanischer Einkaufskomplex entstehen, der speziell für Kunden aus Italien und Slowenien designt war.

„Mein Mann war dagegen. Er hatte schon dem Bau der anderen Einkaufszentren nur auf Druck der Landespartei zugestimmt. Aber diesmal, nein, keine Chance. Er sah ganz deutlich, wie die Einkaufszentren rund um die Stadt die Innenstadt immer mehr aushöhlen. Ein Geschäft nach dem anderen sperrt zu. Diese Entwicklung wollte er umkehren."

Bürgermeister Guggenbichler verfolgte einen recht engagierten Plan. Zunächst ließ er von seinem Büro erheben, wie viele Geschäftslokale derzeit in der Innenstadt leer standen. Für die Situation vor zehn Jahren gab es keine verlässlichen Zahlen, aber die Schätzung der Wirtschaftskammer reichte fürs Erste. Die Entwicklung war deutlich. Zwei von drei Geschäften waren entweder in eines der Einkaufszentren vor der Stadt übersiedelt oder hatten zugesperrt. Die durchschnittliche Überlebensdauer neuer Geschäfte war drastisch gesunken.

„Je mehr Einkaufszentren gebaut werden, desto weniger Geschäfte in der Innenstadt", sagte Hilde Guggenbichler. „Mein Mann konnte nicht verstehen, was daran so schwer zu begreifen war. Wiegele sagt immer, wir müssen neue Arbeitsplätze schaffen. Aber was sind das für Arbeitsplätze? Und welche gehen dabei verloren?"

Bei dieser Umwidmung ging es auf den ersten Blick um eine Menge Geld. Das Investitionsvolumen bewegte sich irgendwo im zweistelligen Millionenbereich. Die Gemeinde sollte das Grundstück kostenlos zur Verfügung stellen, und sowohl Gemeinde als auch Land gewährten Subventionen. Das Arbeitsmarktservice garantierte die Übernahme eines Teils der Lohnkosten, wenn die Baufirma und später die Betreiber des Einkaufszentrums zwanzig Prozent Langzeitarbeitslose beschäftigten.

Die meisten Bürgermeister wären auf das Geschäft eingestiegen. Für die Gemeinde selbst sprang dabei finanziell eher nichts heraus, aber die Sache ließ sich gut vermarkten. Der Bürgermeister, der für die Entwicklung seiner Gemeinde sorgt. Der Bürgermeister, der internationale Unternehmen in die Region holt.

„Aber mein Mann hatte andere Pläne. Du kannst ein Problem nicht mit mehr desselben lösen, sagte er immer."

„Watzlawick", sagte Ernesto.

„Ja, genau. Alois war ein großer Verehrer von Paul Watzlawick, und der Einzige in der Villacher Politik, der die Bücher auch wirklich gelesen hat."

„Hat seine Einwände irgendwer im Gemeinderat ernst genommen?", fragte Ernesto.

„Ernst genommen? Natürlich. Wenn Alois seine Zustimmung verweigert ... Aber verstanden hat das niemand. Vor allem der Samonig, der Vizebürgermeister, hat ihm das als böswillige Taktik ausgelegt. Dagegensein und die anderen auch noch als Dummköpfe dastehen lassen."

Nun, Dummköpfe ist vermutlich noch geschmeichelt, dachte Ernesto. Das Konzept des Bürgermeisters war nun wirklich nicht schwer zu begreifen. Er wollte schlicht und ergreifend das Geld, das man in das Einkaufszentrum stecken wollte, für die Innenstadt einsetzen. Statt ein Grundstück zur Verfügung zu stellen, mit den Besitzern der Innenstadtlokale über günstigere Mieten verhandeln und Mietsubventionen in Aussicht stellen. Statt einen Koordinator für die Kommunikation mit den Errichtern und Betreibern des Einkaufszentrums einen Manager einstellen, der sich um die Ansiedlung von Geschäften in der Innenstadt kümmerte. Ebendieser Manager sollte sich auch gleich Gedanken über den Branchenmix machen, über eine Corporate Identity der Innenstadt und darüber, wie man eine Reihe von Geschäften zu einer Art Einkaufszentrum im historischen Ambiente machen konnte.

„Das wäre ein langfristiges Projekt geworden", sagte Hilde Guggenbichler. „Mein Mann wollte noch in dieser Legislaturperiode damit beginnen und es dann in der nächsten und übernächsten umsetzen. Ziel war es, einen Großteil der Einkaufszentren rund um die Stadt zu schließen, sie abzureißen und dann zu schauen, was man mit den leeren Flächen Vernünftiges anstellen kann."

Allmählich wurde Ernesto kalt. Er steckte sich noch eine Zigarette an und zog die Jacke fester um seinen Oberkörper. Die Sonne war ganz angenehm, aber vom Flachdach stieg die Kälte auf und kroch durch die Kleidung bis auf die Haut. Wäre die Kälte nicht gewesen, Ernesto hätte es noch Stunden auf dem Dach ausgehalten. Vor allem wenn er daran dachte, was ihn unten im Büro erwartete. Zuerst musste er Auer informieren, und dann musste er Steinkellner anrufen. Zu beidem hatte er keine Lust.

21

„Du musst unbedingt Steinkellner anrufen", sagte Winfried Auer, als er sich Ernestos Bericht angehört hatte.

Ernesto antwortete nicht.

„Du weißt, dass das die journalistische Sorgfaltspflicht gebietet."

„Seh ich aus wie ein Anfänger?", sagte Ernesto.

„Ich sag das zu jedem."

„Ich weiß, und das nervt."

„Es ist eine heikle Angelegenheit. Wenn das stimmt." Auer schnalzte mit der Zunge.

„Auch wenn es nicht stimmt. Sie hat es gesagt. Sie hat es behauptet, und damit ist das eine Geschichte."

„Aber anrufen musst du ihn."

„Ich hab dich gehört", sagte Ernesto und schnaufte. „Ich schaufle jetzt eine Seite frei, und dann mach ich mich an die Arbeit."

Auer ließ Ernesto ziehen, aber Ernesto wusste, dass er Auer im Nacken sitzen hatte. Es war seine Aufgabe als Chef vom Dienst, aber Ernesto konnte das nicht ausstehen. Er sah Auer an der Glastür zu seinem Büro lehnen, während er mit Steinkellner telefonierte. Ernesto winkte ihm und schaltete den Lautsprecher ein.

„... geht Sie einen Dreck an, Valenti."

„Darüber kann man durchaus unterschiedlicher Auffassung sein", sagte Ernesto. „Wenn die Theorie von der Kontrollfunktion des Journalismus in einer Demokratie etwas wert ist, dann geht mich das sehr wohl etwas an, wie Sie ihre Verhöre führen. Finden Sie nicht, das ist schikanös?"

„Das müssen Sie schon mir überlassen."

„Heißt das, Sie bestreiten die Schilderungen von Frau Guggenbichler nicht? Sie haben sie also von Beamten um sechs Uhr früh abholen und nach Klagenfurt bringen lassen?“

„Das ist doch alles absolute Routine, und das wissen Sie auch.“

„Wenn man jemanden verdächtigt vielleicht“, sagte Ernesto. „Führen Sie Frau Guggenbichler als Verdächtige?“

„Dazu kann ich Ihnen nichts sagen.“

„Sie machen es mir nicht leicht. Ich werde diesen Artikel schreiben, das wissen Sie genau. Wie gut oder schlecht Sie dabei wegkommen, liegt an Ihnen. Außerdem frage ich mich, welche Taktik Sie da verfolgen.“

„Sie behindern meine Arbeit, und da wundern Sie sich, dass Sie keiner mag und dass man Sie auf der Straße als Dreckfink und Journalistenpack beschimpft. Ich habe Sie immer verteidigt, Valenti. Aber langsam verstehe ich die Leute.“

„Ich find’s auch nicht immer lustig.“ Ernesto wischte sich mit der Hand übers Gesicht und warf Auer einen Blick zu.

„Sie sind eine Nervensäge.“

„Das gehört zum Job. Also, jetzt sagen Sie etwas Zitierfähiges zur Frau Bürgermeister. Ein Satz, ich bitte Sie. Irgendetwas Sympathisches. Und dann verraten Sie mir, was es mit diesen Drohbriefen auf sich hat.“

„Drohbriefe?“

„Ich weiß Bescheid. Sie brauchen nicht so zu tun, als hätten Sie noch nie davon gehört. Irgendjemand schickt dem Bürgermeister Drohbriefe. Seit über einem Jahr, und Sie haben immer noch nicht herausgefunden, wer dieser Jemand ist.“

„Schreiben Sie meinetwegen, dass es mir leidtut, wenn sich Frau Guggenbichler unfreundlich behandelt fühlt. Das war sicher nicht meine Absicht, und mein Stil ist das auch nicht. Ich werde mich noch persönlich bei ihr entschuldigen."

„Sie lügen schon fast so gut wie ein Politiker", sagte Ernesto. „Und was ist jetzt mit den Drohbriefen?"

„Kein Kommentar." Steinkellner legte auf.

Kapitel 7

22

Im Keller sprang die Heizung an, und Ernesto hörte das gedämpfte Pfauchen des Ölbrenners. Der Heizkörper unter dem Fenster war so heiß, dass Ernesto sich fast verbrannte, und dennoch fror er. Mit der Kaffeetasse in der Hand stand er da und sah hinaus in die Dunkelheit. Die Uhr am Display des Mobiltelefons zeigte 5 Uhr 43. Der Rauch der Zigarette stieg kerzengerade auf und verlor sich dann in fast unsichtbaren Kringeln.

Selbstverständlich machte Major Steinkellner seine Arbeit. Daran bestand kein Zweifel, und Schlamperei hatte man ihm noch nie vorwerfen können. Auch die Leiharbeiterinnen würde er in den nächsten Tagen noch überprüfen, und falls er ihrer habhaft werden konnte, würde er sie auch befragen. Ernesto musste ihm da nicht hinterherdackeln, und dennoch ... Er nahm die Zigarette wieder auf. Steinkellner hatte nur einen Blick für das mehr oder weniger Offensichtliche, wobei er das weniger Offensichtliche schon für das Verborgenc hielt. Möglicherweise war das nicht einmal eine Frage von Klugheit oder Verbohrtheit, sondern schlicht und ergreifend eine pragmatische Sicht der Dinge. Verbrecher sind in der Regel nicht besonders schlau, und deshalb genügt die Durchdringung des Offensichtlichen völlig, um sie zu überführen.

Auf den ersten Blick gab es zwei Bereiche, aus denen Mörder und Mordmotiv hervorgehen konnten. In Alois Guggenbichlers Privatleben brütete ein

Konflikt direkt im Zentrum und vor aller Augen. Ob seine Frau die Geliebte nun akzeptierte oder nicht, ob sich die beiden vertrugen oder hassten, es spielte keine Rolle. Markus meinte, die Frau Bürgermeister hätte sich mit der Situation abgefunden. Solange sie die Frau Bürgermeister war, die First Lady, konnte ihr Mann sich vergnügen, wo und mit wem auch immer er wollte.

Ernesto hegte Zweifel, ob sie wirklich so abgeklärt war. Selbst wenn sie es einmal gewesen sein sollte, hatten ihr Selbstwertgefühl und ihre Geduld in den Jahren und Jahrzehnten sicher gelitten. Zermürbt von den Blicken, von geflüsterten Schmähungen mochte dieses Selbstbewusstsein schon vor langer Zeit in sich zusammengebrochen sein.

Wie muss es sich anfühlen, wenn man die Straße entlanggeht, und es kommt einem das eigene Spiegelbild entgegen? Eine Doppelgängerin, nur zehn, fünfzehn Jahre jünger. Wenn man von dem Menschen, den man liebt, öffentlich gedemütigt wird. Immer und immer wieder. Wenn man mit seinem Mann auf einer Veranstaltung auftaucht und mit dem Namen der Geliebten angesprochen wird. Das gleiche Auto, der gleiche Hund, und dann macht sich der eigene Mann auch noch öffentlich darüber lustig.

Wie lange erträgt man diese Bosheiten? Manche Menschen wehren sich vielleicht nie, andere schon viel früher.

In welche Kategorie Hilde Guggenbichler gehörte, konnte Ernesto nicht sagen. Ob sie gleich so radikale Lösungen suchte wie einen Mord, woher sollte Ernesto das wissen?

Die Ausführung des Mordes passte allerdings. Um die öffentliche Demütigung zu rächen, inszenierte

Hilde Guggenbichler eine Art öffentliche Hinrichtung. So wie ihr Mann sie vorgeführt und vor aller Augen beschämt hatte, so sollte er auch sterben.

Ein Motiv hatte Hilde Guggenbichler ganz offensichtlich, und sie hatte auch eine Gelegenheit. Warum sollte sie aber gerade jetzt, an diesem Abend, zur Tat schreiten? Warum hatte sie ihren Mann nicht schon vor Jahren umgebracht?

Der Kaffee in der Tasse wurde kalt, und draußen kroch so etwas wie Morgenlicht über die mit Schnee bedeckten Büsche. Noch dauerte es fast eine Stunde, bis aus dem blauen Licht der frühe Tag werden würde. Ernesto goss den kalten Kaffee ins Spülbecken und machte sich einen neuen.

Die Frau des Bürgermeisters als Mörderin. Ernesto schüttelte den Kopf. Natürlich musste man diese Möglichkeit im Auge behalten, aber Ernesto war nicht überzeugt. Vor allem die Geschichte mit den Drohbriefen irritierte ihn.

Wie es aussah, gab es in dieser Stadt einige, die Guggenbichler nicht gerade wohlwollend gegenüberstanden. Ulrich Wiegele, der Faschingskanzler, und in seinem Gefolge de Lorenzo und Konsorten schienen sich nicht nur für die wahren Herrscher der Stadt zu halten, sie waren es auch. Sie versuchten, die Wirtschaft unter ihre Kontrolle zu bringen, und soweit Ernesto das beurteilen konnte, gelang ihnen das ganz hervorragend. Guggenbichler stand ihnen im Weg.

Aber auch da wusste er noch zu wenig. Im Moment mutmaßte Ernesto, dass Guggenbichlers Ideen vor allem Wiegele in seiner Funktion als Geschäftsführer der Agentur für Fortschritt und Entwicklung schaden würden. Wenn er Glück hatte, dann ließ sich das sehr leicht überprüfen.

Immer noch herrschte draußen die Düsternis des Wintermorgens. Ernesto saß vor dem Laptop und suchte nach der Homepage der Agentur. Das Impressum verriet Ernesto, dass sich die Agentur im hundertprozentigen Eigentum des Landes Kärnten befand und Wiegele als Geschäftsführer fungierte. Das Aufgabengebiet der Agentur war eher vage definiert. Unterstützung und Förderung der wirtschaftlichen Entwicklung des Landes. Aufbau von internationalen Beziehungen.

Das konnte alles oder nichts bedeuten, aber die Unterseite „Für Unternehmer“ verriet Ernesto dann doch, was er wissen wollte.

Die Agentur beschäftigte neben Wiegele noch zwanzig weitere Personen aus unterschiedlichen Fachgebieten. Eine Gruppe war mit der Rekrutierung von Gewerbebetrieben aus dem Ausland beauftragt. Die Liste der Vergünstigungen, die man potentiellen Investoren bot, war beeindruckend. Von der Standortsuche und der ersten Planung über die Unterstützung bei Förderungen und etwaigen Genehmigungen bis hin zur Vermittlung von Krediten und Fachkräften. Eine One-Stop-Einrichtung für ausländische Investoren, eine Einsatztruppe, die dem Kapital alle bürokratischen Hindernisse aus dem Weg räumte. Was ein bisschen seltsam wirkte, angesichts der Tatsache, dass diese Hindernisse hauptsächlich vom Eigentümer der Agentur, nämlich dem Land Kärnten, stammten. Doch vielleicht war das nur auf den ersten Blick eine bizarre Konstellation. Die Gesetze und Verordnungen dienten zur Beschwichtigung der Öffentlichkeit. Seht her, wir haben ein ganz tolles Natur- und Landschaftsschutzgesetz. Uns ist die Umwelt etwas wert, und deshalb verbieten wir jede Bautätigkeit in den Schutzgebieten.

Sollte dann allerdings doch jemand kommen und ebendort, sagen wir, ein Hotel oder einen Schilift planen, dann konnte man die Verordnung immer noch kippen oder umgehen. Was sind schon ein paar Stauden, ein paar Murmeltiere, wenn es um Arbeitsplätze in einer strukturschwachen Region geht?

In der Rubrik „Projekte in Planung“ fand Ernesto das Tourismusprojekt Nassfeld.

„Na, so kann's gehen“, sagte Ernesto halblaut vor sich hin. Zuerst stieß er auf eine Fotostrecke, die den Standort des Hotels und des Hüttendorfes zeigte. Die vier neuen Liftanlagen waren mit krakeligen roten Linien gekennzeichnet. Daneben gab es einen Link zu einem PDF.

Das PDF zeigte noch einmal die Luftaufnahmen, gab aber zusätzlich die Koordinaten an. Darunter stand eine kurze Beschreibung des Standortes.

Das Nassfeld in den Karnischen Alpen ist das größte Schigebiet Kärntens. Auf einer Seehöhe von 610 bis 2000 Metern finden sich insgesamt 110 km Pisten, die über 17 Schlepplifte, vier Sesselbahnen und drei Hochgeschwindigkeitssessellifte erschlossen sind. Dazu kommt noch eine Gondelbahn, die die Zielarena in Tröpolach mit dem Schi-Zentrum auf 1919 Meter verbindet.

Das Nassfeld ist besonders für seine Schneesicherheit bekannt und liegt ideal im Einzugsfeld zwischen Österreich und Italien.

Konzept:

Als Ergänzung dieses Angebots sind ein Fünf-Sterne-Luxusresort mit einer Kapazität von 250 Betten und ein Feriendorf mit 80 Appartements geplant.

Zielgruppe sind unter anderem Nationalmannschaften aus verschiedenen Bereichen, die hier sowohl im Winter als auch im Sommer ihr Höhentraining absolvieren können.
Ein ganzjähriger Hotelbetrieb ist geplant.

Widmungen sind vorhanden.
Baubewilligung ist erteilt.

Investitionen:
Investition Hotelprojekte: ca. 25 Millionen
Investition Feriendorf: ca. 21 Millionen

Es besteht die Option auf weitere Grundstückskäufe mit gewerblicher Widmung. Die Errichtung eines Einkaufszentrums im Bereich des Feriendorfes ist in Planung.
Gesucht wird ein Gesamtinvestor.

Ernesto dämpfte die Zigarette aus und zündete sich eine neue an. Das war vermutlich keine Spur, die zum Mörder des Bürgermeisters führte, aber irgendwo musste man ja anfangen. Als Geschäftsführer der Agentur für Fortschritt und Entwicklung hatte Wiegele eine ganze Menge Macht. Wenn er dafür verantwortlich war, Investoren für solche Projekte an Land zu ziehen, dann hatte man als kleiner Bürgermeister nicht mehr viel zu melden. Selbst jemand wie Alois Guggenbichler dürfte gegen Wiegele einen schweren Stand gehabt haben. Dem Druck des Geldes standzuhalten, sich gegen die Propaganda zu wehren und sich in der Öffentlichkeit als Verhinderer brandmarken zu lassen, da braucht man schon ziemlich gute Nerven, um nicht gleich umzufallen.

Gleich unter dem Hotelprojekt am Nassfeld fand Ernesto die Ausschreibung für ein Einkaufszentrum in Villach.

Das war wohl die Geschichte, um die es zwischen Guggenbichler und Wiegele gegangen war. Noch ein Einkaufszentrum in der Peripherie von Villach. Da war von einer Verkaufsfläche von 80 000 Quadratmetern die Rede. Damit wäre dieses Einkaufszentrum mehr als doppelt so groß wie jedes andere in Kärnten. Die Investitionssumme wurde mit 197 Millionen Euro angegeben. Eine absurde Summe, wie Ernesto zunächst fand. Aber nachdem er die Daten zu ein paar anderen Einkaufszentren gecheckt hatte, sah es so aus, als sei dieser Riesenhaufen Geld durchaus im Rahmen des Üblichen. Nach offiziellen Angaben hatte das flächenmäßig größte Einkaufszentrum in der Klagenfurter Innenstadt etwa 170 Millionen gekostet, und das nicht viel kleinere in Villach schlug mit 94 Millionen zu Buche. Angesichts des Wellness- und Spa-Bereichs, des Kinos und der Restaurants erschienen Ernesto 197 Millionen immer noch ziemlich viel, aber durchaus realistisch.

Jedenfalls ging es da um eine ganze Menge Geld, um Arbeitsplätze und mögliche Profite. Ein von der Größe her vergleichbares Einkaufszentrum erzielte immerhin einen Jahresumsatz von etwa 300 Millionen Euro.

300 Millionen im Jahr und nur ein Sturkopf, der das verhinderte. Ernesto hatte keine Ahnung, womit man Guggenbichler unter Druck gesetzt hatte. Die Drohbriefe natürlich, aber da gab es sicher noch mehr. Man hatte versucht, ihn zu ködern, ihm Wunder versprochen, neue Arbeitsplätze, jubelnde Massen. Du musst einfach zustimmen. Dieses Projekt ist

für die Stadt überlebenswichtig. Es stärkt die Region und bringt neue Menschen in die Stadt. Ernesto konnte das Geschwätz förmlich hören. Nur, Bürgermeister Guggenbichler wollte ganz einfach nicht. Er hatte andere Prioritäten, und die 300 Millionen Umsatz in dem Einkaufszentrum waren ihm schlicht egal.

Nach wie vor war Ernesto der Meinung, dass man wegen so etwas niemanden umbringt. Es gibt elegantere Methoden, einen Bürgermeister aus seinem Amt zu jagen. Ein kleiner Skandal, eine Erpressung und eine satte Abfindung, vielleicht ein Nationalratsmandat. Auch Guggenbichler hatte sicher seinen Preis. Aber wenn man mit einem Mord nicht nur ein Investitionshindernis aus dem Weg schaffen, sondern auch noch seinen Hass befriedigen konnte, dann konnte man das Angenehme mit dem Nützlichen verbinden.

Ernesto traute Wiegele den Mord durchaus zu. Als Geschäftsführer der Agentur hatte er eine Menge zu verlieren, und in seiner Funktion als Faschingskanzler pflegte er eine lange und innige Feindschaft mit dem Bürgermeister.

23

Auf Ernestos Schreibtisch lag ganz oben auf dem Stapel an Unterlagen und Briefen ein Folder, der die nackte Rückenansicht einer Frau zeigte.

„Wellnessclub Kärnten – Die besondere Erfahrung" stand da in roten Lettern. Es war die Einladung zur Eröffnung des Clubs am Donnerstag.

Ernesto legte den Folder zur Seite und sah sich die Presseaussendungen und Briefe an, die sich seit gestern angesammelt hatten. Eine Einladung zu einem

Literaturabend in Villach. „The Shades of Marquis de Sade“ am Aschermittwoch um 19 Uhr. Fünf Einladungen zu Gemeinderatssitzungen und eine Pressemappe über das Sommerprogramm der Kulturabteilung des Landes Kärnten. Außerdem verstopften gefühlte achthundert Mails Ernestos Posteingang.

Auer ging gerade durch die Tischreihen, und Ernesto winkte ihn zu sich.

„Was soll der Scheiß?“, fragte Ernesto und hielt Auer den Folder mit dem nackten Frauenrücken hin.

„Ah, ich dachte, wenn du schon mit Villach beschäftigt bist, kannst du das auch gleich machen.“

„Kann ich was machen?“

„Zur Eröffnung gehen und berichten.“

„Zur Eröffnung von einem Puff?“ Ernesto breitete die Arme aus. „Dir geht's aber sonst schon noch gut?“

„Der Pfarrer kommt auch und segnet den Wellnessclub.“

„Ah, ja eh“, machte Ernesto.

„Kein Scherz.“

„Na, immerhin ist Fasching.“

„Du gehst da hin, und Hochegger soll ein paar schöne Fotos schießen.“

Ernesto sah Auer fragend an.

„Das ist ganz harmlos. Hat mir der Marketingbeauftragte jedenfalls gesagt.“

„Die haben einen Marketingbeauftragten?“

„Das ist ein hochprofessionelles Unternehmen mit mehreren Zweigstellen in ganz Europa. Ein völlig neues Konzept. Musst du dir unbedingt ansehen.“

„Zuckst du jetzt aus oder was? Das ist ein Bordell, oder?“

„Aber ganz etwas Neues. Komm mit, ich hab die Unterlagen im Büro. Du musst ja schließlich auch noch etwas anderes machen als diesen Mordfall. Übrigens, wie geht's da weiter?"

„Exklusivgeschichte. Ich habe heute Früh mit der Frau Bürgermeister telefoniert, und sie gibt mir Kopien der Drohbriefe. Wir treffen uns zu Mittag."

„Sehr gut."

„Und übrigens ist das die dritte oder vierte Exklusivgeschichte in dieser Woche, und deshalb kannst du deine Gemeinderatssitzungen selber machen."

„Aber ich hab doch niemanden sonst."

„Mir wurscht." Ernesto blätterte den Katalog des Wellnessclubs durch. Auf dem Umschlag sah man eine Frau, die aus einem Pool auftauchte und ihre Haare nach hinten warf. Ihre nackten Brüste starrten Ernesto entgegen. Die Aufnahme hätte man auch für Shampoowerbung verwenden können. Auf der Innenseite des Umschlags fand Ernesto das Editorial des Geschäftsführers. Ein gewisser Hans-Hermann Gercke schrieb hier über den „Wellnessclub der Trendsetter".

„Entspannung und Erholung im Luxusambiente des Wellnessclubs Kärnten – ein Erlebnis, das Sie nie vergessen werden. Unser Haus bietet sowohl für den Tagesgast wie auch für längere Aufenthalte alles, was man sich nur wünschen kann. Die Zimmer und Suiten entsprechen den höchsten Anforderungen. Der großzügige Wellness- und Komfortbereich lässt keine Wünsche offen. Die Damen und Herren unseres Servicepersonals lesen Ihnen jeden Wunsch von den Augen ab."

Auf der gegenüberliegenden Seite sah man einen Ausschnitt aus diesem Wellnessbereich. Nackte Frauen räkelten sich auf weißen Handtüchern. Auf Beistelltischen standen Sektkübel, und im Hintergrund, durch eine Glasfront sichtbar, erstreckte sich eine Hügelkette.

„Ganz wunderbar", sagte Ernesto. „Die haben echt alle ein Rad ab. Aber die Gemeinderäte teilst du bitte jemand anderem zu." Er verließ kopfschüttelnd Auers Büro.

„Ein Bordell als Wellnessclub, und wir berichten über die Eröffnung", murmelte Ernesto vor sich hin. „Und das soll ich auch noch cool finden."

„Was sollst du cool finden?" David Simon stand mit einer Tasse Kaffee in der Hand am Schreibtisch von Franziska Edlinger.

„Na, das hier." Ernesto warf den Folder auf den Schreibtisch. „Wir berichten von der Eröffnung eines Bordells."

„Hab schon davon gehört", sagte Simon. „Seit wann bist du denn so prüde?"

„Darum geht es doch gar nicht", antwortete Ernesto. „Aber weißt du, was ein Widerstreit ist?"

„Jetzt wird's philosophisch", sagte Edlinger und sah zu Ernesto auf.

„Ganz genau", sagte Ernesto. „Stell dir vor, du bist eine junge Frau aus Moldawien. Gerade achtzehn oder neunzehn Jahre alt, und irgend so ein Typ hat dir erzählt, er hätte eine Stelle als Au-pair-Mädchen für dich. Du sollst in Wien bei einem reichen Ehepaar wohnen und auf die Kinder aufpassen. Daneben kannst du studieren. Das klingt doch nicht schlecht?"

„Das klingt viel zu gut", sagte Franziska Edlinger. „Aber ich verstehe, dass man das glauben will."

David Simon sah skeptisch drein, sagte aber nichts.

„Die Geschichte ist nicht besonders originell", sagte Ernesto. „So etwas passiert jeden Tag, und die Mädchen schlucken den Köder. Viele würden auch mitgehen, wenn man ihnen die Wahrheit sagt. Es gibt natürlich keine Au-pair-Stelle. Die Mädchen landen im Bordell. Auf den ersten Blick mag das für eine junge Moldawierin gar nicht allzu abschreckend sein. Sie hat ja noch keine Ahnung, wie es in dem Geschäft zugeht. Sie denkt womöglich, na gut, ich schlafe mit Männern, das ist zwar erniedrigend, aber ich verdiene eine Menge Geld und kann mir damit zu Hause eine Existenz aufbauen. Oder ihr Zuhälter redet ihr ein, dass die österreichischen Männer so auf Frauen aus dem Osten abfahren, dass sie bald einen Ehemann finden wird.“

„Das ist in den meisten Fällen zwar gelogen, aber strafrechtlich doch wohl kaum relevant“, sagte David Simon.

„Schlimm genug“, antwortete Ernesto. „Doch darauf will ich gar nicht hinaus. Der Betrug ist nur eine Voraussetzung des Widerstreits. Das Mädchen kommt also nach Österreich und wird zur Prostitution gezwungen. Das Geld kassiert der Zuhälter, und was dem Mädchen bleibt, geht für Miete, Essen und den täglichen Bedarf drauf. Wohnen muss das Mädchen nämlich in einem der Häuser des Zuhälters oder des Bordellbetreibers, und die Mieten dort sind heftig.

Weigert sich das Mädchen, wird es geschlagen, vergewaltigt, und die Familie in Moldawien wird bedroht. Was würde unsereiner in so einer Situation tun? Wir würden zur Polizei gehen. Genau da wird aber der Widerstreit schlagend.

Die junge Frau hält sich illegal in Österreich auf. Zudem macht sie sich der illegalen Prostitution schuldig, und im Übrigen gehe ich davon aus, dass unseren Behörden noch ein paar Anschuldigungen einfallen. Geht diese Frau also zur Polizei, findet sie sich als Beschuldigte wieder. Man sagt zu ihr: In unseren Augen bist du kein Opfer, sondern eine Täterin. Welches Unrecht dir auch zugefügt wurde, ist in unseren Augen kein Unrecht. Oder, es ist vielleicht ein Unrecht, aber wir können es nicht ahnden. Die Klägerin wird so zu einem Opfer gemacht, das das Unrecht, das ihm angetan wurde nicht einklagen kann. Schlimmer noch. Der Versuch, sich zu wehren, führt zu einer weiteren Bestrafung. Der Abschiebung ins Heimatland, vielleicht sogar einer Haftstrafe oder Geldbuße. Das ist ein Widerstreit."

„Du weißt doch gar nicht, wie es in diesem Wellnessclub zugeht", sagte Simon.

„Jetzt bist du aber naiv", meinte Edlinger. „Nur wegen der Hochglanzfotos im Folder glaubst du, die sind besser als irgendein schmieriger Zuhälter?"

„Es ist sogar noch schlimmer", sagte Ernesto. „In so einem grindigen Puff ist das offensichtlich. Da hockt schon einmal ein Mädchen mit einem blauen Auge an der Theke, und wenn sie nicht spurt, setzt es ein paar Watschen."

„Woher weißt du denn das?", fragte David Simon.

„Vielleicht bin ich nicht ganz so prüde, wie du glaubst. Seht ihr das? Dass da ein Unrecht zugedeckt wird? Es verschwindet hinter diesen Hochglanzbildern."

„Und gehst du hin zu der Eröffnung?", fragte Simon.

„Selbstverständlich gehe ich da hin. Es wird mir ein Vergnügen sein", sagte Ernesto und presste die Lippen aufeinander. „Weil wir gerade beim Vergnügen sind, Fasching und so. Fällt einem von euch zu diesem Faschingsprinzen etwas ein, diesem Massimo de Lorenzo?"

„Was für ein pompöser Name. Massimo de Lorenzo", sagte Edlinger.

„Nicht wahr?“ Ernesto grinste. „Ein überaus sympathischer Kerl.“

„Wie kommst du jetzt auf den?“, wollte Simon wissen.

„Na ja.“ Ernesto wiegte den Kopf hin und her. „Ich weiß auch nicht. Mir kommt das nur alles extrem seltsam vor, diese Faschingsgilde. Aber macht euch keine Mühe. Ich suche schon selbst.“

„Warte“, sagte Simon. „Der hat doch diese Leiharbeiterfirma?“

„Mhmm“, machte Ernesto.

„Ich könnte schwören, da war etwas“, sagte Simon und kratzte sich an der Stirn. „Das ist noch gar nicht so lange her. Ich schau gleich nach und sag dir dann Bescheid, Chef der Abteilung Mord und Totschlag.“ David Simon nahm seinen Kaffee und ging lachend davon. Ernesto hob die Augenbrauen und machte sich auf den Weg. Er hatte eine Verabredung in Villach.

24

Auf der Fahrt nach Villach lief im CD-Player ausnahmsweise nicht Kurt Ostbahn. Leonard Cohen sang darüber, wie sich das Haar seiner Geliebten während des morgendlichen Liebesspiels wie ein schläfriger, goldener Sturm über den Kopfpolster bewegt. Ganz entfernt erinnerten Ernesto diese Zeilen an ein Minnelied von Ulrich von Lichtenstein. Die Minne sei dann vollkommen, wenn ein Mann und eine Frau vier Arme um ihre Leiber schlingen und so gegenseitig ihre Blößen bedecken. Dann sei die „fröide grôz“, ja und ob da nicht noch mehr geschieht, wenn der zarte Mund, von der Minne wund, durch die Umarmung wird gesund.

Seit Wilhelm von Aquitanien im 11. Jahrhundert das Frauenlob angestimmt hatte, war es nicht mehr verstummt. Immer und immer wieder besangen die Dichter die Göttlichkeit der Frauen, die sich in einer Berührung, in einem Kuss offenbart. Was für ein Unterschied zu den arschgrapschenden Barbaren mit Narrenkappe.

Ernesto parkte in der Nähe des Hans-Gasser-Platzes und spazierte dann an der Kirche St. Jakob vorbei auf den Hauptplatz. Am frühen Nachmittag war nicht viel los in der Stadt. Eine Gruppe von Schülern schlenderte vor Ernesto her. Ein Junge in einem bodenlangen Ledermantel reichte eine Zigarettenschachtel herum. Unter den Haaren schlängelten sich die Kabel der Ohrstöpsel für Smartphones, und die Mädchen hatten sich dicke, lange Schals um den Hals gewickelt.

Weiter unten, Richtung Draubrücke, bemerkte Ernesto eine Frau. Er sah sie nur von hinten, aber die Haarfarbe, der Gang, das musste Hilde Guggenbichler sein. Hatte sie nicht gestern genau diesen Mantel getragen? Da warf die Frau einen Blick über die Schulter, und Ernesto war sich ziemlich sicher, dass das da vorne Jacqueline Moser war.

Also beschleunigte Ernesto seinen Schritt. Laufen wollte er nicht, dazu war der Boden zu glatt. Kurz fragte sich Ernesto, warum die Gemeinde hier, am wichtigsten Platz der Stadt, kein Salz streuen ließ. Dann hatte er die Frau eingeholt und tippte ihr auf die Schulter.

„Frau Moser“, sagte Ernesto. „Entschuldigen Sie die Störung.“

Jacqueline Moser sah ihn mit zusammengekniffenen Augen an.

„Ernesto Valenti von der Kärntner Tagespost. Ich will Sie nicht belästigen, aber wenn ich Sie schon einmal treffe ..."

„Was wollen Sie wissen?"

„Um die Wahrheit zu sagen, habe ich eine Reihe von Fragen. Aber hier in der Kälte, und außerdem habe ich gleich einen Termin. Es würde mich aber vor allem interessieren, wie Sie Alois Guggenbichler kennengelernt haben."

„Gefällt es Ihnen, im Leben anderer Menschen herumzuschnüffeln?"

„Das hat damit überhaupt nichts zu tun."

„Mit was dann?"

„Ich will den Mörder des Bürgermeisters finden."

„Ha, dass ich nicht lache. Die Schmutzwäsche wollen Sie vor allen Leuten ausbreiten. Eine miese kleine Zeitungsgeschichte. Sonst nichts."

Ernesto wollte schon sagen, dass es nicht mehr viel auszubreiten gab. Die Schmutzwäsche lag schon seit Jahren für alle sichtbar da, und wer auch immer wollte, wusste ganz genau Bescheid über die Dauergeliebte des Bürgermeisters.

„Sie mischen sich da in Sachen, die Sie nichts angehen", sagte Jacqueline Moser und wandte sich zum Gehen. „Überlassen Sie das der Polizei."

Ernesto blieb stehen und sah ihr nach, wie sie über die Draubrücke davonging. Er drehte sich um und ging zurück zum Café. Als er eintrat, bemerkte er gleich einen Clown, der mit einem Tablett zwischen den Tischen hin- und herging. Auch an der Bar standen ein paar Maskierte, und die Kellnerin hinter der Theke hatte sich auf jede Wange ein rotes Herz gemalt.

Ganz hinten in einer Nische neben dem Eingang zu den Toiletten saß Hilde Guggenbichler. Sie rührte in ihrem Kaffee, und eine Zigarette rauchte im Aschenbecher vor sich hin.

„Jetzt habe ich gerade Ihre Doppelgängerin getroffen", sagte Ernesto. „Eine etwas peinliche Begegnung."

Hilde Guggenbichler versuchte zu lächeln.

„Kommt es nur mir so vor, oder sind die Leute hier in Villach ein bisschen sehr misstrauisch, wenn es um die Presse geht?"

„Ich bin ja hier", sagte Hilde Guggenbichler.

„Ja, das freut mich. Ich hoffe, Sie haben sich das nicht noch einmal überlegt, wegen der Briefe."

Guggenbichler schüttelte den Kopf und gab Ernesto einen Ordner. „Am besten, Sie stecken es gleich ein. Das muss außer uns niemand sehen."

Der Clown kam auf den Tisch zu. „Was darf es sein?"

„Nichts, ich bin schon wieder weg", sagte Ernesto.

„Dann erzähle ich Ihnen wenigstens einen Witz. Ruft ein Gast nach dem Kellner. Sie, Herr Ober, da schwimmt eine Fliege in meiner Suppe. Sagt der Ober drauf: Kein Problem, setz ich auf die Rechnung."

„Sehr lustig." Ernesto sah den Clown an, als wolle er ihm gleich ins Gesicht springen. „Sie wissen aber schon, dass ich darüber schreiben werde", fuhr er fort, nachdem der Clown ein paar Tische weiter war.

„Wenn es hilft."

„Ich hoffe doch", sagte Ernesto. „Und jetzt werde ich Sie nicht länger aufhalten. Es gibt noch eine Menge zu tun."

Als Ernesto wieder ins Freie trat, merkte er, wie sich der Tag neigte. Schon stieg die Dämmerung vom Fluss herauf und breitete sich in den Gassen aus. Jetzt zogen Gruppen von Männern über den Hauptplatz.

Sie trugen blaue Jacken und blaue Kappen mit dem Logo des Villacher Eishockeyvereins.

„Hier regiert der VSV“, brüllte einer, und einige andere antworteten ihm. Während Ernesto zurück zu seinem Auto ging, hörte er irgendwo in der Ferne: „Olé, olé, olé. We are the champions. We are the champions.“

Als ob der Fasching nicht ausreichen würde, um die Stadt verrückt zu machen. Nein, jetzt musste es auch noch ein Eishockeyspiel sein. Da herrschte in Villach Ausnahmezustand, und das in der Woche vor dem Faschingssamstag. Ernesto freute sich auf den morgigen Polizeibericht von der Auferstehung der Vandalen in Villach.

Kapitel 8

25

„Stirb, du Drecksau"

Bgm. Alois Guggenbichler wurde vor seiner Ermordung fast zwei Jahre lang mit Drohbriefen terrorisiert. Die Polizei tappt im Dunkeln. Die Kärntner Tagespost gewährt exklusive Einblicke.

Von Ernesto Valenti

„Jedes Mal, wenn ich zum Briefkasten gehe, zittern mir die Hände. Ich bekomme kaum Luft, und das Herz schlägt mir bis zum Hals", so schildert Hilde Guggenbichler, die Ehefrau des verstorbenen Bürgermeisters, ihre tägliche Qual. Seit fast zwei Jahren treffen in unregelmäßigen Abständen Drohbriefe eines unbekannten Absenders ein. Die Polizei ermittelt seit Monaten und tappt immer noch im Dunkeln.

„Vielleicht würde mein Mann noch leben, wenn die Polizei ihre Arbeit gemacht hätte", erhebt Hilde Guggenbichler schwere Vorwürfe. „Mein Mann hat die Briefe immer sehr ernst genommen, aber die Polizei meint, so lang weiter nichts passiert, ist das nicht so schlimm. Muss immer erst jemand zu Schaden kommen, bis diese Leute tätig werden?"

Seit Beginn der Briefserie ist die Kriminalpolizei darüber informiert. „Doch nicht einmal jetzt ermittelt man in diese Richtung. Nein. Da lädt man mich vor und verhört mich stundenlang, anstatt nach dem Mörder meines Mannes zu suchen", empört sich Hilde Guggenbichler.

Die Briefe strotzen vor wüsten Beschimpfungen. Was der Kärntner Tagespost vorliegt, ist in weiten Teilen nicht druckbar. Keine Beleidigung ist dem Autor zu harsch oder zu verletzend. „Du bist die größte Drecksau in Kärnten. Ein Hurenbock und Verbrecher. Verschwinde und tritt zurück, sonst bist du tot." So und so ähnlich lauten die kurzen Nachrichten, die beinahe im Wochentakt an der Privatadresse des Bürgermeisters einlangten.

Über die Handschrift ist der Briefschreiber nicht zu identifizieren. Jeder Buchstabe wurde aus einer Zeitung ausgeschnitten und aufgeklebt. Laut Kriminalpolizei hat der Autor keine brauchbaren Spuren hinterlassen. Zu einer ausführlichen Stellungnahme war Major Horst Steinkellner von der Abteilung Leib und Leben nicht bereit. Auch die Vorwürfe der Frau des Toten will er nicht kommentieren.

„Der Titel ist nicht dein Ernst", sagte Auer und gab Ernesto das Manuskript zurück.

„Eigentlich schon."

„Stirb, du Drecksau. Das ist schon ein bisschen hart. Meinst du nicht, dass wir da eine Grenze überschreiten?"

„Du kannst ja schreiben, was weiß ich?" Ernesto schüttelte den Kopf. „Drohbriefe an Bürgermeister. Oder: Todesdrohung mit der Post. Aber das ist alles nicht so gut wie: Stirb, du Drecksau."

„Der Titel ist zynisch und unpassend."

„Findest du? Vielleicht sollten wir das in der Redaktionskonferenz besprechen."

„Wir werden das später entscheiden", sagte Auer. „Gute Geschichte jedenfalls. Dranbleiben."

„Das habe ich vor."

„Ja, und vergiss nicht auf die Eröffnung heute Abend. Der Wellnessclub, okay?"

Ernesto machte ein Gesicht, als müsse er sich gleich übergeben.

„Dafür keine Gemeinderäte", sagte Auer.

Ernesto schnaufte und ging. Puff oder Gemeinderat, Erdäpfel oder Kartoffel.

26

Später am Vormittag schaute Ernesto kurz bei Čertov in der Kulturredaktion vorbei. Der alte Mann war hinter seinem Schreibtisch kaum zu sehen. Eine Rauchwolke hüllte ihn ein, und Ernesto fühlte, wie ihm der Zigarrenrauch in die Augen stieg. Noch bevor Ernesto fragen konnte, zog Čertov eine Schublade auf und präsentierte den Rauchmelder.

„Hab ich schon am ersten Tag wieder abmontiert und entschärft", sagte Čertov. „Ist ja unmenschlich, so etwas. Irgendwann werden sie einem noch vorschreiben, in welcher Farbe man zu scheißen hat. Apropos. Wie schaut's mit dem Villachartikel aus?"

„Dauert noch", sagte Ernesto. „Morgen oder so."

„Vorher hast du ja noch diese Bordelleröffnung." Čertov grinste.

„Ist das ein Kindergarten hier?"

„Ich find es nur lustig, dass Auer ausgerechnet dich schickt."

„Ja, zum Schreien komisch. Aber irgendwie passt es. Kannst dich bei ihm bedanken. Das gibt dem Faschingsartikel die richtige Unterlage. Als ob ich davon nicht schon genug angewidert bin."

„Du bist eben kein Verehrer des wüsten Gottes Dionysos", sagte Čertov.

„Oh, ich weiß, wovon ich die Finger lassen soll", sagte Ernesto. „Diese Geschichte hat vielleicht mehr mit Dionysos zu tun, als du dir vorstellen kannst."

„Ah, das gefällt mir. Du denkst schon in die richtige Richtung."

„Ich bin mir nicht sicher, ob dir das wirklich gefallen wird."

Hinter Ernesto ging die Tür auf.

„Soll ich Feueralarm auslösen?", fragte David Simon und steckte sich eine Zigarette an.

„Seit wann kommst du in die Kulturredaktion?", fragte Ernesto.

„Seit man sich am Dach den Arsch abfriert. Ich hab übrigens was für dich. Schau in deine E-Mails, du wirst staunen. Wenn du damit den Mord aufklärst, will ich aber eine lobende Erwähnung."

„Da bin ich aber gespannt."

„Dein Faschingsprinz und der Bürgermeister. Alter Schwede, das ist mir aber nicht mehr wurscht."

„Der redet so komisch, unser Wirtschaftschef", sagte Ernesto zu Čertov. „Ist das ein Cyborg, oder was?"

„Ich rede so, weil ich es nicht fasse", sagte Simon. „Du wirst schon sehen."

„Jetzt spann uns nicht auf die Folter."

„Die Kurzfassung kann ich euch ja geben." Simon zog genüsslich an seiner Zigarette und legte eine Kunstpause ein. „Also, ich weiß nicht, was genau Guggenbichler gegen diesen Massimo de Lorenzo hatte, aber da muss etwas wirklich Schlimmes vorgefallen sein. Sonst kann ich mir nicht erklären, warum Guggenbichler ihn mit solchem Hass verfolgt hat. Mit so etwas kann man einen Betrieb ruinieren, und zwar in Nullkommanichts."

„Jetzt rück schon heraus mit der Sprache", meldete sich Čertov, der eine riesige Rauchwolke ausstieß.

„Wenn du jemandem Schwierigkeiten machen willst, dann zeigst du ihn beim Finanzamt an. Das funktioniert fast immer, und die Buchhaltung möchte ich sehen, die hundertprozentig total sauber ist. Aber wenn du jemanden vernichten willst, dann erstattest du Anzeige bei der Gebietskrankenkasse. Und genau das hat Guggenbichler getan. Er hat sich wahrscheinlich gedacht: Das ist eine Leiharbeiterfirma, die nehmen das mit der Krankenversicherung vielleicht nicht ganz so genau. Und zur Sicherheit informiert er auch noch die Sozialversicherung der gewerblichen Wirtschaft. Und das ist wirklich gemein."

„Ja schön", sagte Ernesto. „Dann zahlt man die Beträge eben nach."

„Wenn man sich das leisten kann. Außerdem gibt es eine saftige Strafe. Stell dir vor, dieser de Lorenzo behauptet, er hat gar keine Arbeitsverträge mit seinen Leiharbeitern. Das sind alles selbstständige Unternehmer, und er kauft nur eine Dienstleistung. Wie sich die Leute versichern, ist nicht seine Angelegenheit."

„Ein Fall von Scheinselbstständigkeit?", sagte Čertov.

„Nicht einer, sondern achthundert", sagte Simon. „Das gibt erstens eine Strafe, die sich gewaschen hat, und zweitens Nachzahlungen in Millionenhöhe."

„Mit anderen Worten, er hat den Faschingsprinzen ruiniert", sagte Ernesto.

„Interessanterweise eben nicht", antwortete Simon. „Da möchte man meinen, bei über vier Millionen Euro Nachzahlungen und einer halben Million

Euro Strafe geht so einer Leiharbeiterfirma die Luft aus. Aber nichts da. Er hat zwar Konkurs angemeldet, aber umgebracht hat ihn das nicht."

„Mhmm", machte Ernesto. „Und sonst ist ihm auch nichts passiert? Organisierte Schwarzarbeit, fehlende Aufenthalts- und Arbeitsgenehmigungen?"

„Nichts. Keine Anzeigen, kein Verfahren, keine Ermittlungen", sagte Simon. „Ich finde das ziemlich spannend."

„Und die Firma hat sich wieder erholt?", fragte Ernesto.

„Erstaunlich schnell sogar. Also wenn da nicht etwas faul ist. Übrigens, viel Spaß heute Abend im Puff", sagte Simon, dämpfte seine Zigarette aus und ging.

27

David Simon hatte Ernesto eine ganze Reihe von Links zu Archivgeschichten geschickt. Wie es aussah, reichte die Auseinandersetzung schon einige Jahre zurück und war immer wieder aufgeflammt. Guggenbichler hatte de Lorenzo angezeigt, die Gesundheitsbehörde alarmiert und die Unterkünfte der Leiharbeiter von der Fremdenpolizei überprüfen lassen.

Auch wenn in den meisten Fällen nichts herauskam, war es doch sicher ärgerlich und lästig, dauernd im Visier der Behörden zu stehen. Was Ernesto vor allem stutzig machte, war Guggenbichlers Hartnäckigkeit. Immer und immer wieder fand er einen Weg, de Lorenzo zu nerven und ihm zu schaden. Die Sache mit der Gebietskrankenkasse war da ein besonders wirksamer Angriff. Massimo de Lorenzo stieg mit jedem Artikel eine Stufe höher im Ranking der möglichen Täter.

Die Frage war nur, warum hatte es Guggenbichler auf de Lorenzo abgesehen? Ernesto suchte auf seinem Mobiltelefon eine Nummer, die er schon lange nicht mehr gewählt hatte.

„Ich habe mich schon gefragt, ob ich mich in Ihnen getäuscht habe", sagte Boris Godunow statt einer Begrüßung.

„Sie haben der Polizei sicher schon ganz ausführlich erklärt, was Sie beim Empfang des Bürgermeisters zu suchen hatten", sagte Ernesto.

„Allerdings habe ich das. Aber die glauben mir nicht."

„Was haben Sie denen erzählt? Dass der Bürgermeister ein persönlicher Freund war?"

„Ein Geschäftspartner."

„Und das hat Ihnen die Polizei nicht geglaubt?"

„Weil der feine Herr Bürgermeister Guggenbichler angeblich keine Geschäfte mit Bordellbetreibern macht", sagte Godunow.

„Ah, wie kommen unsere Freunde und Helfer darauf? Außerdem nehme ich an, Sie waren nicht in ihrer Funktion als Bordellbetreiber beim Empfang des Bürgermeisters zu Gast."

„Ehrlich gesagt hat es mich gewundert. Der Bürgermeister wusste genau, wer ich bin, und trotzdem wollte er mit mir Geschäfte machen."

„Klingt interessant. Als ob es in Villach und Umgebung nicht schon genug Bordelle gibt."

„Kein Bordell. Nein, der Bürgermeister wollte einen Schilift auf dem Dobratsch, vielleicht eine Sommerrodelbahn."

„Von Ihnen? Dem bekanntesten Bordellbesitzer Kärntens?“

„Valenti. Sie wissen genau, dass ich auch eine Baufirma betreibe. Um ehrlich zu sein, wirft die Baufirma wesentlich mehr Geld ab als das Bordell, und vielleicht ist es an der Zeit, die Branche zu wechseln.“

„Das erstaunt mich jetzt, gerade aus ihrem Mund.“

„Das Geschäft ist nicht mehr, was es einmal war. Haben Sie von diesem Wellnessclub gehört?“

„Ich bin heute bei der Eröffnung.“

„Sehen Sie? Jetzt berichten schon die Zeitungen von einer Bordelleröffnung. Das ist die Zukunft, und da mache ich nicht mit.“

„Das müssen Sie mir erklären.“

„Wenn Sie sich das heute Abend ansehen, dann werden Sie es verstehen. Wir sehen uns dort.“

„Warum ich eigentlich anrufe ...“

„Ja?“

„Kennen sie einen gewissen Massimo de Lorenzo?“

„Wie kommen Sie darauf?“

„Ein Gefühl“, sagte Ernesto.

„Sie treffen einen Mistkerl und denken sich, ah, der Godunow ist auch so einer. Und dann rufen Sie mich an? Sie haben wirklich Nerven.“

„Also, kennen Sie ihn?“

„Darüber rede ich nicht am Telefon. Wenn Sie etwas wissen wollen, werden Sie mich besuchen müssen. Sie wissen ja, wo ich zu finden bin.“

Ernesto wischte sich mit beiden Händen übers Gesicht. Zwei Bordelle an einem Tag, da kann ich mir auch etwas Besseres vorstellen, dachte er sich und packte seine Sachen zusammen. Auf dem Weg zum Auto telefonierte er mit Fritz Hochegger. Ernesto wollte sichergehen, dass Fritz wusste, wo sich dieser Wellnessclub befand und wann die Eröffnung begann.

Boris Godunow war so etwas wie der Pate der Kärntner Bordellszene. Soweit Ernesto wusste, hatte er bei seiner Ankunft vor mehr als zwanzig Jahren die Szene ziemlich aufgemischt. Damals hatte es einen Krieg unter den Bordellbetreibern gegeben. Sogar Handgranaten und Panzerfäuste waren zum Einsatz gekommen, und es hatte ein paar Tote gegeben. Die Politik veranstaltete das übliche Geschrei von wegen Kärnten darf nicht Chicago werden, und die Polizei hielt sich im Hintergrund. Nach ein paar Monaten legte sich die Aufregung, und niemand fragte mehr danach. Die Geschäfte gingen gut, die Politik hofierte Godunow, vor allem seit er den maroden Fußballclub der Landeshauptstadt unterstützte. Da gab es dann schon einmal ein Foto mit dem LH auf der Tribüne.

Der Parkplatz vor dem Venustempel in Velden war leer. Einen Moment blieb Ernesto sitzen und sah hinaus auf den See. Ein scharfer Wind fegte über das Eis, und die Enten hatten Mühe, vom Boden abzuheben. Ein Schwan stand ganz draußen auf dem Steg und rührte sich nicht. Am liebsten wäre er hinausgegangen zu dem Schwan und hätte sich neben ihn hingesetzt. Ein oder zwei Stunden in der Sonne, den Wind im Gesicht, das wäre Ernesto jetzt lieber gewesen als ein Gespräch mit Godunow.

Als er die Tür öffnete und die schale Luft im Lokal einatmete, wollte Ernesto wieder umdrehen, aber da stand schon Godunows Leibwächter mit vor der Brust verschränkten Armen und grüßte ihn mit einem Kopfnicken.

Godunow saß allein in einer Nische im Halbdunkel. Eine beinahe unbekleidete Kellnerin servierte gerade einen kleinen Schwarzen, und Ernesto bestellte einen Cappuccino. Sonst sah Ernesto niemanden.

„Das Geschäft läuft nicht besonders.“ Godunow machte eine ausladende Handbewegung.

„Um diese Uhrzeit.“

„Sie sollten sich anschauen, was am frühen Nachmittag in den Laufhäusern in der Innenstadt los ist. Da haben wir ein Mittagsangebot für die Bediensteten der Landesregierung. Männer und Frauen.“

„Na, dann beklagen Sie sich nicht“, sagte Ernesto und nickte der Kellnerin zu, die ihm seinen Kaffee brachte.

„Diesmal sind Sie aber wesentlich entspannter als beim letzten Mal“, sagte Godunow.

„Man gewöhnt sich an alles.“

„Sie sagen das, als wäre ein Bordellbesuch eine Strafe.“

„So ungefähr.“

„Sie sind ein seltsamer Mensch, Valenti. Die meisten würden sich freuen, wenn ich sie einlade, und Sie können sich gerne bedienen.“

„Kein Bedarf“, sagte Ernesto. „Sie kennen meine Meinung. Unterhalten wir uns doch lieber über den Faschingsprinzen. Sie haben da ...“

„Dieser de Lorenzo ist ein gefährlicher Mann“, sagte Godunow. „Nehmen Sie sich in Acht.“

„Sie sind auch ein gefährlicher Mann. Und wir sitzen hier ganz gemütlich beisammen.“

„Täuschen Sie sich nicht. Ich bin ein alter Gauner, das wissen Sie. Aber dieser de Lorenzo ist etwas ganz anderes. Es ist ihm egal, womit er Geschäfte macht. Hauptsache es bringt Profit.“

„Seien Sie mir nicht böse. Aber Sie sind auch kein Heiliger. Das Bordell, die Baufirma, der Fußballclub.

Sie wollen mir doch nicht erzählen, dass da alles mit rechten Dingen zugeht und Sie das nur machen, weil Sie die Menschen so lieben."

Godunow lachte. „Aber da geht es doch um etwas anderes. Es geht um einen Lebensstil, um eine Kultur. Um Männlichkeit."

Ernesto sah ihn fragend an.

„Ein Mann muss eine Frau nehmen können, nicht wahr? Ein Mann ist stark und fragt nicht. Und ein richtiger Mann hat nicht nur Geld, sondern auch Frauen und Autos."

„Und de Lorenzo?"

„Das ist doch kein Mann. Wo andere Leute ein Herz haben, hat er eine Brieftasche. Nur Geld, Geld, Geld. Keine Werte, kein Anstand und keine Ehre."

„Haben Sie dafür ein Beispiel?"

„Eines? Wo soll ich anfangen? Wissen Sie, was er mit dieser Leiharbeiterfirma in Wirklichkeit treibt?"

„Soweit ich weiß, vermittelt er unter anderem Hilfspersonal für die Küche."

„Das macht er wohl auch. Aber ist Ihnen da nichts seltsam vorgekommen?"

„Ich weiß nicht, was Sie meinen."

„Die Arbeiterinnen wohnen in eigenen Häusern. Auf Abruf."

„Das ist vielleicht ein wenig ungewöhnlich."

„Und haben Sie sich diese Arbeiterinnen angesehen?"

„Nur eine."

„Wie sah die aus?"

„Sie war aus dem Osten, ein eher junges Ding. Hübsch." Ernesto zuckte mit den Schultern „Mir wäre da nichts aufgefallen."

„Weil Sie keine Ahnung haben."

„Sie wollen sagen, er verwendet die Leihfirma als Tarnung, um Prostituierte einzuschleusen?"

„Genau das will ich damit sagen. Er beschickt mit seinen Mädchen Bordelle in Österreich, Deutschland und Holland."

„Das erklärt einiges", sagte Ernesto.

„Diese neuen Bordelle in Villach, da steckt er mit drinnen. Sie werden das heute Abend ja sehen. De Lorenzo wird es sich nicht nehmen lassen, dort aufzutauchen und sich feiern zu lassen."

„Den Heiligen nehme ich Ihnen trotzdem nicht ab. Sie beuten die Frauen genauso aus."

„Da gibt es doch einen großen Unterschied." Godunow hob einen Zeigefinger. „Wie kann ich Ihnen das nur begreiflich machen? Schauen Sie. Da gibt es auf der einen Seite die ehrlichen Zuhälter."

„Ich dachte, es gibt in Österreich keine Zuhälter?"

„Na, jetzt seien Sie nicht so genau. So Leute wie ich eben. Bordellbetreiber von mir aus. Wir schauen auf die Mädchen. Wenn ein Freier grob wird, fliegt er raus und kriegt ein paar auf die Schnauze. Wenn es einem Mädchen schlecht geht, kümmern wir uns darum. Zum Beispiel, der Vater von unserer Lenka, der braucht eine Herzoperation, und in Serbien kriegt er die nicht. Also hab ich das organisiert. Er wird nächsten Monat in Klagenfurt operiert."

„Ihr Vater weiß aber nicht, dass sie als Prostituierte arbeitet."

„Kellnerin, Lenka arbeitet als Kellnerin."

„Und de Lorenzo, der macht so etwas nicht."

„Erinnern Sie sich an die Geschichte von der toten Frau im Wald?"

„Helfen Sie mir auf die Sprünge."

„Vor einem Jahr ungefähr wurde in der Nähe von Völkermarkt eine Frauenleiche entdeckt. Auf einem Waldweg. Wie sagen die Polizisten? Bis zur Unkenntlichkeit verbrannt. Sie haben doch sicher darüber geschrieben."

„Allerdings", sagte Ernesto. „Ich kann mich sehr gut erinnern."

Es war an einem Frühlingstag vor nicht ganz einem Jahr. Der Schnee taute, und überall im Wald hörte man es tropfen. Die Nadeln der Tannen und Fichten glänzten in der Nachmittagssonne. Die Erde roch nach vermoderten Fichtennadeln und ganz leicht nach Pilzen. Unter den Weiden blühten die Schneeglöckchen, und ein paar Krokusse öffneten gerade ihre Blütenkelche.

Ernesto konnte sich an diesen Nachmittag sehr gut erinnern, an den Geruch und an das Spiel der Sonnenstrahlen, an das Knattern des Plastikbandes der Polizeiabsperrung im Wind. Noch nicht ganz vier Uhr Nachmittag war es, als sein Mobiltelefon läutete und Auer ihm mitteilte, eine verlässliche Quelle habe eine Leiche im Stadtwald von Völkermarkt gemeldet, die Polizei sei schon unterwegs.

Der Geruch nach feuchter Erde verschwand schlagartig, nachdem Ernesto die Polizeiabsperrung hinter sich gelassen hatte. Zuerst wehte ihn etwas an, das sich wie der Geschmack von Geselchtem auf seine Zunge legte, und dann zuckte er zurück. Der beißende Gestank verbrannten Fleisches stieg ihm in die Nase.

Er steckte sich eine Zigarette an. Zigarettenrauch hilft, den Geruch von verkohltem Gewebe zu überdecken. Major Steinkellner und Wolfgang Havlicek standen da und betrachteten etwas vor sich am Boden. Steinkellner sah auf und winkte Ernesto zu sich.

In einer Fahrrinne lag ein verkohlter Körper. An den Armen und über der Brust konnte Ernesto noch Reste der Kleidung erkennen. Um den Hals trug die Leiche eine Art Collier. An der Hüfte stach der Beckenknochen durch das Fleisch. Hier roch es ein bisschen nach Schweinsbraten, und Ernesto versuchte, möglichst flach zu atmen.

„Eine hässliche Geschichte", sagte Ernesto zu Godunow und trank seinen Cappuccino aus. „Sie wollen andeuten, de Lorenzo hätte etwas damit zu tun?"

„Beweisen kann ich das so wenig wie Sie oder die Polizei. Aber ich würde meinen Bentley darauf verwetten, dass er etwas damit zu tun hat. Für ihn sind die Mädchen nichts weiter als Material. Wenn es nicht mehr funktioniert, dann entsorgt man es."

28

Die Geschichte von dem Vater aus Serbien und der Herzoperation mochte sogar stimmen, aber was geschah wohl, wenn das Mädchen nicht gehorchte, wenn sie auf die Idee kam, es wäre doch nicht so fein, sich täglich von mehreren Männern vögeln zu lassen? Würde sie dann auch als verkohlte Leiche in einem Waldstück enden, oder bedrohte Godunow lieber ihre Familie? Vielleicht hatte die junge Frau eine Schwester.

Bis zur Eröffnung des Wellnessclubs blieben Ernesto noch ein paar Stunden. In die Redaktion zurück wollte er nicht mehr, und den halben Weg nach Villach hatte er auch schon zurückgelegt. Im Schritttempo fuhr Ernesto durch Velden, aber außer dem Bordell hatte um diese Jahreszeit nichts geöffnet. Also nahm er die Straße nach Rosegg und setzte sich dort in ein Gasthaus.

Der Kaffee war grauenerregend, und im Gastraum durfte man nicht rauchen. Eher lustlos sah Ernesto die Notizen zu seinem Faschingsartikel durch. In den letzten Tagen hatte er seine Bibliothek durchkämmt und ein paar Bücher und Aufsätze gefunden. „Gargantua und Pantagruel" von Rabelais war ihm unterkommen, und gleich daneben stand Michail Bachtins „Rabelais und seine Welt. Volkskultur als Gegenkultur". Zu intellektuell, hatte Ernesto befunden, und auch ein bisschen am Thema vorbei. Dann gab es da noch eine erkleckliche Auswahl von Aufsätzen zu dionysischen Riten, Bacchanalien und mittelalterlichen Fastnachtsbelustigungen. Beim Lesen verglich Ernesto die Beschreibungen mit seinen Eindrücken von der Faschingssitzung, und dabei wurde das Gefühl immer stärker, dass diese Analysen und Theorien für die heutige Situation nicht mehr zutrafen. Der Fasching ist keine Zeit der Entlastung vom Druck einer von katholischer Sexualmoral geknechteten Gesellschaft. Auch als Ventil für die aufgestaute Wut, als Ablenkung von der Knechtschaft gibt der Fasching heute nichts mehr her. Die Menschen werden quasi rund um die Uhr bespaßt, und die Brot-und-Spiele-Taktik beschränkt sich wahrlich nicht mehr auf die paar Wochen vor dem Aschermittwoch. Nein, der Dauerspaß ist längst schon zum Mainstream geworden. Das Groteske und Obszöne braucht kein Refugium mehr. Was sich vor ein paar Jahren noch in irgendwelchen Schmuddelecken versteckte, gilt heute als schick. Der Fasching ist keine verkehrte Welt mehr, sondern eine Übertreibung der existierenden gesellschaftlichen Verhältnisse.

Während er nachdachte, blätterte Ernesto in der Kärntner Tagespost. Eine seltsame Angewohnheit vielleicht für jemanden, der selbst an der Entstehung der Zeitung beteiligt ist. Aber nur so hatte Ernesto den

Überblick über das Tagesgeschehen. Franziska Edlinger fiel in einem Kommentar über den Tourismusreferenten her und zählte drei Riesenprojekte auf, bei denen seit Jahren Stillstand herrschte. Grund für den Angriff war eine neue Idee für den Sommertourismus. Drei Bürgermeister rund um den Wörthersee und der Landesrat für Tourismus propagierten den Bau einer Seilbahn, die das Nord- mit dem Südufer des Wörthersees verbinden sollte. Die Idee war in den letzten Jahrzehnten schon mehrmals diskutiert und wieder verworfen worden. Franziska deutete an, dass dieses Leuchtturmprojekt, wie solche Geldverschwendungsaktionen jetzt genannt wurden, nur Geld in die Taschen der üblichen Verdächtigen spülen, dem Tourismus aber keinen Nutzen bringen würde.

Eine Seilbahn über den Wörthersee, wenn man eine so schwachsinnige wie kostspielige Idee brauchte, musste man nur einen Kärntner Politiker fragen. Freilich formulierte Franziska das nicht so deutlich, aber jedem Satz war anzumerken, für wie bescheuert sie dieses Projekt hielt.

Im Sportteil fand Ernesto den Grund für den gestrigen Aufmarsch der VSV-Fans. Ein Eishockey-Derby zwischen Klagenfurt und Villach mit beinahe dreißigtausend Zuschauern – und etwa fünf Mannschaften auf dem Eis, jedenfalls, wenn es nach dem Autor des Artikels ging. Da marschierten zuerst die Rotjacken auf und warfen sich in den Kampf mit den Draustädtern. Die Villacher wehrten sich und brachten die Führung im ersten Drittel fast in trockene Tücher, wenn da nicht der Sturm des KAC zum Ausgleich angesetzt hätte. Die Blauhelme erholten sich dann nicht mehr von diesem Angriff, und die Landeshauptstädter konnten den Sieg für sich verbuchen.

Kapitel 9

29

Fritz Hochegger hielt seine Kamera wie ein Baby im Arm und nickte in Richtung Eingang des Wellnessclubs, als er Ernesto sah. Dort hatte sich eine Menschentraube gebildet. Männer und Frauen warteten darauf, ins Foyer vorgelassen zu werden, und an kleinen Tischen auf der Terrasse standen ein paar Männer im Anzug und nippten an Sektgläsern.

„Ich glaub, ich bin im falschen Film", sagte Hochegger. „Die bringen ihre Kinder mit." Er wies mit dem Kinn zum Parkplatz. Dort öffnete gerade eine Frau die Seitentür ihres Vans, und drei Kinder stiegen aus. Das älteste Mädchen war vielleicht zwölf, der Junge zehn und das kleine Mädchen wesentlich jünger.

„Die gehen doch sicher nicht ins Puff", sagte Ernesto.

„Warte und staune", sagte Hochegger und sah drein, als hätte er in eine Zitrone gebissen.

Der Mann stieg auf der Fahrerseite aus, nahm eines der Mädchen an der Hand, und dann gingen sie zu fünft auf den Eingang des Bordells zu.

„Ein echter Magenheber, nicht wahr?", sagte Hochegger.

„Ist der Pfarrer auch schon da?", fragte Ernesto.

„Das ist ein Witz, oder?"

„Ich glaube nicht." Ernesto zeigte mit ausgestrecktem Arm auf einen Wagen, der ganz vorne neben dem Eingang parkte. Gerade stieg ein Mann aus, der eine Soutane trug und sich ein Buch unter den Arm geklemmt hatte. Auf der Rückbank bewegte sich etwas.

Ein Arm war durch die Heckscheibe zu sehen, dann noch einer, und dann stiegen zwei Ministranten in langen weißen Kleidern aus.

„Also gut“, sagte Ernesto. „Dann wollen wir. Immerhin, ich war noch nie bei einer Bordelleröffnung.“

„Man lernt nie aus“, sagte Hochegger und drängte sich durch. Einer der Türsteher kam auf sie zu. Als er die Kamera sah, blieb er stehen und ließ Hochegger und Ernesto durch eine Nebentür ins Foyer.

Der Raum war riesig. An der Fensterfront, die auf den Innenhof ging, stand eine Wohnlandschaft, und Ernesto fand, dass in diesem Fall die Bezeichnung Landschaft durchaus passend war. Locker verstreut gab es Stehtische und hier und da noch ein Sofa. An der Stirnseite war ein Podium mit Mikrofonen aufgebaut. Ein Videobeamer warf einen Werbefilm auf die Leinwand dahinter.

Wie schon im Werbeprospekt waren auch hier nackte oder leicht bekleidete Frauen zu sehen, die sich am Swimmingpool oder in der Sauna räkelten. Eine weibliche Stimme erzählte von der schönen Kärntner Berglandschaft, von Erholung mit Stil und dem Luxus, der die Besucher im Wellnessclub erwartete.

Der Prospekt, den Ernesto schon kannte, lag auf den Stehtischen, den Sofas und wurde von Frauen in schicken, bodenlangen Kleidern ausgeteilt. Eine kam auf Ernesto zu und lächelte ihn an.

„Wann geht’s los?“, fragte er und merkte gleich, dass die Frau ihn nicht verstand. Er wiederholte seine Frage auf Englisch. Ein Lächeln ging über ihr Gesicht, und sie sagte, dass es jeden Moment losgehen musste. Ernesto wollte noch eine weitere Frage stellen, wollte wissen, woher sie kam und wie sie hierhergekommen war, aber da hatte sie sich schon entfernt und hielt dem Paar mit den drei Kindern einen Prospekt hin. Ernesto drehte sich zu Hochegger um, damit er die Szene fotografierte. Fritz hielt seine Kamera aber schon im Anschlag und drückte ab.

„Hab ich im Kasten“, sagte er und schüttelte den Kopf.

„Meine Damen und Herren. Liebe Besucher“, kam es durch die Lautsprecher. „Ich begrüße Sie ganz herzlich zur Eröffnung des Kärntner Wellnessclubs. Mein Name ist Hans-Hermann Gercke, und ich bin der Geschäftsführer des Wellnessclubs.“

Bei dem Namen hatte Ernesto sofort auf einen Deutschen getippt. Der Akzent bestätigte den Verdacht. Gercke stammte eindeutig von Jenseits des Weißwurstäquators, Hamburg vielleicht.

„Ich darf zu diesem außergewöhnlichen Event einige außergewöhnliche Gäste begrüßen“, fuhr Gercke fort. „Zum ersten den Vizebürgermeister der Stadt Villach, Kurt Samonig, und den Leiter der Agentur für Fortschritt und Entwicklung, Ulrich Wiegele. Ohne ihre tatkräftige Unterstützung, ihren unermüdlichen Einsatz und ihre Überzeugungsarbeit in Land und Gemeinde wäre dieses Vorzeigeprojekt nicht möglich gewesen.“

Die kurze Pause provozierte Applaus.

„Nirgendwo sonst, das muss ich betonen, wurden unsere innovativen Ideen so offen und mit Wohlwollen begrüßt. Die Agentur für Fortschritt und Entwicklung hat unserem Unternehmen jedes Hindernis aus dem Weg geräumt. Ob es um Behördenauflagen, gesetzliche Vorschriften oder sonstige Fragen ging, unser Freund Ulrich Wiegele war immer zur Stelle.

Überhaupt wurden wir in Kärnten so herzlich empfangen, und auch der heutige Tag zeigt, dass Kärnten ein fortschrittliches und offenes Land ist. Sie, liebe Besucherinnen und Besucher, sind ein Zeichen dafür, dass eine neue Zeit angebrochen ist."

„Der hängt das aber ganz schön hoch", sagte Hochegger leise.

„Wart ab, was da noch kommt", antwortete Ernesto.

„Der Wellnessclub Kärnten bietet seinen Kunden eine völlig neue Erfahrung. Wir sind der Hafen, die Oase für alle Gestressten und Geplagten da draußen. Wer zu uns kommt, erfährt wahre Wohltat und Entspannung.

Hier können Sie sich erholen und Ihr seelisches Wohlbefinden wiederherstellen. Unsere Damen bieten mehr als nur Zärtlichkeit. Sie sind hochqualifiziert und leisten psychosoziale und osteopathische Hilfestellungen.

Der Wellnessclub Kärnten erweitert so das Gesundheitsangebot in diesem Land ganz erheblich. Wir beugen wirksam Depressionen vor und verhindern so Burnout und sogar Suizide."

„Aber vögeln kann man hier schon?", flüsterte Hochegger.

„Jetzt möchte ich aber noch unseren Herrn Pfarrer bitten, die Räumlichkeiten zu segnen."

„Bekommt der dafür einen Zehnerblock?", fragte Hochegger.

„Du kannst ihn gleich danach fragen", sagte Ernesto. „Der kommt mir nicht ohne Interview davon."

Weihrauchduft machte sich in der Halle breit, und einer der Ministranten hielt dem Pfarrer ein Buch vor die Nase.

„Wir bitten dich, oh Herr, um den Segen für diese Räumlichkeiten und alle Menschen, die darin arbeiten und die hier zu Gast sind", begann der Pfarrer im üblichen Singsang. „Du hast den Menschen geschaffen als Mann und Frau, damit sie sich aneinander erfreuen. Du hast die Arbeit geschaffen und die Zeit der Ruhe. Blicke mit Wohlwollen auf deine Kinder und segne sie, wenn sie hier zusammenkommen."

„Ich scheiß mich an", sagte Hochegger so laut, dass sich ein paar Leute nach ihm umdrehten. Als er die Blicke bemerkte, hob er die Kamera, und plötzlich drehten sich alle wieder weg.

30

Ulrich Wiegele entdeckte Ernesto und kam auf ihn zu. Er breitete die Arme aus, als wolle er ihn gleich umarmen, gab ihm dann aber nur die Hand. Wiegele sah ohne die Narrenkappe seltsam aus, irgendwie nackt.

„Das ist aber eine Freude, Sie hier begrüßen zu dürfen", sagte Wiegele, nahm Ernestos Rechte und umschloss sie mit seinen Händen. „Berichten Sie von der Eröffnung?"

„Nein, ich führe nur meinen Fotografen spazieren", sagte Ernesto.

„Langsam wird es ja mit den Witzen", sagte Wiegele. „Aber da müssen Sie wirklich noch üben."

„Fritz ist da wesentlich besser", sagte Ernesto und nickte Hochegger zu. „Ich hab es nicht so mit dem Humor."

„Wenn Sie aus Villach berichten wollen, müssen sie unbedingt Witze erzählen können."

„Meine Witze wollen Sie garantiert nicht hören", sagte Ernesto. „Ich erzähle sie immer dann, wenn mir das allgemeine Witzeerzählen auf die Nerven geht. Danach hört das schlagartig auf. Aber ich bin nicht hier, um meinen Humor aufzupolieren. Sie sind ja hier bestens vernetzt. Ich würde gerne mit diesem Herrn Gercke sprechen."

„Selbstverständlich. Ich wollte Sie eben zu einer exklusiven Führung durch den Club einladen. Da erfahren Sie alles, was Sie über den Wellnessclub wissen wollen. Für unsere VIPs gibt es übrigens auch noch eine kleine Überraschung."

Ernesto zog eine Augenbraue hoch und folgte Wiegele.

Gercke scharte eine Gruppe von etwa fünfzehn Leuten um sich. Neben Wiegele stand Massimo de Lorenzo, Boris Godunow hielt sich etwas im Hintergrund. Ernesto nickte Godunow zu, aber der zeigte keine Reaktion. Für einen Bordellbetreiber war es nicht opportun, seine Bekanntschaft mit einem Zeitungsschmierer öffentlich zu bekunden.

Gercke führte die Gruppe aus dem Foyer direkt in den Wellnessbereich. Links erstreckte sich eine Bar über gut zehn Meter. Tische und Sofas standen in dem durch lebende Wände unterteilten Raum, teils in Nischen, teils offen und quasi ohne Deckung. Über eine Treppe ging es hinunter zum Pool. Dort lagen vier Frauen auf dicken weißen Handtüchern. Als sie die Männer oben an der Treppe bemerkten, begannen sie, einander die Oberteile der Bikinis auszuziehen.

„Nicht fotografieren", flüsterte Ernesto.

„Warum nicht?" Hochegger zuckte mit den Schultern. Als die Frauen bemerkten, dass sie fotografiert wurden, lächelten sie in die Kamera und streichelten einander lasziv.

„Deshalb", sagte Ernesto und schnaufte. „Du ermutigst sie."

„Du hast aber auch einen Stock verschluckt."

„Ich werde dir jetzt und hier keinen Vortrag über Ausbeutung und Diskriminierung halten", sagte Ernesto und drehte sich zu Gercke. „Apropos Ausbeutung und Diskriminierung", sagte Ernesto laut und unterbrach damit Gerckes Ausführungen. „Das sieht hier ja alles ganz nett aus. Aber seien wir ehrlich. Ist das nicht nur eine Fassade, und in Wirklichkeit betreiben Sie das gleiche Gewerbe wie alle anderen Zuhälter? Sie beuten die Frauen sexuell aus."

„Aber nicht doch", sagte Wiegele und legte Ernesto eine Hand auf die Schulter.

„Sie sind der Journalist, nicht wahr?", fragte Gercke.

„Ernesto Valenti, Kärntner Tagespost."

„Das ist eine interessante und gute Frage, die Sie da stellen. Ja, ich bin froh, dass Sie dieses Thema ansprechen. In der Öffentlichkeit wird das gerne so dargestellt. Da ist von Menschenhandel die Rede, von der Ausbeutung der Frauen. Aber in Wirklichkeit ist das ganz anders. Alle Mädchen und Frauen, die Sie hier sehen, sind hochqualifiziert und gut bezahlte Fachkräfte."

Ernesto sagte nichts. Aber sein Gesichtsausdruck verriet seinem Gegenüber wohl, dass er ihm kein Wort glaubte.

„Sie lächeln? Sie glauben, ich lüge Sie an?"

„Ich habe kein Wort gesagt und lausche Ihnen ganz aufmerksam", sagte Ernesto.

„Kommen Sie mit. Hier im öffentlich zugänglichen Bereich haben wir das klassische Wellnessangebot. Gestresste Manager, genervte Beamte und Professoren können sich hier in aller Ruhe entspannen. Das ist wie in den alten römischen Bädern. Verstehen Sie? Sie werden rundum umsorgt, und Sie können es sich gut gehen lassen. Im hinteren Bereich, in den wir gleich kommen, gibt es ein spezielleres Angebot."

Durch einen Torbogen betrat die Gruppe einen Gang, von dem links und rechts Kojen und Zimmer abgingen. Die Räume waren ganz unterschiedlich eingerichtet. Von Fliesen bis zu Perserteppichen war alles vertreten. Holzbänke entlang der Wände und mit Leder bezogene Liegen, überall große Stapel mit weißen Frotteehandtüchern. Ernesto musste beim Anblick der Handtücher sofort an die bosnische Polizei denken.

In seiner Zeit als Lektor an der Universität in Osijek war er ein paarmal nach Tuzla und Sarajevo gefahren. Er sollte dort über zeitgenössische österreichische Literatur sprechen. Sein Institutsvorstand gab ihm den Rat, unbedingt weiße Frotteehandtücher einzupacken. Bosnische Polizisten ließen sich quasi mit nichts anderem bestechen. Ernesto glaubte die Geschichte nur halb, aber er war dann doch froh, dass er ein paar Handtücher eingepackt hatte.

„Sie alle hier sind schwer arbeitende Männer", sagte Gercke. „Genau für Sie haben wir dieses exklusive Angebot eingerichtet. Der Arbeitsdruck steigt gerade für Führungskräfte enorm. Viele finden kaum noch Zeit für ein Privatleben. Da staut sich Frustration an. Es kommt zu Vereinsamung. Depressionen, Burnout und sogar Selbstmord können die Folge sein. Hier können sie Zärtlichkeit und Zuneigung erfahren."

„Sie behaupten also, ihre Angestellten würden fair bezahlt, und es bestehe kein Abhängigkeitsverhältnis?", fragte Ernesto.

Gercke wandte sich ihm zu. Für einen Moment huschte so etwas wie Ärger über sein Gesicht. „Unsere Damen sind hier nicht angestellt", sagte er. „Sie sind freie Unternehmerinnen, die unsere Räumlichkeiten nutzen und sich an der Umsetzung unseres Konzeptes beteiligen."

„Aha", sagte Ernesto. „Klingt nach Scheinselbstständigkeit."

„Da irren Sie sich", mischte sich Wiegele ein. „Die rechtlichen Voraussetzungen wurden von mir und meiner Agentur ganz genau geprüft. Wir haben da ein Arrangement gefunden, mit dem alle zufrieden sind."

„Ein Arrangement, verstehe", sagte Ernesto. „Ich hätte da übrigens noch ein paar Fragen an den Herrn Pfarrer. Vielleicht könnten wir das gleich erledigen." Ernesto nickte dem Pfarrer zu und lud ihn ein, eine der Kojen zu betreten.

„Es ist ja Fasching. Aber finden Sie nicht, dass das ein bisschen zu weit geht?", fragte Ernesto, nachdem sich die anderen ein Stück entfernt hatten. „Sie als Pfarrer. Was sagt eigentlich der Bischof dazu? Weiß der überhaupt, was Sie da machen?"

„Ich lasse mich von Ihnen doch nicht verhören", sagte der Priester und stand auf.

„Wenn Sie jetzt gehen, wird Ihnen das nicht gefallen, was morgen in der Zeitung steht."

„Sie drohen mir?"

„Was heißt drohen? Ich sage Ihnen nur, was unweigerlich passieren wird, wenn Sie nicht mit mir reden. Ein Priester, der ein Bordell segnet. Das kommt nicht gut an."

„Was wollen Sie?"

„Eine Erklärung", sagte Ernesto. „Ich nehme an, dass Sie einen guten Grund haben, sich hier so zu exponieren. Oder ist es einfach nur abgrundtiefe Blödheit?"

„Sie verstehen das nicht."

„Na, offensichtlich verstehe ich das nicht."

„Was soll ich machen? Wenn ich die katholische Sexualmoral predige, sagen alle, ach, was für ein altmodisches Zeug. Sexualität wird als Mittel der Unterdrückung eingesetzt. Frauen haben keine Rechte, und Aids wird als Strafe Gottes hingestellt. Da lachen Sie mich aus oder halten mich für einen dummen Reaktionär."

„Das wären Sie ja auch."

„Sehen Sie? Und wenn ich die katholische Sexualmoral hinterfrage und nicht nur, sagen wir, für die Homoehe bin, sondern auch für eine faire und menschenwürdige Art der Prostitution eintrete, dann kommen Sie und reißen mir den Kopf ab."

„Wenigstens war der Rhetorikkurs am Priesterseminar bei Ihnen nicht verschwendet", sagte Ernesto.

„Ja, Sie können leicht zynisch sein. Aber haben Sie eine Ahnung. Ich könnte Ihnen Geschichten erzählen."

„Nur zu, reden Sie weiter."

„In Brasilien hat sich eine katholische Gemeinde gegen die Ansiedlung eines Bordells aufgelehnt. Es gab Prozessionen und Gebetsstunden. Der Priester stellte sich öffentlich gegen den Bordellbetreiber und drohte ihm mit der Rache Gottes."

„Ihr Kollege hat sich also lächerlich gemacht", sagte Ernesto.

„Nicht so ganz. Das Bordell wurde gebaut. Die Proteste wurden immer heftiger. Am Tag vor der Eröffnung hielt der Priester eine Messe und rief den Zorn Gottes auf diese Lasterhöhle herunter. In der Nacht gab es ein Gewitter. Ein Blitz schlug in das Bordell ein, und das Gebäude brannte nieder."

„Mission erfüllt."

„Das dachte sich auch der Bordellbesitzer und klagte."

„Bitte was hat der getan?", fragte Hochegger.

„Er klagte die Kirche auf Schadenersatz. Natürlich stritt der Priester alles ab. Aber Sie sehen das Dilemma."

„Und, hat er recht bekommen? Der Bordellbetreiber, meine ich", fragte Hochegger.

„Ich weiß es nicht."

„Das ist ja ganz lustig, aber das ist doch nicht im Ernst Ihre Ausrede", sagte Ernesto.

„Vielleicht wissen Sie, dass in Ländern, in denen Prostitution erlaubt ist, die Vergewaltigungsrate wesentlich niedriger ist als in Ländern, in denen Prostitution unter Strafe steht. Dasselbe gilt übrigens auch für Pornografie. Je liberaler die Gesetze, desto weniger Übergriffe. Dabei gilt es aber, die Frauen zu schützen, die dieses Gewerbe ausüben. Hier im Wellnessclub haben wir eine Einrichtung, die es den Frauen erlaubt, ihrer Arbeit in einer sicheren Umgebung nachzugehen. Es wird auf ihre Würde und Integrität geachtet. Das ist ein richtiger Schritt. Deshalb unterstütze ich das."

„Passen Sie bloß auf, dass Sie nicht noch heiliggesprochen werden", sagte Hochegger und schoss ein paar Fotos.

31

Als Ernesto die Weinstube Raab betrat, erzählte gerade Neil Young, wie er auf einem Pferd ohne Namen durch die Wüste reitet. Ernesto setzte sich an die Bar und bestellte einen Verlängerten, ein großes Glas Wasser und eine Schachtel Zigaretten.

„Welche?“, fragte Viko und stellte eine Tasse unter den Hahn der Kaffeemaschine.

„Mir wurscht“, sagte Ernesto und stand wieder auf. Er ging zur Jukebox, aus der immer noch Neil Young von seinem Wüstenabenteuer sang, und suchte nach etwas weniger Einschmeichelndem. Nach ein paar Minuten hatte er eine Playlist mit Tom Waits, Lou Reed und Kurt Ostbahn zusammengestellt. Der Verlängerte stand schon auf seinem Platz an der Bar und wurde langsam kalt.

„Kalter Kaffee macht schön“, sagte Viko.

„Nur der Rauch von kaltem Kaffee. Und schön ist kein Kriterium.“

„Pfoa, deine Laune möcht ich nicht haben.“

„War der Walter heute schon da?“

„Der kleine oder der große?“

„Der große.“

„Was willst du von dem? Du bist doch nicht auf Kokain oder so?“

„Ich muss ihn etwas fragen.“

„Er ist sicher noch oben in seinem Büro“, sagte Viko und begann, den Geschirrspüler auszuräumen.

„In seinem Büro?“

„Mhmm. Aber da sind ein paar junge Dinger bei ihm.“ Viko schüttelte den Kopf. „Warst du schon einmal bei ihm?“

Ernesto nickte und steckte sich eine Zigarette an.

„Ist dir sicher aufgefallen, diese Kratzer auf der Armlehne von dem Sessel, in dem er immer sitzt.“

„Kann mich erinnern.“

„Angeblich, das erzählt er jedenfalls, sind die von den jungen Dingern, wenn sie es ihm besorgen, weil sie kein Geld haben.“

„Das Bild brauch ich jetzt unbedingt in meinem Kopf. Der große Walter mit seiner Riesenwampe und seinen faulen Zähnen.“ Ernesto machte ein angewidertes Gesicht.

„Wenn du dir das Speed so in die Birne ziehst, fallen dir auch die Zähne aus. Was willst du überhaupt von ihm?“

Ernesto erzählte Viko vom Wellnessclub und vom toten Bürgermeister. Viko runzelte ein paarmal die Stirn, und Ernesto konnte sehen, dass der Chef der Weinstube diesen Wellnessclub genauso widerlich fand wie er selbst.

„Eine Hur bleibt eine Hur“, sagte Viko. „Da kannst du sie aufmascherln, wie du willst, und wenn du sie in ein Fünf-Sterne-Hotel steckst, bleibt sie trotzdem eine Hur. Da brauchst du den Walter nicht, um das zu wissen.“

„Mir geht's um was anderes. Vielleicht weiß der Walter etwas über diesen de Lorenzo, und wie der da mit drinhängt bei dem Wellnessclub.“

Viko bediente in der Zwischenzeit an einem Tisch, an dem sich ein paar Jugendliche niedergelassen hatten. An den Stehtischen sammelte sich langsam das übliche Publikum. Der grüne Gemeinderat und ein eher erfolgloser Künstler steckten die Köpfe zusammen, und Ernesto brauchte gar nicht zu hören, worüber sie sprachen. Es ging sicher darum, dass alles furchtbar schlecht und trist war und man in kurzer Zeit die Gesellschaft verändern würde, eine Revolution anzetteln, um diesen ganzen Mist zu beenden. Aber vorher trank man noch ein Bier und ein gepflegtes Glas Rotwein.

Am Ecktisch machte sich eine junge Metal-Band breit. Schwarzgefärbte Haare, Wimperntusche und

Tattoos. Dazu ein paar Mädchen mit bleichen Gesichtern und Lippenpiercings. Ernesto grüßte mit einem Nicken. Den Gemeinderat ignorierte er.

Lange blieb Ernesto nicht allein an der Bar. Links gesellte sich ein Gitarrenlehrer der Musikschule zu ihm. Allerdings hätte man auch einen Mehlsack auf dem Barhocker festschnallen können, so gesprächig, wie der Kerl war. Rechts fand sich bald eine Auswahl der Stammgäste des Lokals ein. Ein Maler, der durch seine Sauferei langsam erblindete. Ein Installateurmeister, der die meiste Zeit am Golfplatz verbrachte, und ein Taxifahrer. Der Maler klopfte Ernesto auf die Schulter und beugte sich so weit über ihn, dass Ernesto bei jedem Wort Spucketropfen abbekam.

„Hast du den Mörder schon gefasst?“, lallte der Maler.

„Weißt du was“, sagte Ernesto. „Kümmere dich um deinen eigenen Scheißdreck und spuck wen anders an.“

„Bist ein bisschen gereizt“, sagte der Installateur.

„Ich mag’s nur nicht, wenn man mir ins Ohr spuckt“, sagte Ernesto. „Habt ihr schon von dem Bordell in Villach gehört? Diesem Wellnessclub. Ich komm gerade von der Eröffnung.“

„Erzähl“, sagte der Taxifahrer.

„Würdet ihr da hingehen?“, fragte Ernesto.

„In ein Puff? Hab ich doch nicht nötig“, sagte der Installateur.

„Gerade für dich wär das doch was“, sagte Ernesto und gab ihm den Prospekt. „Gestresster Manager. Wie ich gehört habe, gibt es auch ein Angebot für Golfspieler. Golfplatz mit neunzehn Löchern.“

„Aber ein Golfplatz hat doch nur achtzehn ... Ah, ich verstehe“, sagte der Installateur und grinste. „Kriegt man da als Journalist Rabatt?“

„Wahrscheinlich“, sagte Ernesto.

„Bei denen würde ich mir das noch einmal überlegen“, sagte der Installateur.

„Das habe ich mir fast gedacht“, sagte Ernesto und nahm ihm den Prospekt wieder weg.

Die Eingangstür schwang auf, und der große Walter schob sich in den Raum. Er bemerkte Ernestos Blick und deutete auf einen Tisch ganz hinten im Lokal. Ernesto wartete, bis der große Walter sich gesetzt hatte, nahm dann seinen Kaffee und seine Zigaretten und gesellte sich zu ihm.

„Ein Vögelchen hat mir gezwitschert“, sagte Walter.

„Dem Vögelchen werde ich bei Gelegenheit den Hals umdrehen“, sagte Ernesto und drohte Viko mit der geballten Faust.

„Reg dich nicht auf. Ich bin ja hier. Was liegt an?“

„Du hast von diesem Wellnessclub in Villach gehört?“

„Wer nicht?“

„Erzähl mir. Was hast du gehört?“

Der große Walter zündete sich eine Zigarre an, schlürfte seinen Cappuccino und begann zu erzählen. Seit einigen Jahren gab es in der Szene das Gerücht, dass nach den Russen jetzt neue Leute kamen, international vernetzt und überaus brutal. Es gebe mehrere Organisationen, die aber zusammenarbeiteten, sich die Gebiete aufteilten und die Frauen untereinander tauschten.

„In Kärnten sollen sich die Italiener und die Deutschen die Sache unter sich ausmachen. Kein Spaß für die Russen und die Einheimischen“, sagte der große Walter.

„Kein Spaß heißt konkret?“

Der große Walter fuhr sich mit der flachen Hand über die Gurgel. „Mit denen leg ich mich nicht an. Da hast du eine Kugel im Kopf, so schnell kannst du gar nicht schauen. Also sei vorsichtig."

„Das heißt, die mischen den Markt auf?"

„Du bist ja ein guter Journalist, angeblich. Da sollte es dir aufgefallen sein, dass die nicht nur diese Luxuspuffs machen, die decken alles ab. Vom Straßenstrich über das Laufhaus bis zu diesem Wellnessclub. Da kannst du einpacken."

„Und kommt man da irgendwie ran?"

„Wie ran? Du bist ja schon mittendrin."

„Nein." Ernesto schüttelte den Kopf. „Ich will mit den Mädchen reden. Und ich will wissen, wie de Lorenzo in die Sache verwickelt ist."

„Der Itaker, der beschafft die Mädchen, und wenn sie nicht spuren, dann sorgt er dafür, dass sich das ändert."

„Wie? Werden die Mädchen vergewaltigt?"

„Man kann eine Hur doch gar nicht vergewaltigen."

„Ich meine, bevor sie anschaffen."

„Soll vorkommen. Manche Mädchen muss man brechen. Das machen die nicht anders."

„Also, wie schaut's aus?"

„Geh bitte, lass mich da raus."

„Walter, ich muss nur mit den Mädchen reden, und du kannst das arrangieren, da bin ich mir sicher."

„Warum kommst du damit zu mir? Hab ich dir irgendetwas getan? Warum fragst du nicht deinen russischen Haberer, den Godunow?"

„Jetzt mach nicht so einen Aufstand."

„Was hab ich davon? Weißt du, wie gefährlich das ist?"

„Ja eh. Du hast auch mein ganzes Mitgefühl. Und ich zeig dich auch ganz sicher nicht wegen Drogenhandel und sexuellem Missbrauch von Minderjährigen an."

„Missbrauch. Das ist doch kein Missbrauch. Ich hab noch nie eine gezwungen."

„Die kommen alle freiwillig, schon klar. Wegen deinem geilen Waschbrettbauch", sagte Ernesto und klopfte ihm auf die Wampe.

Kapitel 10

32

Die Zigarette rauchte sich selbst, während Ernesto auf den Bildschirm starrte. Draußen brütete noch die Nacht, und erst allmählich lugte das erste Licht des Tages über die Berghänge und vertrieb das Schwarz in die Wälder und Klüfte.

Bis jetzt hatte Ernesto keine Zeit für seine Sonntagsreportage gefunden. Der Fasching in Villach, eine gesellschaftskritische Analyse, irgendetwas mit Dionysos.

Ein wüster Gott in Villach, tippte Ernesto als Arbeitstitel ein. Er dachte dabei an ein Lied von Konstantin Wecker, aber der Titel fiel ihm nicht ein. Also tippte er „Gott predigt Konstantin Wecker" in die Suchmaschine und sah dann gleich, dass er sich mit dem Adjektiv geirrt hatte. Bei Konstantin Wecker predigte ein satter Gott von Genügsamkeit.

Ein wüster Gott in Villach

Wer in diesen Wochen durch Villachs Straßen spaziert, dem erscheinen oft seltsame Gestalten. Kobolde und Gnome treiben sich in den Gassen herum. Ein Zug von Narren mit goldenen Kappen schreitet über den Hauptplatz.

Es ist nicht zu übersehen, dass Villach sich im Bann eines wilden Gottes befindet, der die Stadt zu immer neuen Belustigungen, zu manchmal schrillen, manchmal altehrwürdigen Umzügen und Festen antreibt. Vom Villacher Fasching über den Kirchtag bis hin zum Ackern, dem Christkindlmarkt und den unzähligen

Veranstaltungen im Sommer kommt diese Stadt nicht zur Ruhe.

Der Villacher Fasching legt offen, welche Kräfte hinter dieser manischen Feierlaune stecken. Viele Theoretiker sind der Auffassung, die heutigen Faschingsbelustigungen würden ihre Wurzeln in antiken Fruchtbarkeitsfesten wie den Bacchanalien und Saturnalien haben. Im Mittelalter finden wir aber die ersten wirklichen Vorläufer unseres Faschings, und da ging es weniger um die Anbetung der Fruchtbarkeit und das Vertreiben der Winterdämonen, sondern um die Aufhebung der christlichen Moral. Die Gesellschaftsordnung wurde, wenn schon nicht außer Kraft gesetzt, so doch auf den Kopf gestellt. Der Priesterseminarist durfte für einen Tag Bischof spielen, und der arme Leibeigene konnte sich die Fürstenkrone aufsetzen. Den aufgestauten Lüsten wurde Raum gegeben.

Diese Entlastung stellte bis ins 19. Jahrhundert eine ganz entscheidende Funktion des Faschings oder Karnevals dar. Mit der Aufklärung und der Demokratisierung der Gesellschaft greift allerdings die Liberalisierung der Moral um sich. Kirche und Staat verlieren an regulativer Macht, und der Fasching wandelt sich. Er ist nicht länger eine Gegenwelt, eine Möglichkeit der kurzzeitigen Revolte, sondern die Feier der Ausschweifung, die Übertreibung des täglichen Spaßterrorismus. Hier blicken wir der aktuellen Gesellschaft ungeschminkt ins Gesicht. Die Gier auf unmittelbare Befriedigung wird sichtbar. Alles wird in eine schrille Komödie verwandelt, und es gibt keinen heiligen Ernst, zu dem man zurückkehren könnte.

Der wüste Gott, der über all dem thront, hat einen Namen. In der Antike nannte man ihn Dionysos.

Ernesto löschte den Text gleich wieder. Solche philosophisch-essayistischen Anwandlungen gefielen ihm schon bei anderen Journalisten nicht. Wieder sah er eine Weile auf den leeren Bildschirm, steckte sich noch eine Zigarette an und nahm einen Schluck vom kalt gewordenen Kaffee.

Ein wüster Gott in Villach

Der Fasching in Villach ist ein Großereignis, ein Wirtschaftsfaktor, und prägt die Identität der Stadt. Ein Blick hinter die Kulissen.
Von Ernesto Valenti

Wenn der Faschingskanzler Ulrich Wiegele einen an der Hand nimmt und während einer Sitzung hinter die Bühne führt, dringt man in den Untergrund, in den Bauch einer großen Unternehmung ein. Während auf der Bühne die Gardemädchen tanzen, wird hier die nächste Shownummer vorbereitet, vergnügen sich die Akteure im Pausenraum, und manchmal läuft jemand hektisch durch die Gänge auf der Suche nach dem nächsten Büttenredner.

Der Villacher Fasching ist schon lange mehr als nur eine Spaßveranstaltung. Laut Wiegele tragen Fasching und Kirchtag maßgeblich zu den Umsätzen der heimischen Wirtschaft bei, und vor allem der Fasching hat Villach im deutschsprachigen Raum zu einem Synonym für Spaß und Unterhaltung gemacht.

Heute wird alles professionell und lange im Voraus geplant. Die Texte werden mit Regisseuren einstudiert. Die Choreografie der Garde ist genau geplant. „Dabei vergessen wir aber nicht, wofür wir da sind“, sagt Faschingsprinz Massimo de Lorenzo. „Nämlich um die Menschen zu unterhalten und Spaß zu verbreiten.“

Es heißt, der Fasching gehe auf antike Feste zurück. Ein heißer Kandidat ist das Fest Anthesteria, das im Februar oder März im antiken Athen gefeiert wurde. Es handelte sich dabei um eine dreitägige Veranstaltung zu Ehren des Gottes Dionysos. Anlässlich dieses Frühlingsfestes wurden die Weinfässer geöffnet und der neue Wein zum ersten Mal verkostet. Den Beginn der Feierlichkeiten bildete ein Umzug, bei dem Dionysos in einem Schiff durch die Straßen getragen wurde. Hintergrund dieser Prozession war die Legende von der Ankunft des Gottes auf einem Schiff in Athen. Während dieser drei Tage blieben die Tempel aller anderen Götter geschlossen, und die ganze Stadt verfiel der Herrschaft des Gottes Dionysos.

Vielleicht zeigt sich in Villach ein wenig dieser alten Tradition, aber der Villacher Fasching ist auch ein straff organisiertes Wirtschaftsunternehmen. Bei über einer Million Fernsehzuschauern werden die Akteure der Faschingssitzungen zu Stars und verdienen auch außerhalb der Saison nicht schlecht. Wirtschaft und Spaß gehen eine Verbindung ein, die beide zu befördern scheint.

„Dass der Villacher Fasching auch wirtschaftlich erfolgreich ist, zeigt, wie sehr er in unsere heutige Zeit passt“, sagt Faschingskanzler Wiegele. „Die Faschingssitzungen sind ja auch eine Gelegenheit, um Networking zu betreiben. Hier trifft sich die wirtschaftliche Elite des Landes. Wir sind schon lange so etwas wie die Kärntner Variante des Opernballs.“

Diese Verschmelzung von Profit und Belustigung scheint tatsächlich heute so stark wie noch nie zuvor. Philosophen wie Horkheimer und Adorno warnten schon 1944 vor dieser Kulturindustrie, in der die Menschen durch Brot und Spiele von den schmerzenden Wunden ihrer Zeit abgelenkt werden. Horkheimer und Adorno prophezeiten, dass sich die Menschen voll Freude in diesen Abgrund der Bespaßung stürzen werden. Dionysos scheint zurückgekehrt und hockt nun grinsend auf dem Congress-Center in Villach, während drinnen ein Fest ihm zu Ehren gefeiert wird.

Schon besser, dachte Ernesto, wenn auch noch verbesserungsfähig. Er gähnte und sicherte das Dokument. Die Uhr am Bildschirm zeigte 7 Uhr 04, und Ernesto machte sich eine frische Tasse Kaffee. Die Nacht hatte sich noch immer nicht zurückgezogen. Eine Bauernregel besagt, dass der Tag zu Maria Lichtmess, also am 2. Februar, schon um einen Hirschensprung länger ist als noch zur Wintersonnenwende. Aber wie rechnet man einen Hirschensprung in eine Zeitangabe um? Vielleicht ist die Zeit gemeint, die ein Hirsch braucht, um einen Sprung auszuführen. So ähnlich wie man sehr weite Entfernungen in Lichtjahren angibt.

Das Klingeln des Mobiltelefons unterbrach Ernestos Überlegungen.

„Das ist nicht dein Ernst“, sagte Ernesto, nachdem Markus ihm erklärt hatte, was in Villach gerade vor sich ging.

„Na, meiner nicht, aber Steinkellner meint es todernst.“

„Bist du schon dort?“

„Gerade auf dem Weg.“

„Dann fotografier, was das Zeug hergibt.“

„Und du?“

„Ich kümmere mich von Klagenfurt aus um alles andere", sagte Ernesto und beendete die Verbindung.

Major Steinkellner verhaftete gerade in diesem Moment Hilde Guggenbichler, und eine Hausdurchsuchung war ebenfalls im Gang. Soweit Markus die Lage überblicken konnte, warf Steinkellner der Frau des Bürgermeisters vor, ihren Mann vor aller Augen ermordet zu haben.

Steinkellner hatte sicher einen guten Grund für diese Aktion. Zumindest glaubte er das. Ernesto suchte auf seinem Mobiltelefon nach Steinkellners Nummer. Diese verdammten Smartphones, dachte er, während er mit der Telefonliste kämpfte und zuerst zu zaghaft, dann zu heftig über den Bildschirm wischte. Dann hatte er den Eintrag gefunden.

„Guten Morgen", sagte Ernesto, als Steinkellner abhob.

„Sie wissen es schon", antwortete Steinkellner.

„Sonst würde ich Sie nicht um diese Uhrzeit anrufen. Sie haben gerade die Frau Bürgermeister verhaftet."

„Wir bringen sie jetzt nach Klagenfurt."

„Darf ich fragen, was Sie ihr vorwerfen?"

„Den Mord an ihrem Ehemann."

„Das schließen Sie jetzt genau woraus?"

„Sie können sicher sein, dass die Polizei genug Beweise hat, um eine Verhaftung vorzunehmen", sagte Steinkellner.

„Daran zweifle ich überhaupt nicht. Ich kann mir nur nicht vorstellen, worin diese Beweise bestehen."

„Das geht Sie auch nichts an, Valenti. Wir haben hinreichende Indizien und Beweise ..."

„Tatsächlich?", unterbrach Ernesto. „Haben Sie Zyankali gefunden?"

„Wir suchen danach."

„Interessant. Und sonst? Sind die Drohbriefe nicht ein hinreichendes Indiz, zuerst in eine andere Richtung zu suchen?"

„Die Drohbriefe." Steinkellner lachte. „Da glauben Sie, Sie haben den großen Coup gelandet. Die blöde Polizei weiß es seit Monaten und schafft es nicht, einen Mord zu verhindern. Das muss Ihnen ja wahnsinnig gefallen haben."

„Sind Sie beleidigt?", fragte Ernesto. „Also ernsthaft."

„Es macht Ihnen doch Spaß, die Polizei vorzuführen."

„Hören Sie, Steinkellner, Sie könnten einfach zugeben, dass das nicht ganz so optimal gelaufen ist mit den Ermittlungen, und gut ist."

„Sie erfahren alles Weitere aus der Presseaussendung."

„Hören Sie zu, Steinkellner."

Aber da hatte Major Steinkellner schon aufgelegt. Ernesto trank einen Schluck Kaffee und zündete sich eine Zigarette an. Das konnte ja noch lustig werden, wenn Steinkellner auf stur schaltete. Ernesto schüttelte den Kopf.

So leicht ließ er sich nicht abwimmeln. Steinkellner brauchte sicher eine gute halbe Stunde bis zur Landespolizeidirektion. In der Zeit schaffte Ernesto das auch. Er verband das Mobiltelefon mit der Freisprechanlage und rief Auer an.

„Du kannst mir schon einmal die Einserseite freihalten. Steinkellner hat die Guggenbichler verhaftet", sagte Ernesto, als Auer das Gespräch annahm. „Ich bin auf dem Weg nach Klagenfurt", fuhr Ernesto fort, „und werde Steinkellner und die ganze Truppe direkt vor der Polizeidirektion abfangen. Schick Hochegger hin."

Ernesto fluchte, als die ersten Schneeflocken auf der Windschutzscheibe landeten. Im Scheinwerferlicht raste der Schnee auf Ernesto zu, und auf der Fahrbahn bildete sich ein weißer Film. Die Morgenshow von Antenne Kärnten berichtete, dass der Schneefall in Oberkärnten schon kurz nach Mitternacht eingesetzt und sich nun auf ganz Kärnten ausgebreitet hatte. Die A2 zwischen Villach und Spittal an der Drau war zwischenzeitlich wegen hängengebliebener LKW gesperrt gewesen, jetzt sei sie aber wieder frei befahrbar. In Klagenfurt komme es immer wieder zu Behinderungen. Generell sollten Autofahrer mit erhöhter Vorsicht unterwegs sein.

„Genau", sagte Ernesto, als ein SUV mit gut 150 km/h an ihm vorbeidonnerte.

33

Kurz vor der Abfahrt Klagenfurt Ost meldete sich die Antenne Kärnten noch einmal mit einer Verkehrsmeldung. Wegen eines Unfalls auf Höhe der Kärntner Zentralbank bildete sich in der Völkermarkter Straße ein Stau, der schon bis zum Autobahnzubringer zurückreichte.

Ernesto entschied sich, erst die Ausfahrt Klagenfurt Nord zu nehmen. Die Fahrbahn war schon vor zehn Minuten unter schmutzigweißem Schneematsch verschwunden. Auf der Gegenfahrbahn sah Ernesto zwei Räumfahrzeuge, die versetzt hintereinander fuhren. In seiner Fahrtrichtung sparte man sich das offensichtlich.

Als er von der Autobahn abfuhr, wurde es schlimmer. Die Schneefahrbahn löste sich in grauen Matsch auf, und die Reifen begannen zu rutschen. Ernesto fasste das Lenkrad locker, konzentrierte sich darauf, die Hände nicht zu verkrampfen. Der Matsch ging jetzt wieder in eine Schneefahrbahn über. Unter der Schneeschicht kam nach und nach das blanke Eis zum Vorschein.

Von einer Seitenstraße schlitterte ein Wagen wie in Zeitlupe auf die Hauptstraße. Ernesto wagte es nicht zu bremsen, sondern lenkte vorsichtig nach links. Die Stoßstangen der Autos berührten sich leicht, und dann trudelte der andere Wagen weg und kam auf der Gegenfahrbahn zum Stehen. Auf dem ganzen Weg sah Ernesto kein Räumfahrzeug der Stadt. Nicht einmal auf den Gehsteigen wurde Salz gestreut.

Vor ihm stand ein Mercedes mit durchdrehenden Reifen mitten auf der Kreuzung. Fußgänger kamen und schoben den Wagen an, sodass er zur Seite rutschte und die anderen Autos vorbeifahren konnten.

Das ging nun schon den zweiten Winter so. Sobald mehr als zwei Zentimeter Schnee fiel, brach der Verkehr in Klagenfurt zusammen. Straßen und Gehwege wurden nicht geräumt. Man wartete auf besseres Wetter und hoffte, dass der Verkehr den Schnee schon selbst von der Fahrbahn befördern würde.

Als Ernesto deshalb beim Magistrat anrief, verband man ihn von Abteilungsleiter zu Abteilungsleiter. Zuerst hieß es, es gäbe keinen Auftrag des zuständigen Stadtrates. Ernesto rief den Stadtrat an, und der verwies ihn an den Bürgermeister. Der Bürgermeister, und das wunderte Ernesto nicht sonderlich, war angeblich auf einer Konferenz und erst wieder nächste Woche erreichbar. Also rief Ernesto wieder den Stadtrat an und dann den Direktor des Magistrats und den Leiter der Abteilung Straßenbau und Verkehr. Der verriet Ernesto, warum die Straßen in Klagenfurt quasi unbefahrbar waren.

„Das sage ich aber nur, wenn Sie mir versprechen, meinen Namen nicht zu nennen“, sagte der Abteilungsleiter. „Sie wissen ja, wie das ist.“

„Ich verrate meine Informanten nicht“, antwortete Ernesto.

„Die Antwort ist ganz einfach.“ Der Abteilungsleiter stockte. „Wir haben schlicht kein Geld. Ich kann nicht einmal Streusalz kaufen, und zwei Räumfahrzeuge müssten repariert werden, aber ich weiß nicht, woher ich das Geld dafür nehmen soll.“

Die Stadt war pleite. Allerdings, und das fand Ernesto schon ziemlich bemerkenswert, nicht so pleite, dass man sich keine neue Eishockeyhalle leisten konnte. In gewisser Weise war das konsequent. Man hatte sich ja auch die neue Pflasterung am Neuen Platz neun Millionen kosten lassen. Aber Schneeschaufeln? Nein, das war zu teuer.

Der Verkehr bewegte sich im Schritttempo durch die Feldkirchner Straße. Vor dem Bezirksgericht wurde ein Schülerlotse fast von einem VW gerammt, als er mit der roten Kelle vom Gehsteig auf die Straße trat. Ernesto sah immer wieder auf die Uhr am Armaturenbrett. Er tröstete sich damit, dass Steinkellner ganz sicher in einem ähnlichen Stau steckte und Hochegger bestimmt schon mit der Kamera im Anschlag vor der Polizeidirektion wartete.

Es dauerte fast eine halbe Stunde, bis er über den Viktringer Ring in die St. Ruprechter Straße vorgedrungen war. Hochegger stand im hinteren Hof der Polizeidirektion und spielte mit seiner Kamera. Von Steinkellner und der Frau des Villacher Bürgermeisters war nichts zu sehen.

„Zu spät?“, fragte Ernesto.

„Aber was. Keine Rede davon.“

„Wenn es so weiterschneit, dann geht die Stadt noch unter."

„Wäre nicht das Schlechteste. Ich hab heute schon in der Völkermarkter Straße fotografiert. Das totale Chaos, sag ich dir. Bei der Kreuzung vor der Zentralbank sind zwei zusammengerauscht, und seitdem steht dort alles. Die sind nicht einmal in der Lage, die Autos aus dem Weg zu räumen, geschweige denn den Schnee."

„Gehst du morgen zum Faschingsumzug mit?", fragte Ernesto.

„Mit dir? Aber immer doch." Hochegger grinste.

„Ob das lustig wird, weiß ich aber nicht."

„Mit dir ist es immer lustig."

„Und du hast eine sehr seltsame Art von Humor. Ich glaube, da kommen sie."

Drei Škoda Octavia in schwarz bogen vom Viktringer Ring auf den Parkplatz ein. In der Düsternis konnte Ernesto die Fahrer und Beifahrer nicht erkennen, aber wer sonst würde so demonstrativ unauffällige Autos fahren? Das sieht schon sehr nach einer Hollywood-Inszenierung aus, dachte Ernesto.

„Gehen Sie mir aus dem Weg", sagte Steinkellner, als er aus dem Wagen stieg.

„Glauben Sie, dass Hilde Guggenbichler ihren Mann ermordet hat?"

„Warten Sie auf die Presseaussendung. Wir werden Frau Guggenbichler jetzt zu den Vorwürfen vernehmen. Die Presse wird informiert, sobald es etwas Neues gibt."

„Woher soll Frau Guggenbichler das Zyankali haben, mit dem ihr Mann ermordet wurde? Hat die Hausdurchsuchung etwas ergeben?"

„Gedulden Sie sich, Valenti. Ich kann Ihnen jetzt noch nichts sagen." Steinkellner hatte den Eingang zur Polizeidirektion beinahe erreicht. Er winkte, und aus dem zweiten Wagen stieg ein Beamter, der Hilde Guggenbichler am Arm über den Parkplatz führte. Hochegger fotografierte Hilde Guggenbichler, wie sie mit steinerner Miene und auf dem Rücken gefesselten Händen über den Parkplatz schritt.

„Ich danke Ihnen“, sagte sie zu Ernesto, als sie die Stufen zum Eingang hinaufging. „Ich danke Ihnen dafür, dass Sie hier sind und die Willkür der Polizei dokumentieren.“

34

Die Presseaussendung ließ auf sich warten. Gegen zehn Uhr wählte Ernesto Steinkellners Mobilnummer. Das Telefon war ausgeschaltet. Also versuchte Ernesto es in Steinkellners Büro. Die Sekretärin teilte ihm mit, dass das Verhör immer noch im Gang sei. Ein Ende war nicht in Sicht.

Ernesto rief Markus an und erfuhr, dass sie mit der Hausdurchsuchung auch noch nicht fertig waren. Wolfgang Havlicek und seine Leute schienen wirklich jeden Zentimeter des Hauses und des Gartens ganz genau zu untersuchen.

„Die haben Scheinwerfer aufgestellt, und jetzt räumen sie gerade den Geräteschuppen aus“, berichtete Markus.

„Hast du eine Ahnung, wonach die suchen?“

„Ich nehme an, nach dem Zyankali.“

„Du nimmst an. Gib mir einmal Havlicek.“

Ernesto hörte, wie Markus mit jemandem sprach.

„Valenti, ich darf Ihnen doch nichts sagen“, meldete sich Havlicek.

„Seit wann das denn? Guten Morgen übrigens.“

„Anweisung vom Chef. Der ist wegen der Drohbriefgeschichte gerade nicht sehr gut auf Sie zu sprechen.“

„Das ist doch kindisch.“

„Mir brauchen Sie das nicht zu sagen.“

„Sie suchen also nach dem Zyankali?“

„Kaliumcyanid, wenn schon, und das ist wohl kein Geheimnis.“

„Und? Schon fündig geworden?“

„Die Durchsuchung dauert noch.“

„Jetzt fangen Sie nicht auch so an“, sagte Ernesto. „Sie haben also noch nichts gefunden.“

„Nein. Aber das heißt überhaupt nichts.“

„Und die Drohbriefe? Was ist mit denen?“

„Was soll damit sein?“

„Das ist doch offensichtlich“, sagte Ernesto.

„Ehrlich, das verstehe ich jetzt nicht.“

„Ist schon gut“, sagte Ernesto. „Geben Sie mir bitte noch einmal Markus.“

Dass Havlicek so erstaunt über die Frage nach den Drohbriefen war, das erstaunte wiederum Ernesto. Wenn man auch nur ein wenig darüber nachdachte, musste einem doch klar werden, dass die Drohbriefe der Angelpunkt der ganzen Angelegenheit waren. Das konnte doch weder Steinkellner noch Havlicek entgangen sein.

Markus sollte die Lage in Villach im Auge behalten und sofort Bescheid sagen, falls sich etwas ergab. Solange das Verhör und die Durchsuchung dauerten, konnten sie nichts weiter tun. Deshalb nahm Ernesto die Pressemappe vom Hotelprojekt am Nassfeld zur Hand und las in seinen Notizen.

Die Angelegenheit sah überaus verdächtig aus. 46 Millionen Euro für ein Hotel und ein Feriendorf. Das war doch irrwitzig. Ernesto überlegte, wen er zuerst anrufen sollte. Zur Auswahl standen der Pressesprecher des LH und Ulrich Wiegele, Geschäftsführer der Agentur für Fortschritt und Entwicklung und natürlich Faschingskanzler.

Mit Wiegele traf sich Ernesto morgen beim Faschingsumzug in Villach, und das war eine gute Gelegenheit, um ihn noch ein bisschen einzuwickeln und in Sicherheit zu wiegen. Obwohl Ernesto wusste, dass Wiegele wesentlich gesprächiger war, entschied er sich für den Pressesprecher.

„Begrüße Sie, Tschabuschnig“, sagte Ernesto, als der Pressesprecher abhob. „Schon lange nichts mehr von Ihnen gehört.“

„Was wollen Sie, Valenti?“

„Ich habe da eine Pressemappe vor mir liegen. Da geht es um ein Hotelprojekt, um Schilifte und dergleichen mehr am Nassfeld. Ich nehme an, dass Sie bei der Erstellung dieser Pressemappe mitgewirkt haben, wenn Sie auch so bescheiden sind, das nicht hinzuschreiben.“

„Das Hotelprojekt am Nassfeld. Wie kommen Sie darauf?“

„Wie gesagt, ich habe hier die Pressemappe vor mir liegen.“

„Und?“

„Ich möchte gerne wissen, worum es da eigentlich geht.“

„Das steht doch in der Pressemappe.“

„Um genau zu sein, steht da nichts Brauchbares. Wer sind die Investoren? In welchem Ausmaß unterstützt das Land das Projekt? Wie sehen die Modalitäten aus? Welche Dienstleistungen erbringt die Agentur für Fortschritt und Entwicklung?“

„Wie kommen Sie auf die Agentur?“

„Ich kann recherchieren. Stellt das Land da etwa die Grundstücke zur Verfügung, und was genau soll ich mir darunter vorstellen, dass die Agentur Hindernisse bei Behördenwegen ausräumt? Ist das nicht ein bisschen paradox, wenn eine Regierung eine Agentur gründet, die jene Gesetze umgeht, die eben diese Regierung gemacht hat?“

„Sie sehen das ganz falsch.“

„Erleuchten Sie mich, Tschabuschnig.“

Jörg Tschabuschnig räusperte sich.

„Schwierig zu argumentieren, nicht wahr?“, setzte Ernesto nach. „Da erlässt man eine Bauordnung, die jedem Häuslbauer den Angstschweiß auf die Stirn treibt, und macht Flächenwidmungspläne, um sie dann im Angesicht großer Investoren zu verwerfen?“

„Wie gesagt, Sie sehen das ganz falsch. Es ist Aufgabe des Landes, Investitionen zu fördern und so Arbeitsplätze zu schaffen. Das Projekt am Nassfeld bedeutet über 200 Arbeitsplätze in einer strukturschwachen Region. Sie wissen ganz genau, was das für die Bevölkerung heißt. Da kann und muss das Land schon auch etwas dafür tun.“

„Arbeitsplätze, das ist also das Argument. Wäre es nicht günstiger und nachhaltiger, das Land würde selbst ein Unternehmen gründen und die Menschen anstellen?“

„Da kommt bei Ihnen der alte Kommunist durch, nicht wahr? Das Land kann nie als Unternehmer auftreten. Wir unterstützen die freie Marktwirtschaft und fördern die Unternehmer.“

„Hören Sie sich eigentlich manchmal selbst zu, Tschabuschnig? Das stimmt doch einfach nicht. Diese Agentur für Fortschritt und Entwicklung mag ja noch als halböffentlich durchgehen. Aber die ganzen Kommanditgesellschaften des Landes, die Stadtwerke mancher Gemeinden und was es dergleichen mehr gibt, die sind natürlich privatwirtschaftlich organisiert. Und wenn Sie mich schon einen Kommunisten nennen, dann kann ich Ihnen auch sagen, wie man diese Form der Wirtschaft nennt. Staatskapitalismus. Und genau daran ist der sogenannte Kommunismus auch gescheitert."

„Danke für die Nachhilfestunde", sagte Tschabuschnig. „Aber Sie verstehen einfach nicht, worum es hier geht. Es geht um Arbeitsplätze in einer strukturschwachen Region. Und wir werden alles tun, um das Nassfeld zu unterstützen."

„Jetzt haben Sie mir aber immer noch nicht gesagt, welchen Investoren Sie da den roten Teppich ausrollen."

„Das kann ich Ihnen auch noch nicht sagen. Wir wollen diese Leute ja nicht verschrecken."

„Wie könnten die denn verschreckt werden?"

„Zum Beispiel, indem jemand wie Sie in der Zeitung über sie herfällt."

„Ich hab doch gar keinen Grund, über irgendwelche Investoren herzufallen. Könnte es nicht vielmehr daran liegen, dass, sagen wir, wenigstens einer der Investoren bis jetzt einem eher schmuddeligen Gewerbe nachgeht?"

„Wenn Sie Prostitution als schmuddelig empfinden, dann ist das Ihr Problem."

„Hab ich es doch gewusst", sagte Ernesto.

„Ich werde keinen Namen nennen."

„Ja klar. Ich auch nicht. Godunow wird sich freuen, wenn sich seine Investitionen in den Fußballclub endlich bezahlt machen."

„Was wollen Sie damit andeuten?“

„Gar nichts. Es ist auch nicht wichtig. Sie wollen mir also keine Investoren nennen? Hab ich das richtig verstanden?“

„Sie müssen bedenken, wie sensibel das alles ist.“

„Ja, natürlich“, sagte Ernesto. „Vor allem, weil ein Teil der Lifttrasse durch ein Naturschutzgebiet geht.“

„Das ist nur ein vorläufiger Plan, und außerdem muss man Prioritäten setzen. Was nützt eine schöne Natur, wenn wir dadurch Arbeitsplätze verlieren?“

„Ah, jetzt verlieren wir schon Arbeitsplätze. Aber ist das nicht genau jener Fall, den ich vorher angesprochen habe? Das Naturschutzgebiet wurde vom Land als solches ausgewiesen, und jetzt kommt möglicherweise das Land selbst und hebelt diese Verordnung wieder aus. Ich meine, das Netteste, was man dazu sagen kann, ist, dass die rechte Hand nicht weiß, was die linke gerade so anstellt. Können wir das jetzt vielleicht noch ein bisschen konkretisieren? Gibt es schon einen Terminplan? Wie sieht es mit der Planung aus, Architekten, Bauherren, Firmen?“

„Dazu müssen Sie sich an die Agentur für Fortschritt und Entwicklung wenden. Dort kann man Ihnen über die Planungsdetails mehr sagen.“

Ernesto hatte das Gespräch in Stichworten mitnotiert und lehnte sich jetzt in seinem Sessel zurück. Kurz schloss er die Augen und atmete ein paarmal tief. Er schnappte sich seinen Anorak und ging hinauf aufs Dach, um zu rauchen. Am Weg kam er wie immer an der Kulturredaktion vorbei. Durch die offene Tür rief ihm Čertov nach: „Dein Sonntagsartikel ist übrigens ganz großer Mist.“

„Ich weiß“, sagte Ernesto und ging weiter.

Kapitel 11

35

Missmutig hielt Ernesto der jungen Frau die Wange hin und ließ sich ein Herz und einen Stern ins Gesicht malen. Neben ihm ließ sich ein Mädchen im Volksschulalter Glitzersterne über Haar und Gesicht verteilen, und ein Junge, der nicht viel älter war, fuchtelte mit einem Plastikdegen durch die Luft. Offenbar wollte er mit Umhang und Augenmaske den unvergleichlichen Zorro darstellen.

„Bist du immer so ein Grantnscherbn?“, fragte Franziska Edlinger.

„Nur im Fasching, und nur, wenn ich gezwungen werde, mir diesen Spaßterrorismus zu geben“, antwortete Ernesto, der Franziska jetzt von oben nach unten und von unten nach oben betrachtete. Sie trug ein gelbes, eng anliegendes T-Shirt, und ihre Haare hatte sie zu einem Turm toupiert und blau gefärbt.

„Marge Simpson“, sagte Ernesto. „Irgendwie passend.“

„Nicht frech werden.“

„Ich finde Verkleidungen kindisch“, sagte Ernesto und nickte der jungen Frau zu, die sein Gesicht verziert hatte.

Die Kärntner Tagespost hatte sich vor ein paar Jahren dazu entschlossen, beim Faschingsumzug in Villach nicht nur Abokeiler loszuschicken, sondern auch eine Schminkstation für Kinder und ein Animationsprogramm anzubieten. Als Mitarbeiter der Kärntner Tagespost war Ernesto dazu verurteilt, bei dieser

Schminkstation aufzutauchen und sich etwas ins Gesicht malen zu lassen.

„Jetzt schau nicht so“, sagte Franziska. „Komm mit. Wir schauen uns an, ob sich da vorne schon etwas tut.“ Sie hakte sich bei Ernesto unter und drängte sich mit ihm im Schlepptau durch die Menge.

„Ich versteh nicht, warum du ein Gesicht machst wie zehn Tage Regenwetter“, sagte sie.

„Weil Fasching ist und ich mir das antun muss.“

„Du bist doch sonst keine Spaßbremse.“

„Ich verstehe nicht, wie man auf Befehl lustig sein kann. Außerdem, dieses Herumgehopse, das ist doch nicht lustig. Das ist peinlich, und es ist auch gruselig.“

„Dir ist aber auch nicht zu helfen.“

Sie hatten die vorderste Reihe der Schaulustigen erreicht und sahen jetzt, wie die Spitze des Umzugs auf sie zukam. Vorneweg gingen der Faschingskanzler und der Narrenrat, gleich dahinter folgten die Garde und ein Cabrio mit dem Faschingsprinzen und seiner Prinzessin. Unter unentwegtem Lei-Lei-Geschrei und Gewinke zogen sie vorbei.

Dann kam auch schon der erste Wagen. Ein Traktor unter einem Holzgerüst mit grünem Stoff überzogen. Das Gefährt sollte einen Drachen darstellen. Den Klagenfurter Lindwurm, wenn Ernesto sich nicht täuschte. Der Lindwurm kaute auf einer Puppe herum, die dem Klagenfurter Bürgermeister doch recht ähnlich sah.

„Und das ist geschmacklos“, sagte Ernesto.

„Findest du?“

„Ich hab natürlich noch nie ein Stück vom Klagenfurter Bürgermeister abgebissen, aber ich bin mir sicher, es schmeckt nach Alkohol.“

Gleich dahinter folgte eine Blasmusikkapelle, die sich als Kartenspiel verkleidet hatte, und eine Abordnung von Bierflaschen, die Faschingskrapfen verteilte. Unmittelbar darauf kam ein Wagen, auf dem mit Pappendeckel die Front der Kärntner Zentralbank nachgebaut war. Am Steuer der Zugmaschine saß ein Mann in Sträflingskleidung, und die Leute auf dem Wagen warfen geschredderte Akten in die Menge.

„Das ist schon irgendwie witzig“, sagte Ernesto. „Und das ist absurd.“ Ernesto zeigte auf eine Truppe Perchten, die mit riesigen Glocken und Peitschen die Straße entlangstürmte. Die Masken erinnerten eher an Horrorfilme als an traditionelle Perchten. Freddy Krüger starrte da unter einer Fellhaube hervor, und der Anführer sah aus wie ein Ork.

„Ich will ja nichts sagen“, brüllte Ernesto jetzt über den Lärm der Glocken. „Aber die Schiachperchten sind jetzt eigentlich schon abgemeldet und dürften höchstens noch als Begleitung der Schönperchten auftauchen.“

„Ist ja schon gut“, sagte Edlinger. „Musst du das so eng sehen?“

„Das ist sogar noch eine ziemlich generöse Position. Aus ethnologischer Sicht ist das hier, na, das kann man gar nicht in einem Satz sagen.“

Cowboys, Indianer und Clowns zogen an ihnen vorbei. Auf einem anderen Themenwagen standen Ärzte und Krankenschwestern und verteilten Schnaps. Im Moment konnte Ernesto nicht erkennen, auf welche Fernsehserie das anspielte. Er tippte auf „Grey's Anatomy“, aber es hätte genauso gut die „Schwarzwaldklinik“ sein können.

Ernesto wollte sich schon abwenden, als ein Wagen mit der Aufschrift „Austrias Next Topfmodel“ um die Ecke kam. Darauf standen Mädchen mit verschiedenen Töpfen auf dem Kopf und in den Händen. Sie schlugen mit Kochlöffeln auf die Töpfe und machten einen Höllenlärm. Müllmänner mit Feenflügeln begleiteten den Wagen. Einer der Müllmänner hielt links und rechts je einen als Negerin verkleideten Kerl. Die braunen Brüste, aus Stoff zusammengenäht und mit Schaumstoff gefüllt, hingen den beiden bis über den Bauch. Immer wieder nahm der Müllmann eine der Brüste und zuzelte daran.

Als die Gruppe näher kam, erkannte Ernesto den Müllmann. Es war der Vizebürgermeister von Villach. Samonig winkte Ernesto und kam auf ihn zu.

„Willst du auch einmal probieren?“, fragte er grinsend und hielt Ernesto eine der Stoffbrüste unter die Nase.

Als Ernesto ihn nur indigniert ansah, lachte Samonig. „Das ist ein Negerwitz, verstehst du?“

„Kein bisschen“, sagte Ernesto.

„Also“, begann Samonig. „Eine Negermama und eine weiße Mutter sitzen im Zug von Klagenfurt nach Wien und stillen ihre Babys. Das weiße Baby hört plötzlich auf zu trinken, zeigt auf das Negerbaby und sagt: Mama, ich will auch Kakao. Verstehst du? Ich will auch Kakao.“ Samonig schüttelte sich vor Lachen.

„Sehr witzig“, sagte Ernesto, der mittlerweile sein Mobiltelefon hervorgekramt hatte, und schoss ein paar Fotos.

36

„Wenn man sich bemüht, kann man rassistisch und frauenfeindlich zugleich sein“, sagte Ernesto, als er die Fotos durchsah, die Fritz Hochegger geschossen hatte. Auch er hatte den Vizebürgermeister bemerkt und fotografiert.

„Glaubst du, er wird zurücktreten, wenn wir das bringen?“, fragte Hochegger.

„Kann ich mir nicht vorstellen.“ Ernesto schüttelte den Kopf. „Das findet der witzig, und wenn sich andere darüber aufregen, dann sind die nur langweilig und verstehen keinen Spaß. Die Gutmenschen. Als ob das ein Schimpfwort wäre. Die Gutmenschen sind doch nur Spaßverderber und haben keine Ahnung von der wirklichen Welt. Aber wir, wir gestandenen Burschen, wir vertragen schon etwas, und wir verstehen euch. Zum Kotzen ist das.“

Hochegger hob die Kamera und drückte ein paarmal ab. Gerade formierte sich der Zug am Hauptplatz neu. Die Abschlusszeremonie musste gleich beginnen.

„Da“, sagte Hochegger. „Siehst du den Wagen da hinten? Sind das nicht die Mädchen aus dem Bordell?“

Ernesto schüttelte zuerst den Kopf, nickte dann aber. Ja, das waren die Mädchen aus dem Bordell, eindeutig. Ihren Wagen schmückte ein Transparent mit der Aufschrift: „Die schönsten Seiten Kärntens“, und die Kleidung, das heißt, die Abwesenheit von Kleidung, ließ keinen Zweifel darüber, was dieser Wellnessclub unter Entspannung verstand. Eine der Frauen tanzte an den Zuschauern vorbei und löste langsam die Träger ihres Tops. Die Leute applaudierten und johlten, als sie ihre Brüste entblößte und das Oberteil mit Schwung in die Menge warf.

Die ganze Zeit über fotografierte Hochegger, und Ernesto hielt ihn nicht davon ab. Eines der Bilder konnte man sicher gut als Aufmacherfoto verwenden. Vielleicht nahm er das Foto, auf dem der Faschingskanzler und der Faschingsprinz von halbnackten Frauen umgeben dastanden und grinsten.

Der Faschingskanzler brüllte ins Mikrofon, aber er war kaum zu verstehen. Die Musik übertönte alles, und die Menschen tobten, als Samonig mit seinen Kumpanen auf dem Hauptplatz eintraf. Die beiden als Negerinnen verkleideten Männer ließen ihre Stoffbrüste kreisen und verspritzten Kakao.

Durch das Geschrei hindurch verstand Ernesto nur, dass der Faschingskanzler den Umzug für beendet erklärte. Er winkte dem Publikum. Die Absperrungen wurden zur Seite geschoben, und die Menschen verteilten sich auf dem Platz. Ein Rudel Elfen hüpfte zwischen den abgestellten Wagen herum und verteilte Wodka in kleinen Flaschen.

„Lokaltour", sagte Hochegger und nickte Ernesto zu.

„Aber ohne mich."

„Na geh. Wir müssen doch noch Markus suchen. Der moderiert unser Gewinnspiel. Ist gleich da oben am anderen Ende vom Platz."

Ernesto grummelte, folgte Hochegger aber. Sie drängten sich durch eine Gruppe, die sich um den Wagen des Wellnessclubs versammelt hatte. Zuerst konnte Ernesto nicht sehen, was da so interessant war. Erst als er fast ganz vorne stand, sah er die drei Poledance-Stangen, die auf dem Wagen aufgebaut waren, und die Frauen, die sich dort räkelten.

„Gott im Himmel", entfuhr es Ernesto.

„Na, der hat damit wenig zu tun", sagte Hochegger und fotografierte.

„Ja, und die Göttin hier herunten auf der Erde findet das auch nur sehr bedingt lustig", sagte Ernesto, und als er sah, dass Hochegger nicht so recht verstand, was er damit sagen wollte, schüttelte er den Kopf. „Komm, lass uns gehen."

Am oberen Hauptplatz lichtete sich das Getümmel ein wenig. Noch konzentrierte sich das Geschehen rund um einige Wagen, aber auch beim Stand der Kärntner Tagespost begann sich eine Menschentraube zu bilden. Dort gab es zwar keine halbnackten Frauen zu sehen, aber das Spezialbier schien doch eine erhebliche Konkurrenz zum Poledance zu sein. Markus schenkte das Faschingsbier gekonnt ein und stellte Ernesto einen Krug hin.

„Mit der Verlosung warten wir noch, bis sich das da unten ein bisschen beruhigt hat", sagte Markus. „Koste einmal. Ist ganz hervorragend."

„Und wenn es das beste Bier der Welt ist, gib mir einen Apfelsaft", sagte Ernesto.

„Du bist ein Banause", sagte Markus und schob den Krug zu Hochegger.

„Ja, kann sein", sagte Ernesto. „Was ist jetzt hier noch los?"

„Das siehst du ja", sagte Markus und machte eine ausladende Handbewegung.

„Wir teilen uns auf", sagte Ernesto zu Hochegger, drehte sich um und ging quer über den Hauptplatz. Bevor er sich wieder ins Getümmel wagte, brauchte er ein paar Minuten Ruhe. Das Gedröhne und Gelächter und die Schreie der Menschen gellten in seinem Kopf.

Erst am Hans-Gasser-Platz ließ der Lärm ein wenig nach. Ein paar Kinder liefen über den Parkplatz auf Ernesto zu, rauschten kichernd an ihm vorbei und verschwanden in den Gassen. Irgendwo detonierte ein Schweizerkracher, und jemand lachte schrill.

Um hier stehen zu bleiben, war es zu kalt. Der Himmel dunkelte, und es roch nach Schnee. Ernesto schlug den Weg nach rechts ein, spazierte durch die

Ringmauergasse hinunter an die Drau. Dabei begegnete ihm kaum jemand.

Vom Fluss her erhob sich ein schwacher Wind. Ernesto kniff die Augen zusammen und zog den Kopf tiefer zwischen die Schultern, als er am Ufer stand und das Wasser beobachtete. Ein paar Enten saßen da und bewegten sich kaum. Nur ab und zu glitt eine ins Wasser, schwamm eine kleine Runde und stieg dann wieder an Land. Eine Zeitlang sah Ernesto ihnen zu, dann ging er in die Stadt zurück.

37

Am Hauptplatz hatte sich der erste Trubel gelegt. Aber der Wagen des Wellnessclubs stand immer noch da, und die Tänzerinnen führten ihre Verrenkungen vor. Vor allem Männer, aber auch eine für Ernesto erstaunliche Anzahl von Frauen beobachteten die Show.

Ernesto verlangsamte seinen Schritt, blieb aber nicht stehen. Dieses Spektakel interessierte ihn genauso wenig wie der Infostand der Kärntner Tagespost, bei dem Markus immer noch Bier ausschenkte.

Aus einer Gasse strömten ungefähr fünfzig Schlümpfe auf den Hauptplatz und begannen zu singen. Ihnen folgten pummelige Bienen, und von der anderen Seite kam eine Abordnung von Zombies hinzu. Ernesto blieb stehen. Die Schlümpfe bildeten einen Kreis um die Bienen, die eine aufgeblasene Sexpuppe in die Mitte des Kreises zerrten. Nun stürmten die Zombies mit Stöcken auf die Sexpuppe los und prügelten auf sie ein. Bald flogen die Teile der Puppe durch die Luft, und es regnete rosafarbene Fetzen.

Eine Biene sah irgendwie nach Anführerin aus, und Ernesto sprach sie an. Die Frau war tatsächlich die Sprecherin einer Bürgerinitiative gegen den Bau weiterer Bordelle.

„Es ist ein Skandal, dass die Stadt diesen Wagen da genehmigt hat", sagte die Biene und zeigte auf den Wagen mit den Tänzerinnen. „Angeblich hat der Magistrat da keine Handhabe. Wenn die gesetzlichen Bestimmungen erfüllt sind, darf jeder teilnehmen. Nur uns droht man."

„Inwiefern?", fragte Ernesto.

„Wenn wir diese Aktion hier durchführen, könnte es eine Anzeige wegen Erregung öffentlichen Ärgernisses geben." Die Biene lachte. „Ehrlich jetzt, Erregung öffentlichen Ärgernisses? Das ist doch lächerlich. Diese Arschlöcher stellen riesige Plakate mit nackten Frauen auf und uns ... Da gehen Kinder vorbei, verstehen Sie?"

Ernesto nickte.

„Der Einzige, der überhaupt mit uns gesprochen hat, ist jetzt tot. Ich meine, nicht, dass das etwas geholfen hat. Aber der Bürgermeister hat wenigstens zugehört."

„Er war also gegen die Bordelle?"

„Das hat er jedenfalls behauptet. Aber Sie sehen es ja, verhindert hat er gar nichts. Dieses Riesenbordell, da hat er nicht einmal dagegen gestimmt im Gemeinderat, und jetzt planen sie schon das nächste. Noch größer, noch pompöser."

Ernesto notierte sich Namen und Telefonnummer. Das war eine Geschichte. Eine Geschichte abseits dieses ganzen überdrehten Faschings. Eine Bürgerinitiative gegen Bordelle in Villach. Ernesto sah die Fotos durch, die er mit seinem Smartphone geschossen hatte, und verabschiedete sich.

Mittlerweile spürte er die Kälte in den Füßen und Händen. Zeit, einzukehren oder nach Hause zu fahren. Eigentlich hatte er seine Geschichte schon, aber er hatte das Gefühl, dass das heute eine gute Gelegenheit war, sich ein bisschen umzuhören.

Er ging in das Café, in dem er sich mit der Frau des Bürgermeisters getroffen hatte. An der Theke war noch ein Platz frei, und Ernesto drängte sich zwischen einen Indianer mit Adlerfederkopfschmuck und Softshelljacke und ein Ungeheuer im Zottelfell. Hinter der Theke arbeiteten zwei junge Frauen, die außer Stöckelschuhen, Strapsen und einem kaum vorhandenen BH nichts anhatten.

Eine Kellnerin in ähnlicher Ausstattung zirkelte ein Tablett durch den Gastraum, und gerade als Ernesto sich hindrehte, schlug ihr jemand auf den Hintern. Ernesto bestellte Kaffee und drehte sich eine Zigarette.

„Hier ist Rauchen verboten", sagte die Kellnerin, als sie ihm den Kaffee hinstellte.

„Aber sexuelle Belästigung ist erlaubt?", sagte Ernesto und zündete sich die Zigarette an. Die Kellnerin lächelte und bediente den nächsten Gast.

„Das ist doch keine sexuelle Belästigung", sagte der Indianer in der Softshelljacke. „Das ist Fasching. Sei doch nicht so verklemmt."

„Ja eh", sagte Ernesto.

„Die werden ja gut dafür bezahlt. Die verdienen mindestens das Doppelte, wenn sie im Fasching arbeiten."

„Und das weißt du woher?", fragte Ernesto.

„Er ist doch bei der Faschingsgilde. Da weiß man so etwas", sagte das Ungeheuer im Zottelfell.

„Da ist das Grapschen schon mit drinnen", sagte der Indianer. „Und das andere auch, wenn du mich fragst."

„Mhmm“, machte Ernesto, trank von seinem Kaffee und ging.

Die nasskalte Luft schien den Narren nichts auszumachen. Der Andrang am Wagen des Wellnessclubs war ungebrochen, und auch am Stand mit dem Faschingsbier ging es hoch her. Der Flashmob hatte sich aufgelöst, dafür stand eine Gruppe grölender Zorros auf dem Hauptplatz. Eine Sektflasche zerschellte auf dem Pflaster, Gelächter, und dann kam die nächste Flasche geflogen. Eine Art Weitwerfen, folgerte Ernesto.

Im Grunde hatte er genug, und noch ein paar so blöde Sprüche wollte Ernesto nicht mehr ertragen müssen. Er ging den Hauptplatz hinauf in Richtung Hans-Gasser-Platz, als er eine Narrenkappe in der Rathausgasse verschwinden sah. Soweit Ernesto wusste, trugen nur Mitglieder des Narrenrates solche Kappen. Er beschleunigte seinen Schritt, und da sah er die ganze Abordnung. Das musste der gesamte Narrenrat sein, und die Männer verhielten sich auffällig leise.

Als die Gruppe hinter der nächsten Ecke verschwunden war, nahm Ernesto die Verfolgung auf. Die Narren schwenkten in die Paracelsusgasse ein und strebten recht hurtig Richtung Drau. Sie gingen durch die Bamberger Gasse, und dann waren sie wie vom Erdboden verschluckt.

Ernesto drehte sich im Kreis. Das konnte nicht sein. Der Narrenrat konnte sich nicht in Luft aufgelöst haben. Aber hier waren sie auch nicht mehr. Ernesto überprüfte die Türen links und rechts. Sie waren allesamt verschlossen. Durch ein Fenster waren die Narren sicher nicht getürmt. Aber vielleicht durch diese schmale Gasse, kaum schulterbreit.

Die Gasse war keine vier Meter lang und endete am Fuß einer Stahltreppe. Dort stand ein Typ im dunklen Anzug, breite Schultern, schmale Hüften, ein richtiges Cornetto. Er streckte den linken Arm aus, um Ernesto aufzuhalten.

„Ernesto Valenti, Kärntner Tagespost."

„Und wenn du der Papst persönlich bist."

„Lass ihn durch", kam von oben die Stimme des Vizebürgermeisters.

Der Türsteher trat zur Seite und verschränkte die Arme vor der Brust. Ernesto grinste und stieg die Treppe hinauf.

„Grüß dich", sagte Samonig. „Bist du uns auf der Spur?"

„Kann man so sagen."

„Ah, der Presse bleibt nichts verborgen, nicht wahr? Komm und staune."

Die Stahltreppe führte auf eine Plattform, von der aus man weit über die Drau und die Innenstadt sah. Um die pyramidenförmigen Heizstrahler hatte sich nicht nur der Narrenrat versammelt. Etwa fünfzig Leute lagen auf den Sofas, lehnten an der Bar oder hatten es sich auf den breiten Holzbänken bequem gemacht. Die Kellnerinnen, Ernesto wunderte sich kaum, hatten noch viel weniger am Leib als ihre Kolleginnen im Café in der Innenstadt.

Ernesto hielt Ausschau nach bekannten Gesichtern. Da waren Wiegele und de Lorenzo. Die Prinzessin hielt sich etwas abseits und plauderte mit dem Leiter der Ballettschule. Der Vizebürgermeister und der Gildemeister machten sich an die Gardemädchen heran, und einige Büttenredner standen an der Theke, vor ihnen eine Reihe gefüllter Schnapsgläser.

Die einzige Art, wie man das hier ertragen kann, dachte Ernesto. Aber Ernesto und der Schnaps waren keine besonders guten Freunde. Also drehte er sich noch eine Zigarette und beobachtete.

Besonders wild war die Party noch nicht, doch das würde sich sicher noch ändern. Ähnlich wie hinter der Bühne des Congress-Centers war man auch hier unter sich, und Hemmungen hatten diese Leute keine sehr ausgeprägten. Ernesto zählte mit, wie oft einer Kellnerin bei einem Rundgang auf den Hintern oder an den Busen gegriffen wurde.

Da spürte Ernesto, wie sich jemand näherte.

„Mit dir habe ich hier nicht gerechnet", sagte Roxanne.

„Dann bist du heute nicht eingeteilt, um mich zu beschäftigen?"

„Nein. Aber wir können trotzdem etwas miteinander trinken."

„Kein Spezialauftrag heute?"

„Ich soll nur gut aussehen, wenn ich das richtig verstanden habe."

„Dann hast du deinen Auftrag schon erfüllt."

„Oh, ein Kompliment, ich bin beeindruckt." Sie lachte und hakte sich bei ihm unter.

Am Rand der Plattform war noch ein Tisch frei. Eine Heizpyramide stand in der Nähe. Ernesto setzte sich mit dem Rücken zur Party und sah auf die Stadt hinunter. Im trüben Licht des Nachmittags wirkten die Häuser unwirtlich und der Fluss wie eine Einladung zum Selbstmord.

„Du glaubst, der Mörder des Bürgermeisters ist hier auf dieser Plattform?", fragte Roxanne und nippte von ihrem Cocktail.

„Keine Ahnung. Die Polizei hat ja schon jemanden verhaftet."

„Und was machst du dann noch da? Du findest das doch widerlich, oder?"

„Ja, ziemlich. Aber ..."

„Also?"

„Nichts also. Wir sind eine Tageszeitung und erfinden unsere Geschichten jeden Tag neu."

„Welche Geschichten denn?"

„Gerade hatte ich eine interessante Begegnung mit einer Frau, die gegen die Bordelle in Villach kämpft. Da müsstest du eigentlich Bescheid wissen."

„Bordelle? Es gibt halt Bordelle in der Stadt."

„Aber wenn dauernd neue eröffnet werden. Angeblich hat sich die Zahl der Prostituierten in den letzten zwei Jahren verdoppelt."

„Ja, wenn du das sagst", meinte Roxanne.

„Aber was erzähl ich dir das? Du kennst dich da besser aus."

„Ich? Ich bin doch nur eine Begleiterin, mehr nicht. Was soll ich schon wissen?"

„Dir erzählen die Leute sicher mehr als mir. In gewissen Situationen. Wenn's stimmt, was die Männer immer behaupten."

„Was behaupten die Männer denn?"

„Dass sie zum Reden ins Puff gehen."

„Ha", machte Roxanne und lachte. „Ja klar, zum Reden."

„Ihr amüsiert euch aber prächtig", sagte Wiegele und legte Roxanne eine Hand auf die Schulter. Er beugte sich von hinten über sie, sodass er ihr ins Dekolleté starren konnte. „Sie haben den Weg also gefunden, Valenti?"

„Welchen Weg?"

„Zu uns. Nicht alle finden den Weg."

„Das war wohl eher ein Zufall", sagte Ernesto. „Ich sah eine Narrenkappe um die Ecke verschwinden und bin ihr gefolgt. Wie dem weißen Kaninchen."

„Weißes Kaninchen?", fragte Wiegele.

„Alice im Wunderland", sagte Ernesto.

„Sehr lustig." Wiegele rang sich ein Lächeln ab und setzte sich. Er zog eine Zigarre aus der Brusttasche und zündete sie umständlich an. „Normalerweise bin ich ja Nichtraucher. Aber im Fasching gilt das nicht."

Ernesto antwortete darauf nicht. Er sah an Wiegele vorbei hinaus auf die Häuser und wartete ab.

„Hab ich euch bei etwas Intimem unterbrochen?", fragte Wiegele.

„Kann man so nicht sagen", meinte Ernesto. „Wir haben uns nur ein bisschen über die Stadtentwicklung unterhalten."

„Das ist doch kein Thema für den Faschingsamstag."

„Vielleicht nicht. Aber vielleicht kann ich am Montag bei Ihnen im Büro vorbeikommen. Dann können Sie mir doch etwas erzählen, oder?" Ernesto bemerkte Samonig, der auf sie zukam. „Wenn wir schon alle hier versammelt sind, kann ich auch gleich fragen."

„Was fragen?" Samonig ließ sich neben Roxanne aufs Sofa fallen und betatschte dabei ihren Oberschenkel.

„Ob in der Villacher Peripherie tatsächlich ein Einkaufszentrum oder nicht doch ein Großbordell errichtet werden soll."

„Woher hast du denn diesen Blödsinn?"

„Wenn du ein aufmerksamer Politiker bist, dann war diese Frage wohl rhetorisch."

„Die Bürgerinitiative."

„Stimmt es oder nicht?“

„So einfach ist das tatsächlich nicht zu beantworten“, sagte Wiegele. „Kommen Sie doch wirklich am Montag vorbei, dann erkläre ich Ihnen das.“

Ernesto nickte und beobachtete weiter den Vizebürgermeister. Dem war im Moment gar nicht wohl in seiner Haut. Dieses Einkaufszentrum, oder was auch immer das werden sollte, beunruhigte ihn offensichtlich.

„Möchtest du nicht vielleicht doch etwas dazu sagen?“, forderte Ernesto ihn auf.

„Das ist wirklich ein heikles Thema, und jetzt, wo der Bürgermeister ...“ Samonig brach ab, und nun verlor Wiegeles Gesicht rapide an Farbe.

„Nein“, sagte Wiegele. „Man kann dazu jetzt wirklich nichts sagen. Also kommen Sie am Montag, und jetzt amüsieren wir uns.“ Er stand auf, steckte sich seine Zigarre in den Mund und ging. Samonig schaute ihm nach und wollte sich ebenfalls erheben.

„Eine Frage noch.“

Samonig schaute Ernesto an.

„Was glaubst du? Wer wird der nächste Bürgermeister?“

Kapitel 12

38

Als Ernesto erwachte, spürte er Sonjas Körper neben sich. Draußen war es noch Nacht, und das blaue Licht des Winters fiel durch die Fensterscheiben auf das Bett. Sonjas Haar lag wie ein Schleier ausgebreitet auf dem Kopfpolster, und Ernesto beobachtete, wie sich ihr Brustkorb langsam hob und senkte. In der Nacht war er lange ganz nahe bei ihr gelegen und hatte ihren Herzschlag gehört.

Jetzt rollte er sich vorsichtig aus dem Bett, tapste mit nackten Füßen über den Holzboden und stieß dabei gegen Betty. Die Hündin grunzte, und Ernesto streichelte ihr über den Kopf. Im Kachelofen türmte sich noch ein Gluthaufen, und Ernesto warf ein paar Scheite hinein, sah zu, wie die Flammen das Holz angriffen, und hörte, wie das Harz knisterte. Dann ging er zurück zum Bett und schlüpfte unter die Decke.

Ernesto schloss die Augen und erinnerte sich an Details und Fragmente des vergangenen Tages. Der Weg zurück durch die Innenstadt zu seinem Auto. Das letzte Bild ein Zebra, auf dem ein Polizist ritt.

Jetzt im Dämmerzustand hier in der Wärme des alten Bauernhauses wusste er nicht zu sagen, ob unter dem Zebra zwei Menschen versteckt waren oder nicht. Vielleicht ritt da auch ein echter Polizist auf einem echten Zebra, und der schrille Pfiff auf der Trillerpfeife hatte Ernesto gegolten.

Auf der Fahrt zurück immer wieder rot leuchtende Wolken im Gegenlicht des Sonnenuntergangs und wieder Leonard Cohen. Suzanne, die unten am Fluss lebt und der man verfällt wie der griechischen Göttin Kalypso, weil sie einen umfängt und umgarnt mit Zärtlichkeit und Liebe. Die einen füttert mit Süßigkeiten und Honig.

Nun strich Ernesto Sonja das Haar aus dem Gesicht und küsste sie. Sie erwachte nicht, lächelte aber im Schlaf. Vor ein paar Stunden hatte sie auch gelächelt, als Ernesto ganz nahe bei ihr gelegen war und geflüstert hatte.

> Wollte Gott, sollt ich ihren Hals, ihre Augen,
> Brüstlein, Kinn, Wängelein, Mund
> heimlich küssen, so sie es von mir will
> hundert tausend tausend Stunden!
> Mancher meint vielleicht, das wäre mir zuviel,
> der mit den Frauen nicht spielen kann der Minne Spiel.

Sonja hatte gelacht und ihn geküsst, hatte die Decke zurückgeschlagen und die Arme ausgebreitet. So hatten sie einander geliebt, und jetzt im Dunkel des Wintermorgens betrachtete Ernesto Sonja. Das kühle Mondlicht, die Stille, und sonst gab es nichts in dieser Stunde.

Ernesto wusste, dass Sonja diese mittelalterlichen Liebesgedichte ein wenig seltsam fand, aber es gefiel ihr auch, wenn Ernesto damit anfing. Irgendwie drückten sie eine Würde und Zartheit aus, wie sie heute kaum noch zu finden war. So schien es Ernesto jedenfalls.

Langsam verschwanden die Bilder, und Ernesto schlief wieder ein. Im Schlaf drehte er sich zu Sonja und umfing sie mit seinen Armen.

39

Im ersten Licht des Morgens hievte sich Betty auf das Bett und legte sich lang ausgestreckt zwischen die beiden Schlafenden, schleckte einmal über Ernestos Hand und kuschelte sich an Sonja. Sonja erwachte, weil sie Bettys Schnauze im Rücken spürte, drehte sich um und sah dem Hund direkt in die Augen.

„Raus, sofort", flüsterte sie, und Betty erhob sich umständlich und trollte sich. „Das macht sie nur, wenn du da bist."

Ernesto lächelte.

„Lach nicht so unverschämt."

Er küsste sie und stand auf. Der Kachelofen hatte das Haus mittlerweile wieder aufgeheizt, und so stand Ernesto in Unterwäsche in der Küche und setzte Kaffee auf. Zwischendurch warf er Betty ein Stück trockenes Brot zu, und die fing es in der Luft auf.

„Braver Hund", sagte Ernesto, und Betty wedelte heftig mit dem Schwanz. „Weißt du, was ich mir wünschen würde, Betty? Ha? Dass alle Leute so nett wären wie du, und so intelligent. Dann wäre das alles nicht so ein Problem."

„Trägst du ihr schon wieder das Amt des Landeshauptmanns an?", fragte Sonja.

„Von mir aus auch Bundeskanzler oder Präsident von Amerika", sagte Ernesto. „Labradors for president. Obwohl, das kann man den Labradors nicht antun."

Zurück auf dem Bett zündete Ernesto eine Zigarette an, gab sie an Sonja weiter und drückte ihr die Kaffeetasse in die andere Hand.

„Super Frühstück", sagte Sonja.

„Brot und Gebäck gibt's später. Ich fahr dann in die Stadt und hol etwas." Ernesto lehnte sich zurück und rauchte. „Weißt du, ich muss gerade an Paul Watzlawick denken", sagte er nach einer Weile.

„Oh du liebe Güte. Um diese Uhrzeit?"

„Ich meine, was die da in Villach veranstalten, ist eine Mystifikation."

„Eine was? Ich weiß, ich sollte nicht danach fragen, schon gar nicht so früh am Morgen. Mitten in der Nacht eher." Sonja ließ den Kopf aufs Kissen sinken.

„Eine Mystifikation ist ein Kommunikationsparadox, das Watzlawick entdeckt hat. Im Grunde geht es darum, das Opfer zu verunsichern. Was auch immer du wahrnimmst und was du empfindest, das stimmt nicht, sagt der Täter. Also, wenn ich zum Beispiel der Meinung bin, diese Zurschaustellung von Frauen, die Plakate, die Tänzerinnen auf dem Wagen, das sei sexistisch und ein großer Schritt in die Pornofizierung unserer Gesellschaft, dann sagen Leute wie der Faschingskanzler, dass ich mich irre.

Was ich da sehe, sind zwar nackte Frauen, aber daran sei doch gar nichts Verwerfliches. In einer modernen, aufgeklärten Gesellschaft müsse man der Sexualität doch positiv und offen gegenüberstehen. Außerdem leben wir in einer kapitalistischen Welt, und da ist es doch legitim, auch Sexualität als Ware zu sehen. Die Frauen sind ja freiwillig hier und bieten eine Dienstleistung an. Ich soll mich doch nicht so gegen die schöne neue Welt auflehnen."

„Du meinst, die machen das absichtlich?"

„Die Leute, die dieses Wellnessbordell betreiben, die wissen ganz genau, was sie tun. Die wollen Prostitution und Pornografie vom Rand ins Zentrum der Gesellschaft rücken, und das gelingt ihnen ganz wunderbar. Mystifikation ist da eine ausgezeichnete Strategie. Da kannst du so hinterhältige Argumente vorbringen, ach was, warum klammerst du dich an die katholische Sexualmoral. Hat nicht die Kirche die Menschen seit Jahrhunderten genau damit unterdrückt? Schau her, was wir machen, ist doch eine Befreiung."

Sonja runzelte die Stirn.

„Dagegen musst du zuerst einmal ein Argument finden."

„Ja, was jetzt aber auch nicht so wahnsinnig schwierig ist", sagte Sonja und setzte sich auf. „Du ersetzt ja nur eine Zwangsmoral gegen die andere. Die Katholiken sagen, du darfst nicht, und diese Leute sagen, du musst. Was bitte ist daran besser?"

„Na, nichts."

Etwas später stand Ernesto im Stall und streute Maisschrot in die Futterraufe. Die Schafe drängten sich um das Futter und gaben knurrende Laute von sich. Betty kam hechelnd von draußen herein. Ihr Atem stieg wie Rauch aus ihren Nüstern auf. Sie quetschte sich zwischen den Schafen durch und sah Ernesto erwartungsvoll an. Er warf ihr einen Apfel zu, und sie fing ihn in der Luft auf. Dann drehte sie sich um und legte sich abseits der Schafe hin. Ihre Zähne bohrten sich in das Fruchtfleisch, und es knackte. Betty mampfte vor sich hin und schloss dabei die Augen.

Eine Mystifikation, dachte Ernesto und strich dem Widder über den Kopf. Die Menschen nicht nur anlügen, sondern ihnen auch noch weismachen, dass das gar keine Lüge ist.

Ernesto lächelte, weil ihm etwas klar geworden war. Hier lag nicht nur der Hund begraben, hier steckte das Motiv für den Mord an Guggenbichler. Egal, wen man auch immer als Verdächtige oder Verdächtigen annahm, das Motiv hatte mit dieser Mystifikation zu tun.

„Im engeren oder im weiteren Sinn", flüsterte Ernesto vor sich hin, und es fiel ihm gar nicht auf, dass er mit den Schafen redete. Betty hob den Kopf und sah ihn an. Ernesto bemerkte ihren Blick und schüttelte den Kopf.

„Noch einen Apfel? Du wirst Bauchweh bekommen."

Er steckte ihr einen Apfel ins Maul, und sie gingen gemeinsam über den Hof zurück ins Haus. Die Sonne wollte sich an diesem Vormittag nicht zeigen und verbarg sich hinter Wolken. Ernesto blieb vor dem Haus stehen und sah hinauf zum Himmel. Silbrig schimmernd schoben sich die Wolken unmerklich ineinander, und am Horizont, dort, wo der Himmel den Wald berührte, flockte die Dunkelheit aus und lief wie Tinte ins Löschpapier.

„Es wird Schnee geben", sagte Ernesto zu Betty, und die Hündin schnaubte als Antwort, stieß die Haustür auf und lief in die Küche, wo sie sich vor das Küchenregal setzte, den Apfel fallen ließ und erwartungsvoll nach oben sah.

„Ein Leckerli?"

Betty legte den Kopf zur Seite und fixierte weiter die Blechdose auf dem Regal.

„Wenn du ihr jedes Mal ein Leckerli gibst, wenn sie nach draußen geht, wird sie bald rollen", sagte Sonja.

„Aber es ist ja nur trockenes Brot."

Betty schnappte sich das halbe Brotstück, verschlang es, nahm den Apfel und verzog sich unter die Eckbank.

Ernesto wärmte seine Hände an einer Tasse Kaffee und zog die Schultern hoch. Die nasse Kälte war ihm in die Kleider gestiegen.

„Sauwetter ist der exakte meteorologische Ausdruck für das da draußen“, sagte er und wischte mit dem Finger über sein Smartphone.

„Das wird noch schlimmer in den nächsten Tagen. Es ist Tauwetter angesagt, und dazu soll es noch regnen. Das kannst du dann Sauwetter nennen. Irgendetwas Neues in der Welt da draußen?“

„Ich schau mir nur die Pressemeldungen der Polizei an.“

„Und?“

„Es ist glatt ein Wunder, dass auch nur einer den Fasching in Villach überlebt hat. Schlägerei in der Lederergasse mit zwei Schwerverletzten. In einem Lokal in der Innenstadt geht ein Gast mit einem zerbrochenen Bierglas auf den Kellner los und fügt ihm eine Schnittwunde im Gesicht zu.“

„Autsch“, sagte Sonja.

„Ich glaube, ich kenne den Kellner. Der erzählt jedem Gast einen Witz. Aber muss man ihm dafür gleich das Gesicht aufschlitzen? Und da. Eine Vergewaltigung wurde angezeigt. In einer Gasse in der Innenstadt in der Nähe des Rathauses soll ein maskierter Mann ein sechzehnjähriges Mädchen überfallen und vergewaltigt haben. Die Polizei bittet um Hinweise. Was ziemlich schwierig wird, weil eine Gasse beim Rathaus ist jetzt nicht wahnsinnig präzise, und ein maskierter Täter während des Faschings?“

„Da steht nicht, welche Gasse das war? Und was heißt maskiert? Welche Verkleidung? Welche Maske?“

„Tja, das steht nicht da. Weder das eine noch das andere. Wenn du mich fragst, dann bedeutet das, dass die Beamten die Anzeige nicht besonders ernst nehmen.“

„Die glauben dem Mädchen nicht?“

„Die glauben vielleicht, dass sie Sex hatte, aber wahrscheinlich denken sie, das Mädchen hat die Vergewaltigung provoziert, und dann ist es in ihren Augen ja keine richtige Vergewaltigung mehr."

„In was für einer Zeit leben wir eigentlich?"

„Wenn ich mich nicht täusche, nennt man das *rape culture*, und da hast du wieder die Mystifikation. Die Schlampe wird es schon verdient haben, wenn sie einer rangenommen hat. Wenn sie einen Minirock trägt und man ihr in den Ausschnitt sehen kann, dann wollte sie es doch nicht anders. Da hat sich überhaupt nichts geändert."

„Und?"

„Ich ruf da morgen an. Aber das wird nichts bringen. Da dringt man nicht durch."

„Und der tote Bürgermeister? Ist die Sache schon abgeschlossen?" Sonja setzte sich Ernesto gegenüber und nahm ihm die frisch gerollte Zigarette aus der Hand.

„Unter der fadenscheinigen Begründung, sie hätte die Drohbriefe geschrieben, hat Steinkellner die Witwe des Bürgermeisters verhaftet. Außer den Fingerabdrücken des Bürgermeisters selbst und seines Sekretärs sind nur ihre Fingerabdrücke auf den Briefen."

„Warum dann nicht der Sekretär?"

„Weil seine Fingerabdrücke nur auf den Briefen sind, die ins Rathaus geschickt wurden."

„Verstehe." Sonja nickte. „Aber ihre Fingerabdrücke könnten auch so auf die Briefe gekommen sein. Ihr Mann hat ihr die Briefe gezeigt. Sie hat sie angefasst und gelesen."

„Exakt." Ernesto grinste. „Aber das glaubt ihr die Polizei nicht. Denn die Statistik sagt, dass der Mörder so gut wie immer aus dem engsten Familien- und Freundeskreis kommt. Giftmorde werden in der überwiegenden Zahl von Frauen begangen. Kombiniere die beiden Statistiken, und die Frau Bürgermeister hat hundert Punkte. Wenn man die schwangere Geliebte dann noch in Betracht zieht ..."

„Ein Motiv für die Frau Bürgermeister. Der Mann will sie für seine, ich nehme an, jüngere und schwangere Geliebte verlassen."

„Kommt noch dazu, dass die Frau Bürgermeister selbst keine Kinder hat."

„Siehst du, ein lupenreines Motiv", sagte Sonja und hob triumphierend den Arm.

„Ja, vielleicht. Wenn der Bürgermeister seine Frau tatsächlich verlassen wollte und das mit der Schwangerschaft wirklich stimmt."

„Du zweifelst das an?"

„Es ist ein Gerücht. Außerdem, dieser ganze Krampf mit den Briefen. Der Bürgermeister bekommt diese Drohbriefe seit über einem Jahr. Warum sollte sich seine Frau so etwas antun? Das ist doch eine absurde Strategie. Und dann diese öffentliche Hinrichtung. Das passt nicht. Wenn du deinen Partner aus Eifersucht umbringst, dann doch nicht so."

„Aber damit kann man den Verdacht von sich ablenken."

„Na, offensichtlich nicht. Dann würde sie wohl nicht im Gefängnis sitzen."

„Hat man sonst noch etwas gegen sie in der Hand?"

„Angeblich, sagt jedenfalls mein Kollege Markus, hat die Spurensicherung ein Schädlingsbekämpfungsmittel im Glashaus der Familie gefunden. Das Mittel enthält Zyankali. Das Labor überprüft jetzt, ob dieses Mittel im Heringssalat nachweisbar ist."

„Aber wenn die Ergebnisse übereinstimmen ..."

„Das wird es nicht", sagte Ernesto. „Steinkellner verrennt sich da. Und es gibt ein ganzes Rudel anderer Verdächtiger. Wie wäre es, naheliegenderweise, mit der Geliebten? Jacqueline Moser heißt diese jüngere Kopie von der Frau Bürgermeister. Die könnten tatsächlich Schwestern sein. Die gute Jacqueline hätte doch genauso gute Gründe, ihren Liebhaber in die ewigen Jagdgründe zu schicken."

„Die da wären?"

„Dreh die Geschichte einfach um. Sagen wir, Jacqueline ist tatsächlich schwanger, und der Herr Bürgermeister weigert sich, seine Göttergattin zu verlassen. Er will kein Aufsehen, und er will keine neue Familie. Vielleicht versucht er sogar, Jacqueline zu einer Abtreibung zu nötigen."

„Das fantasierst du dir gerade zusammen."

„Natürlich. Genauso wie sich die Kriminalpolizei die Geschichte von der Frau Bürgermeister zusammenfantasiert. Aber es ist ein mögliches Szenario. Dem bis jetzt noch niemand nachgegangen ist."

„Was bitte hast du dann die ganze Zeit in Villach gemacht?"

„Spuren verfolgt, überaus vielversprechende Spuren."

Ernesto erzählte Sonja von seiner Begegnung mit de Lorenzo, vor allem von dem seltsamen Treffen mit der Leiharbeiterin, und von der Auseinandersetzung zwischen de Lorenzo und dem Bürgermeister.

„Massimo de Lorenzo hatte allen Grund, Alois Guggenbichler zu hassen. Der Bürgermeister hat ihn mit der Anzeige bei der Gebietskrankenkasse mehr oder weniger ruiniert. Warum de Lorenzo immer noch im Geschäft ist, weiß ich noch nicht. Aber ich wette, da steckt wieder so eine linke Partie dahinter. Da hat ihm jemand mit einem Kredit aus der Patsche geholfen, oder so etwas Ähnliches."

„Und du sagst, Guggenbichler wollte de Lorenzo deshalb vernichten, weil er in das Bordellgeschäft verwickelt ist?"

„Genau. Godunow sagt es ganz explizit, und auch der Geschäftsführer des Wellnessclubs hat es zugegeben. De Lorenzo sorgt für den Nachschub."

„Wenn Guggenbichler also de Lorenzo ausgeschaltet hätte, hätte er ..."

„... auch nicht was weiß ich was für einen Sieg errungen. Gegen dieses Geschäftsmodell kommt man nicht so leicht an. Solche Leiharbeiterfirmen lassen sich sehr gut als Umgehung des Zuhälterverbots gebrauchen. Wir vermitteln die Damen ja nur. Sie arbeiten auf selbstständiger Basis und nutzen unser Service, das es ihnen ermöglicht, schnell und unbürokratisch neue Geschäftsfelder zu erschließen, bla, bla, bla."

„Aber wenn man nachweist, dass es sich um Scheinselbstständigkeit handelt, dann sieht die Sache ganz anders aus."

„Und ob. Dann wird es so richtig ungemütlich. Und Guggenbichler hatte noch eine Trumpfkarte im Ärmel. Selbst wenn die Anzeige bei der Gebietskrankenkasse nicht wirklich etwas gebracht hatte, er konnte de Lorenzo immer noch wegen Zuhälterei anzeigen."

„Wenn Guggenbichler so gegen Prostitution war, warum hat er dann zugelassen, dass sich ein Bordell nach dem anderen in Villach ansiedelt?"

„Gute Frage", sagte Ernesto und nahm ein Stück Reindling. „Sehr gute Frage. Ich nehme an, er konnte da nur schwer etwas dagegen tun. Ein Bordell ist ein Gewerbebetrieb, und wenn alle Genehmigungen vorliegen, dann kann auch ein Bürgermeister das nicht verhindern."

„Das glaub ich nicht. Ein Bürgermeister kann ein Bordell nicht verhindern? Geh bitte."

„Glaub ich auch nicht. Aber er muss sich ganz schön ins Zeug legen." Ernesto biss vom Reindling ab. Mit vollem Mund sprach er weiter. „Es gibt ein paar Fälle, in denen eine Gemeinde versucht hat, ein Bordell zu verhindern. In Hohenems in Vorarlberg zum Beispiel oder auch in Neumarkt in Oberösterreich. Aber die Chancen sind gering. Man kann eine Schutzzone von dreihundert Metern erlassen. Dann darf in der Nähe von Schulen, Kindergärten und anderen öffentlichen Einrichtungen kein Bordell errichtet werden. Dann kann man noch einzelne Gebäude, für die es ein öffentliches Interesse gibt, für Bordelle sperren. Aber das ist alles ziemlich zahnlos in Wirklichkeit, und die Bordellbetreiber schrecken nicht davor zurück, gegen solche Beschlüsse zu klagen. In Villach kommt erschwerend hinzu, dass es da, wie soll ich sagen, eine bemerkenswerte Gemengelage an Interessen gibt."

„Wenn du so geschwollen daherredest, dann steckt meistens eine besondere Teufelei dahinter."

„De Lorenzo ist ja heuer Faschingsprinz, und ich werte das einmal als eine Kampfansage gegen den Bürgermeister. Wiegele gibt damit zu verstehen, dass es ihn einen Scheißdreck interessiert, was der Bürgermeister denkt und will. Wiegele unterstützt de Lorenzo, indem er ihn in die Riege der angesehenen Bürger der Stadt aufnimmt. Ein Affront sondergleichen. Aber warum macht Wiegele das? Was hat er davon?"

„Wirst du mir gleich sagen."

„Eine Teufelei, ja vielleicht, aber ganz sicher etwas mit einem Bocksfuß."

„Red nicht in Rätseln."

„Weißt du, ich habe darüber nachgedacht, was der Kern dieser ganzen Angelegenheit ist. Es ist doch so, dass im Zentrum einer solchen Geschichte immer ein Mythos zu finden ist."

„Jetzt wird's lustig", sagte Sonja und legte ihren Kopf auf die Tischplatte. „Ernesto Valenti in voller Fahrt in den Irrsinn."

„Ja, mach dich nur lustig über mich. Aber du weißt, dass ich im Grunde recht habe. Wir können gar nicht anders. Alle unsere Handlungen, unser Denken und Leben folgt mythologischen Geschichten. Das ist hier nicht anders."

„Und welcher Gott hat sich Villach unter den Nagel gerissen?"

„Das ist wirklich nicht schwer zu erraten, oder? Dionysos natürlich."

„Ah, deshalb der Bocksfuß."

„Dionysos, Gott der Lust und der Ekstase."

„Du liebe Güte."

„Und Gott der neuen Ordnung. Das darf man nicht vergessen. Dionysos ist zwar ein wüster Gott, aber er hat es gerne ordentlich. Und er fordert Hingabe und Gehorsam. Aber darauf wollte ich jetzt gar nicht hinaus. Es gibt jemanden, der sozusagen die Geschäftsinteressen des Gottes vertritt. Ulrich Wiegele, Faschingskanzler und Geschäftsführer der Agentur für Fortschritt und Entwicklung. Der, finde ich, ist ein ganz ausgezeichneter Verdächtiger. Der hat nämlich großes Interesse daran, Grundstücke, die seine Agentur betreut, an den Mann zu bringen und dabei auch noch etwas zu verdienen. Er glaubt, diese Wellnessbordelle sind die Zukunft, und Villach kann von Kunden aus Slowenien und Italien profitieren. Wenn es nach ihm geht, wird das eine ganz große Sache. Familienurlaub und Wellnessbordell. Die Frau und die Kinder gehen auf den Christkindlmarkt und der Papa ins Puff. Paarurlaub mit Sexualberatung. Kinderbetreuung, während die Eltern sich vergnügen. Dabei stand ihm nur einer im Weg, der Bürgermeister."

„Das ist ein Scherz."

„Nein, das ist diesen Leuten ernst. Absolut ernst."

40

Am Nachmittag, draußen breitete sich schon wieder die Finsternis aus, schlief Ernesto auf dem Sofa ein. Betty wartete, bis sie sein gleichmäßiges Atmen hörte, dann kletterte sie zu Ernesto auf das Sofa und kuschelte sich an seinen Rücken.

Als Ernesto die Augen aufschlug, spürte er die Hundeschnauze auf seiner Hüfte, und ihm gegenüber saß Sonja im Lehnstuhl und strickte. Eine Zeitlang blieb er so liegen und beobachtete Sonja. Keiner sagte etwas.

Kurz dachte Ernesto daran, aufzustehen und nach Hause zu fahren. Doch er entschied sich dagegen. Der Weg nach Wolfsberg zahlte sich nicht aus. Ein paar Stunden schlafen und dann wieder nach Klagenfurt. Das konnte er sich sparen. Außerdem, aber das gestand er sich nur halb ein, wollte er nicht alleine sein.

In Wolfsberg würde er in seinem Bett liegen und warten, bis die schrecklichen Bilder zurückkamen. Wenn er Sonja neben sich wusste, dann blieben die

Gespenster fern. Dann verfolgten ihn keine Soldaten mit Maschinenpistolen in seinen Träumen, und er hörte keine Minen, die ganz in der Nähe detonierten und Menschen in Stücke rissen. Der Krieg und die Zerstörung, die er in Kroatien gesehen hatte, die sich eingebrannt hatten in sein Herz, waren dann fern.

Kapitel 13

41

„Nicht noch ein Bordell“

Bienen, Schlümpfe und Zombies protestieren gegen das neue Luxusbordell in Villach.
Von Ernesto Valenti

Kaum hatte sich der Faschingszug aufgelöst, stürmten Bienen, Zombies und Schlümpfe auf den Hauptplatz von Villach und schlugen eine Sexpuppe in Fetzen. Dieser drastische Auftritt der Bürgerinitiative gegen Bordelle in Villach war nur der letzte Höhepunkt einer seit Jahren währenden Auseinandersetzung.

„Wir werden es nicht zulassen, dass nun ein weiteres Luxusbordell errichtet wird. Überall stehen Plakate, die für Bordelle werben. In der Innenstadt gibt es mindestens fünfzehn Sexbars und drei Laufhäuser. Wohin soll das noch führen“, macht Rita Glawischnig, die Sprecherin der Initiative, auf die Problematik aufmerksam.

Das Gerücht, das geplante Einkaufszentrum in der Peripherie solle in Wirklichkeit ein weiteres Luxusbordell werden, wird vom Geschäftsführer der Agentur für Fortschritt und Entwicklung, Ulrich Wiegele, zumindest nicht dementiert. „Diese Überlegungen gibt es“, sagt er. „Villach könnte sich damit nachhaltig positionieren. In Italien und Slowenien ist Prostitution verboten. In Zeiten wirtschaftlicher Krisen darf man eine solche Chance nicht leichtfertig ausschlagen.“

Der verstorbene Bürgermeister Alois Guggenbichler hatte sich laut Magistratsdirektion gegen dieses Projekt ausgesprochen und einen Beschluss in den Gremien zu verhindern gewusst. Nun allerdings scheint der Weg frei für eine Neuausrichtung der Stadtpolitik. Vizebürgermeister Samonig, der derzeit die Amtsgeschäfte führt, wollte sich dazu nicht öffentlich äußern.

Ernesto hielt die Augen geschlossen und versuchte, die Kälte zu ignorieren. In der Nacht waren die Temperaturen um zehn Grad gefallen, und der Stoff des Liegestuhls am Dach der Redaktion knisterte. Er rauchte und wartete.

Der Magistratsdirektor der Stadt Villach hatte, ohne viel zu fragen, die Sitzungsprotokolle der letzten fünf Jahre geschickt. Wenn es dazu diente, den Mörder des Bürgermeisters zu finden, dann wollte er sich nicht querlegen, und eigentlich handelte es sich dabei um öffentlich zugängliche Dokumente. Es fragte nur nie jemand danach.

Zwei Stunden lang überflog Ernesto die Protokolle. Das meiste davon war völlig unerhebliches und uninteressantes Zeugs. Erhöhung von Müllgebühren, Verkündung des Nachtragsvoranschlages für das jeweilige Kalenderjahr, Ehrungen von Gemeindebürgern, Umwidmungen von Ackerflächen in Bauland. Nicht, dass nicht in jedem dieser Punkte ein Skandal verborgen sein konnte, nichts leichter als das. Aber in der Regel handelte es sich um Routine. Die Beschlüsse fielen zu über neunzig Prozent einstimmig, und der überwiegende Teil der Gegenstimmen entfiel auf den einzigen Gemeinderat einer Bürgerliste. Der hatte es sich offensichtlich zur Aufgabe gemacht, vor allem dagegen zu sein.

Übrig blieben eine Handvoll Beschlüsse, in denen es entweder um die Bordelle oder um das neue Einkaufszentrum ging. Die Umwidmung des Grundstücks für das Einkaufszentrum wurde von allen Fraktionen begrüßt. Auch der Antrag zur Errichtung einer Zufahrt und der Anbindung an das Wasser- und Kanalnetz fand breite Zustimmung. Selbst die Fraktion des Bürgermeisters stimmte dafür. Nur er selbst stimmte dagegen.

Ernesto hatte so etwas noch nie zuvor gesehen. Ein Bürgermeister, der gegen seine eigene Partei stimmt. Im Normalfall geht so etwas nicht lange gut, und der Bürgermeister tritt zurück. Aber nicht Alois Guggenbichler. Er hatte sich mindestens vier Jahre gegen alle anderen gestellt.

„Sag einmal, geht's eigentlich noch? Wir haben auf dich gewartet bei der Redaktionskonferenz." Franziska Edlinger baute sich vor Ernesto auf.

„An deiner Stelle wäre ich sehr leise und würde mich in die Ecke stellen und eine Runde schämen", sagte Ernesto. „Das ist kein Bock, den du da geschossen hast, das ist eine ganze Elefantenherde."

„Wovon redest du?"

„Von Alois Guggenbichler, red ich. Von wem sonst? Er hat vier Jahre lang gegen die Bordelle gestimmt. Hat sich im Gemeinderat gegen seine eigene Partei gestellt, und dir ist das nicht aufgefallen? Bitte, was machst du den ganzen Tag?" Ernesto setzte sich auf und breitete fragend die Arme aus. Er warf seine Zigarette weg, stand auf und ging zurück in die Redaktion.

Während der Rauchpause hatte jemand einen Stapel mit Presseaussendungen und Einladungen auf seinem Schreibtisch abgelegt. Ernesto schob sie zur Seite und nahm sich noch einmal die Sitzungsprotokolle vor. Warum hatte das niemand gesehen?

Guggenbichler sprach sich gegen die Ansiedlung eines Laufhauses in der Innenstadt aus. Er forderte eine Schutzzone. Immerhin, so argumentierte er, befand sich das Gebäude keine zweihundert Meter vom Rathaus entfernt.

Damals wurde der Tagesordnungspunkt abgesetzt. Laut Protokoll wollte man noch einmal im Ausschuss über die Angelegenheit beraten. Drei Monate später befand sich der Punkt wieder auf der Tagesordnung. Betriebsstättengenehmigung für ein Laufhaus. Der Stadtrat für Wirtschaft und der Ausschussobmann machten sich für das Laufhaus stark. Es belebe diesen Teil der Innenstadt. Ein seit Jahren leerstehendes Gebäude werde saniert, und außerdem schaffe man damit Arbeitsplätze. Guggenbichler und der Abgeordnete der Bürgerliste stimmten dagegen. Alle anderen nahmen den Antrag an.

Das war eine völlig unhaltbare Situation, und Ernesto konnte sich nicht erklären, wie das die letzten Jahre funktioniert hatte. Sicher, der Bürgermeister war direkt gewählt und verfügte über einen enormen Rückhalt in der Bevölkerung. Seine Partei kam gerade auf 40 Prozent der Stimmen, und er selbst erzielte mit 76 Prozent ein schier unfassbares Ergebnis. Aber auch ein solches Wahlergebnis nützt dir nichts, wenn alle gegen dich sind.

Ernesto hätte jetzt gerne die Frau des Bürgermeisters befragt, aber das konnte er sich abschminken. Sie saß immer noch in Untersuchungshaft. Stattdessen rief er Markus an und ließ sich die Telefonnummer der Geliebten geben. Dabei hätte er ihm gerne gesagt, was für ein Vollidiot er war, aber Ernesto sparte sich das. Markus saß pflichtschuldig in jeder Gemeinderatssitzung, aber es interessierte ihn einen feuchten Dreck, was da vor sich ging. Es war schon erstaunlich, wie gleichgültig ihm das alles war.

42

„Ich weiß, was Sie gesagt haben, Frau Moser. Ich erinnere mich genau. Aber ich glaube, Sie sollten das noch einmal überdenken. Sie sind der einzige Mensch, der Alois Guggenbichler wirklich kannte."

„Aber warum soll ich ausgerechnet mit Ihnen reden, einem Journalisten? Nur damit am nächsten Tag der größte Mist über mich in der Zeitung steht?"

„Darum geht es doch überhaupt nicht. Ihre Affäre mit dem Bürgermeister interessiert mich, ehrlich gesagt, kein bisschen. Was mich interessiert, ist, wer ihn umgebracht hat."

„Und dabei soll ich Ihnen helfen? Ich wüsste nicht, wie."

„Indem Sie mit mir reden."

„Die Polizei hat doch seine Frau verhaftet. Von mir aus kann sie im Gefängnis verrotten."

„Mag sein, dass Sie und die Frau Bürgermeister ein paar Differenzen haben. Obwohl man in Villach durchaus auch andere Sachen hört."

„Zum Beispiel?"

„Zum Beispiel hat man Sie zusammen in einem Kaffeehaus gesehen, und angeblich haben Sie sich dort ganz gut unterhalten."

„Ha", machte Jacqueline Moser.

„Stimmt das etwa nicht?"

„Das ist kompliziert."

„Außerdem geht es auch um etwas ganz anderes. Es kann Ihnen doch nicht egal sein, wer Ihren Liebhaber, Ihren Lebensgefährten umgebracht hat."

„Das ist mir natürlich nicht egal."

„Dann helfen Sie mir."

Auf dem Weg aus der Redaktion hielt ihn Winfried Auer auf. „Wo, zum Henker, warst du?"

„Rauchen", sagte Ernesto.

„Während der Redaktionskonferenz, wer hat dir ins Hirn geschissen? Du musst als leitender Redakteur an der Konferenz teilnehmen. Wie oft soll ich dir das noch sagen?"

„So oft es dir Spaß macht. Und ich hab jetzt keine Zeit, ich hab ein Interview mit Wiegele." Ernesto wartete keine Antwort ab und ließ die Tür hinter sich zufallen. Im Moment hatte er weder Zeit noch Lust, sich die Panikmache seines Chefs anzuhören. Wir müssen doch alle zusammenarbeiten. Nur wenn wir ein Team sind, kann diese Zeitung funktionieren, und nur so können wir jeden Tag die hohe Qualität liefern, die unsere Leser von uns erwarten. Ja eh. Hätte Frau Edlinger ein bisschen weniger Zeit mit ihrer Imagepflege in der Redaktionskonferenz verbracht und der Politik in diesem Land ein wenig mehr Aufmerksamkeit geschenkt, wäre ihr das Verhalten des Bürgermeisters aufgefallen. Und wer weiß. Vielleicht könnte Alois Guggenbichler dann noch leben.

Von der Redaktion zur Landesregierung waren es nur ein paar Minuten zu Fuß. Ernesto schlug den Kragen seiner Jacke hoch und zog den Kopf ein, als er quer durch den Park der Freiwilligen Schützen ging. Was für ein Name. Muss man wirklich Leute ehren, die freiwillig in den Krieg ziehen?

Direkt neben dem Gedenkstein für die gefallenen Schützen lag ein gebrauchtes Kondom, ein gefrorener, glasiger Wurm. Ein Zeichen für die nächtliche Nutzung des Parks. Ernesto wunderte sich nur, dass die Freier selbst bei dieser Eiseskälte nicht das nahe Laufhaus bevorzugten. Wenigstens stank es im Winter nicht nach Urin und Erbrochenen.

Gleich in Sichtweite, direkt vor dem Amt der Kärntner Landesregierung stand seit wenigen Monaten die Figur X von Bruno Gironcoli. Die Direktorin des Kärntner Museums für Moderne Kunst hatte die Skulptur von ihrem ursprünglichen Standort entfernen und hier aufstellen lassen. Die Lippitzbachbrücke bei Bleiburg, wo die Figur jahrelang zu sehen gewesen war, schien der Direktorin nicht gut genug. Dort in der Pampa stehe dieses herausragende Kunstwerk doch nur in der Landschaft herum, und niemand wisse es zu schätzen. Vor der Kärntner Landesregierung befand sich die Skulptur sozusagen am Puls avantgardistischer Kultur- und Politikentwicklung. Und vielleicht benutzten die Nutten und ihre Freier das Ding mittlerweile auch als Turngerät, wer weiß?

Das Büro von Ulrich Wiegele befand sich gegenüber dem Amt der Kärntner Landesregierung. Im zweiten Stock fand Ernesto Wiegeles Büro. Eine pseudopostmoderne Scheußlichkeit aus Glas und Chrom. Ernesto setzte sich auf die Kopie des Barcelona Lounge Chair, und sein Blick fiel auf eine Wandverkleidung aus türkisem Stoff mit kleinem Blumenmuster, eingerahmt von Holzleisten.

„Haben Sie das Büro selbst eingerichtet?“, fragte Ernesto, nachdem ihm Wiegele den Kaffee serviert hatte.

„Das war der Innenarchitekt.“ Wiegele stand bei der Kapselmaschine und versuchte, cool zu wirken.

Mit Daumen und Zeigefinger griff er nach der gläsernen Espressotasse und führte sie zum Mund.

„Mich wundert es, dass Sie überhaupt Zeit fürs Büro haben, jetzt, mitten im Fasching", sagte Ernesto.

„In Villach ist der Fasching am Samstag quasi vorbei. Wir feiern morgen Abend noch ein bisschen nach und sehen uns die Fernsehaufzeichnung im Gildehaus an. Wenn Sie möchten, sind Sie herzlich eingeladen."

„Ich habe mich ein bisschen schlau gemacht, und wie es aussieht, können Sie mir in zwei Fällen weiterhelfen. Seit einer Woche oder so habe ich einen Prospekt auf dem Schreibtisch liegen. Da geht es um den Ausbau des Schigebiets am Nassfeld. Und um ehrlich zu sein, alles was der Pressesprecher des Landeshauptmanns dazu zu sagen hat, ist Unfug."

„Wir haben dieses Projekt vorbereitet", sagte Wiegele.

„Wie habe ich mir das vorzustellen? Was haben Sie da vorbereitet?"

„Sie müssen wissen, es ist ja nicht leicht, Investoren für so etwas zu finden. Ein Hotel, ein Feriendorf und ein Schilift, da braucht es einen potenten Investor, einen, der das auch über Jahre durchhalten kann, falls die Geschäfte nicht so laufen wie geplant."

Ernesto nippte an seinem Kaffee.

„Ich nehme an, Sie sind über die Investitionssumme im Bilde?"

Ernesto nickte.

„Wir haben uns da für eine Investorengruppe entschieden, oder besser gesagt, ich habe eine Investorengruppe zusammengestellt."

„Boris Godunow."

„Ja, der ist einer davon. Die Stadt Villach beteiligt sich auch mit 25 Prozent, und dann gibt es noch eine Reihe kleinerer Investoren."

„Wie den Faschingsprinzen de Lorenzo." Ernesto schoss einen Pfeil nach dem anderen ins Blaue.

„Aber sein Beitrag ist wirklich unbedeutend. Wir haben auch über neue Möglichkeiten nachgedacht. Crowdfunding zum Beispiel, aber damit gibt es bei solchen Projekten kaum Erfahrungen."

„Im Prospekt wird eine Tourismusförderungsholding GmbH erwähnt. Ich konnte diese Holding aber nirgends finden."

„Weil es sie noch gar nicht gibt", sagte Wiegele. „Die werden wir erst gründen, wenn wir alle Investoren an Bord haben und das Projekt gesichert ist."

„Was oder wer fehlt denn noch?"

„Das kann ich Ihnen nicht sagen, aber jetzt, wo Alois Guggenbichler tot ist ..."

Ernesto wartete, aber Wiegele wollte den Satz nicht beenden.

„Jetzt, wo Guggenbichler tot ist", sagte Ernesto. „Geht es da schneller?"

„Ich habe keine Ahnung." Wiegele zuckte mit den Schultern. „Kommt sehr darauf an, wie es in der Gemeinde weitergeht."

„Da haben Sie doch gute Karten mit Ihrem Freund, dem Vizebürgermeister. Der wird sich wohl kaum gegen das Projekt sträuben."

„Das werden wir sehen."

„Und auch, was das Einkaufszentrum anbelangt, oder was auch immer das werden soll, sieht es jetzt doch viel besser aus."

„Was wollen sie damit sagen?" Wiegele versteifte sich.

„Gar nichts. Ich meine nur. Wenn man sich die Protokolle der Gemeinderatssitzungen so ansieht, dann kämpfte Guggenbichler ziemlich verbissen gegen dieses Einkaufszentrum. Ebenso verbissen kämpfte er gegen Laufhäuser und Bordelle. Das wird doch wohl kein Zufall sein.“

„Guggenbichler war da völlig irrational. Er glaubte, er könnte die Innenstadt beleben, wenn er sich gegen dieses eine Einkaufszentrum zur Wehr setzt. Das glauben nicht einmal seine Parteikollegen. Ich sage Ihnen, man kann diese Entwicklung nicht aufhalten.“

„Das war wirklich der einzige Grund?“

„Natürlich, was für einen Grund könnte er sonst gehabt haben?“

„Es sind viele Gründe vorstellbar“, sagte Ernesto. „Immerhin geht es bei dem Einkaufszentrum um eine Menge Geld. 197 Millionen Euro, wenn ich mich nicht irre.“

„So ungefähr.“

„Wenn man bedenkt, dass solche Investitionssummen eher niedrig angegeben werden, könnte es um noch viel mehr Geld gehen, nicht wahr? Um Investoren aus dem Ausland vielleicht?“

„Das ist alles noch nicht spruchreif. Aber es gibt ausländische Interessenten.“

„Wenn ich jetzt schreiben würde, man wolle ein Einkaufszentrum schaffen, das dem Alpen-Adria-Gedanken verpflichtet ist und das auch in der Besitz- und Betreiberstruktur abbilden will, wäre ich da so weit von der Wahrheit entfernt?“

„Darüber können Sie jetzt noch nichts schreiben. Es gibt nichts Offizielles.“

„Es gibt vielleicht Gerüchte“, sagte Ernesto. „Eines dieser Gerüchte könnte ungefähr so lauten: Der Faschingsprinz ist Faschingsprinz geworden, um den italienischen Investoren zu signalisieren, dass man sie hier mit Wohlwollen und offenen Armen empfängt. Die Agentur für Fortschritt und Entwicklung ist bereit, etwaige Hindernisse bei Behördenwegen und Auflagen zu beseitigen."

„Das ist eine Unterstellung."

„Nein, das ist auf Ihrer Homepage nachzulesen."

„Über solche heiklen Verhandlungen darf man öffentlich nichts sagen. Ich werde dazu nicht einmal ein Dementi abgeben. Ich frage mich nur, was Sie damit erreichen wollen? Sind Sie darauf aus, mich zu schädigen, oder haben Sie etwas gegen Villach?"

„Überhaupt nicht. Aber wie soll ich sagen? Für einen Journalisten riecht die Angelegenheit schon ein bisschen streng. Um nicht zu sagen, sie stinkt zum Himmel."

„Da gibt es nichts. Das läuft alles völlig korrekt."

„Sie werden jetzt aber nicht leugnen, dass das Einkaufszentrum gar kein Einkaufszentrum werden soll?"

„Wie kommen Sie darauf? Der Fasching hat Ihnen wohl nicht gutgetan."

Ernesto blickte auf. Wiegele begann, aus der Rolle zu fallen. Seine joviale und einnehmende Art bekam Risse. „Wenn man sich die Protokolle der Gemeinderatssitzungen so ansieht, dann kann man schon den Verdacht hegen, da ginge es um etwas ganz anderes als ein Einkaufszentrum."

„Ich kann Ihnen nicht folgen."

„Habe ich das falsch verstanden, oder umfasst der Plan für dieses angebliche Einkaufszentrum mehrere ... Lassen sie mich nachsehen." Ernesto zog sein Notizbuch aus der Tasche. „Ah, da steht es. Mehrere

Schwimmbecken, ein Saunabereich und eine Ruhezone? Seltsames Einkaufszentrum."

„Das hat gar nichts zu bedeuten. Sie haben da noch alte Unterlagen. Mit der Eröffnung des Wellnessclubs ist das hinfällig."

„Den Sie auch mit Ihrer Agentur unterstützt haben?"

„Selbstverständlich. Ein wichtiger Wirtschaftsfaktor. Und ich kann Ihnen verraten, die Betreiber sind bereit, noch mehr Geld in die Region zu investieren. Die Therme in Villach liegt doch schon seit Jahren im wirtschaftlichen Wachkoma."

„Das heißt, das Bordell im Einkaufszentrum ist damit gestorben?"

„Bordell würde ich das nicht nennen."

„Wenn ich das jetzt richtig verstanden habe, dann hängen alle hier erwähnten Projekte irgendwie zusammen. Der Wellnessclub ist sozusagen ein Leitbetrieb, der ein neues Publikum ansprechen soll."

Wiegele nickte.

„Diese Leute, Manager, Geschäftsleute, was weiß ich, sollen dann auch mit ihren Familien hierher kommen. Ein hervorragendes Sportangebot im Sommer und im Winter. Villach als stimmungsvolle Weihnachtsstadt im Advent, als Einkaufsstadt und Partyzone im Sommer. Das ist der Plan? Und da gehört auch das Nassfeld dazu, als Schigebiet in nächster Nähe?"

„Das ist es im Kern, ja", sagte Wiegele.

„Ich muss sagen, das war ein sehr aufschlussreiches Gespräch." Ernesto stand auf.

„Sie schicken mir den Artikel, bevor er erscheint."

Ernesto starrte Wiegele kurz an, dann lachte er und schüttelte den Kopf.

„Warum lachen Sie?"

„Da sitze ich einem Vertreter der freien Marktwirtschaft gegenüber, einem überzeugten Neoliberalen und dann ... Dann will er meinen Artikel lesen, bevor er erscheint. Das ist besser als jedes absurde Theater."

43

Major Steinkellner wollte gerade Mittagspause machen, als Ernesto in seinem Büro auftauchte. Sie gingen gemeinsam in die Kantine, und Ernesto sah Steinkellner dabei zu, wie er faschierte Laibchen und Erdäpfelpüree in sich hineinschaufelte. Das Erdäpfelpüree hätte man besser als Kleister verwendet, fand Ernesto, und er empfand faszinierenden Ekel angesichts der Kaubewegungen, die Steinkellners Kiefer vollführten.

„Diesen Anstandsbesuch können Sie sich sparen", sagte Steinkellner mit vollem Mund. „Es gibt nichts Neues."

„Was ist mit dem Zyankali aus dem Gewächshaus?"

„Woher, zum Teufel, wissen Sie davon?"

„Mein Kollege hat Havlicek bei der Hausdurchsuchung beobachtet."

Steinkellner schüttelte den Kopf und schluckte. „Ist noch im Labor."

„Und die Frau Bürgermeister?"

„In Untersuchungshaft."

„Muss das sein? Ich meine, was soll sie denn jetzt noch anstellen?"

„Ich möchte nicht schuld daran sein, dass sich die feine Dame nach Spanien absetzt, oder was weiß ich, wohin."

„Nach Spanien?“

„Die haben dort in der Nähe von Barcelona ein Anwesen, und einige Bankkonten haben sie auch in Spanien und in Übersee, soweit wir das bis jetzt herausgefunden haben.“

„Okay“, sagte Ernesto. „Verstehe. Aber mit den Beweisen schaut es doch eher dünn aus, und gestanden hat sie doch sicher auch nicht.“

„Ich bitte Sie, Valenti, fragen Sie mir keine Löcher in den Bauch.“

„Ich fürchte doch nur, Sie konzentrieren sich zu sehr auf das Naheliegende.“

„Die blöden Bullen verhaften die Ehefrau und kümmern sich nicht weiter um die Sache?“

„Das haben jetzt Sie gesagt. Nein, aber Sie müssen zugegeben, dass das schon ein bisschen sehr simpel ist.“

„Manchmal sind die Dinge genau so simpel.“

„Ich bin davon ganz und gar nicht überzeugt.“

„Auch wenn ich es bereuen werde, erzählen Sie“, sagte Steinkellner.

„Im Wesentlichen gibt es meiner Meinung nach außer der Frau Bürgermeister vier weitere Verdächtige. Den Faschingskanzler, den Faschingsprinzen, den Vizebürgermeister und die Geliebte“, begann Ernesto.

„Und Sie glauben, wir hätten die Leute nicht überprüft?“

„Soll ich ehrlich sein?“

„Lassen Sie es. Aber fest steht doch, dass Hilde Guggenbichler die Drohbriefe geschrieben hat, und das Zyankali in ihrem Gewächshaus ...“

„Also, da steht eigentlich gar nichts fest“, fiel ihm Ernesto ins Wort. „Das Zyankali ist noch nicht analysiert, und die Drohbriefe ...“

„Ich habe da keinen Zweifel.“

„Und die Drohbriefe könnte sonst wer geschrieben haben. Solange die Guggenbichler das nicht zugibt, ist das höchstens ein Indiz. Nein, im Grunde noch nicht einmal das. Es ist eine Geschichte, die Sie sich ausgedacht haben."

„Ich bitte Sie, Valenti. Das ist doch Haarspalterei. Jeder Richter wird das genauso sehen wie ich."

„Vermutlich."

„Wirklich, Valenti." Steinkellner nahm sein Tablett und schob es in den Geschirrwagen. „Ich bin Ihnen für Ihre Hinweise und Überlegungen dankbar, das müssen Sie mir glauben. Auch wenn Sie mir auf die Nerven gehen. Ich meine, Sie können doch nicht einfach so an einem Tatort auftauchen und die Ermittlungen übernehmen."

„Das war nicht meine Absicht."

„Können Sie nicht, wie alle anderen auch, die Ergebnisse der Untersuchungen abwarten? Es ist ganz schlicht und ergreifend nicht Ihre Aufgabe. Sie sollen darüber berichten, was wir, die Kriminalpolizei, herausfinden."

Ernesto sah ihn treuherzig an.

„Was?"

„Das ist wirklich interessant. Das höre ich in letzter Zeit immer wieder."

„Und was schließen Sie daraus?"

„Ich nehme an, ich mache etwas richtig. Lassen Sie ihr Handy eingeschaltet, vor allem morgen Abend. Könnte gut sein, dass ich Sie anrufe." Ernesto nickte Steinkellner zu.

„Hören Sie, Valenti."

„Ja?"

„Ich meine es ernst. Lassen Sie die Finger davon."

Ernesto hob die Hand zum Gruß, drehte sich um und ging.

Kapitel 14

44

Auf dem Weg nach Villach dachte Ernesto nur kurz über die Fragen nach, die er der Geliebten des Bürgermeisters stellen wollte. Über dem Wörthersee lag Nebel, und weiter im Süden sah Ernesto den Pyramidenkogel und den riesigen Holzturm, dessen Spitze rot blinkte. Jetzt, Mitte Februar, war der See immer noch nicht zugefroren. Wo sich in kalten Wintern die Eisläufer an Glühweinständen aufwärmten, klafften heuer Löcher im Eis. Daran würden auch die nächsten Wochen nichts mehr ändern.

Ernesto dachte an den Schwan, den er vor ein paar Tagen auf dem Steg beobachtet hatte, als er Godunow besuchte. Wenn es nach ihm gegangen wäre, hätte er sich jetzt zu dem Schwan gesetzt und mit ihm gemeinsam auf den See hinausgeschaut. Mochte sein, dass einem da die nasse Kälte durch die Hosenröhren bis zum Herz hinaufstieg, aber das schien Ernesto immer noch verlockender als das bevorstehende Interview mit Jacqueline Moser und vor allem das Donnerwetter, das sich gerade über seinem Kopf zusammenbraute.

Bevor er nach Villach aufgebrochen war, hatte er noch den Artikel über Wiegele und seine Verwicklung in die Bordellgeschichte ins System gestellt. Sobald die morgige Zeitung erschien, ging der Wirbel los.

Land fördert Bordelle

Agentur für Fortschritt und Entwicklung ermöglicht die Ansiedlung des neuen Luxusbordells in Villach.
Von Ernesto Valenti

Wie der Geschäftsführer der Agentur für Fortschritt und Entwicklung, Ulrich Wiegele, in einem Interview mit der Kärntner Tagespost enthüllt, hat die Agentur die Ansiedlung des Bordells gefördert.

„Wir haben vor allem bürokratische Hindernisse aus dem Weg geräumt", sagt Wiegele, und die Homepage der Agentur verrät außerdem, dass dem deutschen Betreiber auch herkömmliche Gebühren und Abgaben erspart bleiben. „Die Region braucht dringend wirtschaftliche Impulse", erklärt Wiegele und verweist darauf, dass angeblich über hundert Jobs durch die Errichtung und den Betrieb geschaffen wurden. Ebenfalls nicht zu unterschätzen sei, so Wiegele, der Nutzen für den Tourismus.

Während sich also in Villach eine Front von Bürgerinnen und Bürgern gegen die Ansiedlung weiterer Bordelle formiert, fördert die Agentur für Fortschritt und Entwicklung, die sich zu hundert Prozent im Besitz des Landes Kärnten befindet, die Sexindustrie.

45

Mittlerweile fand sich Ernesto in Villach so weit zurecht, dass er sich nicht gleich hoffnungslos verfuhr. Er brauchte nur zwei Extraschleifen, um zum Congress-Center zu kommen. Dort stellte er den Wagen ab und ging über die Draubrücke Richtung Altstadt. Vom Norden her kam Wind auf, und Ernesto schloss den Reißverschluss seines Anoraks. Vielleicht brauchte der Frühling doch noch ein paar Wochen.

Eigentlich wollte Ernesto Jacqueline Moser in einem Café am Hauptplatz treffen, aber Moser wehrte ab. Das sei zu gefährlich. Die meisten Cafés, ganz besonders aber jenes, das Ernesto genannt hatte, waren ihr zu öffentlich. Es würde keine zehn Minuten dauern, und die ganze Stadt wüsste, dass sie sich mit einem Journalisten traf. Deshalb schlug sie eine kleine Bar in einer Seitengasse vor.

Das Paracelsus war bis auf den Kellner hinter der Theke leer. Ernesto suchte sich einen Platz im hinteren Bereich in einer Ecke, geschützt von einem Raumtrenner. Von der Straße aus konnte man ihn jetzt nicht mehr sehen, und selbst wenn man mitten im Lokal stand, blieb Ernesto hinter einer Wand aus Grünzeug und Flechtwerk verborgen.

Während er wartete, kritzelte er in seinem Notizbuch und versuchte, Verbindungen zwischen den Akteuren des Spiels zu finden. Der Bürgermeister und der Faschingskanzler, die Geliebte und die Ehefrau. Der Kellner stellte Ernesto einen Cappuccino vor die Nase, und im selben Moment öffnete sich die Eingangstür, und zwei Männer betraten die Bar. Ein Schwall kalter Luft fegte durch den Raum und streifte über Ernestos Hände.

Die Männer legten ihre Mäntel ab und setzten sich an den Nachbartisch. Die Pflanzen auf dem Raumtrenner verbargen Ernesto vor ihren Blicken.

„Privét, Boris."

„Ciao."

Die restliche Unterhaltung fand auf Englisch statt. Ernesto lehnte sich zurück, um dem Gespräch besser folgen zu können. Godunow erging sich zunächst in der Beschreibung der Vorzüge einer Prostituierten. Er sprach von ihr, als sei sie ein Stück Vieh, lobte ihre Zähne und Brüste, und vor allem lobte er sie, weil sie sich von ihren Kunden fesseln ließ. Verschnürt wie ein Paket lag sie da auf der Matratze, hing in einer Vorrichtung aus Stangen und Lederbändern und ertrug, was auch immer man mit ihr anstellte.

Wenn er wolle, könne er gerne noch ein paar von diesen moldawischen Huren haben, bot de Lorenzo an. Die wären besonders gefügig, aber eben auch nicht ganz billig. Und die eine wollte er in drei Wochen wieder zurück. Es gab einen anderen Kunden, einen Spanier, der diese Prostituierte für einen Monat mieten wollte. Ein unschlagbarer Preis.

Godunow winkte ab, als de Lorenzo eine Summe nannte. Das war ihm zu viel. Die Freier kamen auch so, und für Spezialkunden gab es immer noch die Nigerianerinnen.

Aber die seien eben schwarz, und das mindere ihren Wert, meinte de Lorenzo.

„Den Männern ist das völlig egal", entgegnete Godunow. „Und wenn sie grün-violett gestreift wären." Hauptsache, sie ertrugen die Demütigungen, die die Kunden zum Höhepunkt brachten.

De Lorenzo bot Godunow fünf afrikanische Frauen an. Sie wurden schnell handelseinig. Die Summe lag noch nicht einmal bei der Hälfte des Preises für eine einzige moldawische Prostituierte.

Um den Handel zu besiegeln, bestellten sie Cognac und tranken die Gläser in einem Zug leer, bestellten noch eine zweite Runde und unterhielten sich darüber, wer das Personal für den kommenden Abend im Gildehaus zur Verfügung stellte. De Lorenzo sagte, er übernehme das. Als Faschingsprinz sei es seine Aufgabe, für die Unterhaltung der Gäste zu sorgen.

Dann, nach einem Moment des Schweigens, fragte de Lorenzo Godunow, was er denn von diesem Journalisten halte, diesem Valenti, der seit dem Mord am Bürgermeister überall auftauche und herumschnüffle.

„Don't panic“, sagte Godunow. „Dieser Valenti ist harmlos. Er interessiert sich nur für den Mord. Die Geschäfte sind ihm egal. Der durchschaut das nicht, und wenn schon, was soll er dagegen tun? Es ist doch alles legal, mehr oder weniger, und außerdem, was willst du? Wir haben Unterstützung von ganz oben.“

Godunow trank seinen Cognac aus und erhob sich.

„There is no problem and there will be no problem at all. Ciao, Massimo“, sagte er und ging.

Ernesto lächelte und trank von seinem mittlerweile kalten Cappuccino. Jetzt erst steckte er sich eine Zigarette an. Das Feuerzeug fiel ihm fast aus der Hand, als de Lorenzo ihn ansprach.

„Ich habe Sie beim Hereinkommen gar nicht gesehen“, sagte de Lorenzo. „Setzen Sie sich doch zu mir.“

Immer noch lächelnd balancierte Ernesto seinen Cappuccino samt Tablett und setzte sich de Lorenzo gegenüber. Jacqueline Moser verspätete sich, und vielleicht war es besser, wenn sie überhaupt nicht mehr auftauchte. In Gegenwart de Lorenzos wollte Ernesto ihr keine Fragen zum toten Bürgermeister stellen.

„Sie haben uns doch nicht etwa belauscht?“, fragte de Lorenzo.

„Dafür hatte ich keine Zeit und kein Ohr“, sagte Ernesto und klopfte auf sein Notizbuch.

„Beschäftigen Sie sich immer noch mit dem Mord am Bürgermeister? Die Sache ist doch schon längst geklärt.“

„Vielleicht, vielleicht auch nicht. Man muss sich seine Energie gut einteilen, und wenn ich schon einmal in Villach bin, dann schau ich, ob es nicht noch andere Geschichten gibt."

„Welche zum Beispiel? Unsere Stadt ist doch nicht so spannend, dass sich die Mühe lohnt."

„Oh", sagte Ernesto. „Sie zum Beispiel sind wahnsinnig interessant. Ich würde gerne ein Porträt über Sie machen. Der Italiener, der zum Faschingsprinzen wird. Sollten wir gleich machen, dann bring ich das morgen oder am Aschermittwoch noch. Einverstanden?"

„Was wollen Sie denn über mich schreiben?"

„Soweit ich weiß, sind Sie ein erfolgreicher Geschäftsmann und der erste Nichtkärntner, der Faschingsprinz wurde. Das ist schon eine Geschichte wert."

„Da gibt es nicht viel zu erzählen. Außerdem stammte meine Mutter aus Villach. Sie hat meinen Vater geheiratet und zog mit ihm nach Florenz. Sie trafen einander in der Mitte. Mein Vater stammt aus Kalabrien."

„Sehen Sie? Eine faszinierende Geschichte. Ich rufe nur schnell meinen Chef an, damit wir auch sicher Platz für die Geschichte haben."

Auer versuchte, Ernesto die Sache auszureden. So eine Geschichte gehöre an den Beginn des Faschings, nicht ans Ende. Aber Ernesto ließ nicht locker. Anfang oder Ende, war das nicht völlig egal? Er würde die Sache schon so schreiben, dass sie für den Aschermittwoch passte. Der Faschingsprinz, der nun sein Narrengewand ablegt und in sein gewohntes Leben zurückkehrt. Was nimmt er mit von der Erfahrung als Faschingsprinz? Haben ihn diese Wochen und Monate verändert? Würde er das noch einmal machen?

„Also, erzählen Sie. Wie kommt es, dass gerade Sie zum Faschingsprinzen ernannt wurden?“, wandte sich Ernesto wieder an de Lorenzo.

Bevor der antworten konnte, ging die Tür auf, und Jacqueline Moser betrat die Bar. Ernesto winkte ihr zu, und sie kam zögerlich näher.

„Setzen Sie sich zu uns“, sagte Ernesto. „Ich glaube, Sie kennen einander.“

Es war ihm gar nicht recht, die beiden an einem Tisch zu haben. Aber was sollte er dagegen tun? Er rückte ein Stück zur Seite und machte Jacqueline Moser Platz. De Lorenzo beugte sich über den Tisch und küsste sie auf den Mund. Nur flüchtig, aber immerhin. Ernesto erstaunte das.

„Das ist aber ein schöner Zufall“, sagte de Lorenzo. „Wisst ihr was, ich lade euch zu mir nach Hause ein. Da können wir in aller Ruhe über den Artikel reden, den Sie über mich schreiben wollen.“

46

„Haben Sie das so geplant?“, fragte Jacqueline Moser, als sie sich anschnallte.

„Was habe ich geplant?“, fragte Ernesto zurück.

„Dieses Treffen mit Massimo.“

„Ich bin daran ganz unschuldig.“

„Ja sicher. Es kommt Ihnen nur gerade ganz gelegen.“

„Eigentlich nicht“, sagte Ernesto und fuhr los. Vor ihm bog de Lorenzo in seinem SUV aus dem Parkplatz, und Ernesto folgte ihm. „Das war, wie soll ich sagen, eine Verkettung seltsamer Umstände. Aber wir haben ja jetzt ein wenig Zeit.“

Jacqueline Moser schwieg und sah nach vorne auf die Fahrbahn.

„Es gibt nur ein paar Dinge, die ich Sie fragen wollte“, begann Ernesto. „Wissen Sie, ich bin mir nicht so sicher, dass die Polizei die Richtige verhaftet hat.“

„Wieso?“

„Es könnte doch sonst wer das Gift in den Heringssalat getan haben.“

„Aber warum hätte jemand Alois umbringen sollen?“

„Genau das ist die Frage. Und Sie können vielleicht zur Antwort beitragen.“

Wieder schwieg Jacqueline Moser.

„Ich meine, Sie kannten den Bürgermeister wahrscheinlich besser als sonst jemand, und Sie kannten auch seine Feinde.“

„Ich kann mir trotzdem nicht vorstellen, wer ihn umgebracht hat. Außer seiner Frau vielleicht.“

„Warum sollte sie das tun?“

„Weil sie dachte, er könnte sie verlassen.“

„Das hat er in den letzten dreißig Jahren nicht getan. Warum gerade jetzt?“

Jacqueline Moser sah an sich herab.

„Ich habe schon gehört, dass Sie schwanger sein sollen“, sagte Ernesto.

„Haben Sie das?“

„Es wird geredet. Das könnte doch ein Motiv sein. Das heißt, wenn es wahr ist und das Kind vom Bürgermeister.“

„Sie fragen da nach Dingen, die Sie nichts angehen.“

Ernesto blieb vor einer Ampel stehen, vor ihm immer noch de Lorenzo in seinem SUV.

„Ich weiß nicht. Sie wollten mir doch helfen, ein bisschen klarer zu sehen“, sagte Ernesto und fuhr wieder an. „Ich glaube, dass es schon entscheidend ist, ob dieses Motiv existiert oder nicht. Also mit anderen Worten, es ist von einer gewissen Bedeutung, ob Sie schwanger sind oder nicht."

„Nicht mehr", sagte Jacqueline Moser.

„Sie haben das Kind verloren?"

Sie nickte.

„Das tut mir leid."

Sie schwiegen beide für eine Weile.

„Mhm", machte Ernesto dann. „Das ist interessant. Und der Bürgermeister war der Vater?"

Jacqueline Moser antwortete nicht.

„Ich weiß, dass das sehr unangenehme Fragen sind."

„Ich habe das Kind verloren. Was spielt es da für eine Rolle, wer der Vater war?"

„Möglicherweise eine ganz entscheidende."

„Sind alle Journalisten so?"

„So nervig und unsensibel? Sollten sie sein, ja, wenn sie gute Journalisten sein wollen. Aber reden wir über etwas anderes. Sie arbeiten in der Personalabteilung der Gemeinde."

„Sie sind aber gut informiert."

„Da haben Sie doch sicher auch Einblick in die Geschäfte, die so ablaufen. Was glauben Sie, warum sich Alois Guggenbichler derart vehement gegen die Ansiedlung von Bordellen in Villach eingesetzt hat? Der Magistratsdirektor hat mir die Gemeinderatsprotokolle geschickt, und ich muss sagen, so etwas ist mir noch nie untergekommen, und ich mach den Job nicht erst seit gestern."

„Er fand, es war genug. Es kann nicht sein, dass da draußen auf der grünen Wiese ein Einkaufszentrum nach dem anderen entsteht und die Innenstadt vor die

Hunde geht. In jedes leere Geschäft zieht eine Peep-Show ein oder ein Wettcafé. Stell dir vor, hat er zu mir gesagt, stell dir vor, wir haben den Christkindlmarkt am Hauptplatz, und neben dem Weihnachtsmann, der Geschenke an Kinder verteilt, blinkt eine Werbetafel für ein Bordell."

„Aber die anderen im Gemeinderat und im Stadtsenat waren da anderer Meinung?"

„Die Wirtschaft, die Arbeitsplätze. Hört man das heute nicht überall?"

„Und der Vizebürgermeister war da die treibende Kraft?"

„Mit dem Wiegele zusammen."

„Die machen gemeinsame Sache?", fragte Ernesto.

„Der Samonig hat einen Bruder und mit dem gemeinsam eine Baufirma, die wollten den Auftrag für das neue Einkaufszentrum."

„Einmal ganz abgesehen von den Förderungen, die die Agentur aufstellt."

„Das auch", sagte Moser.

„Jetzt, wo der Bürgermeister tot ist ..."

„Ich will da wirklich niemanden beschuldigen."

„Aber jetzt geht alles ein bisschen leichter, nicht wahr?"

Ernesto parkte neben dem SUV. De Lorenzo stieg aus und winkte ihnen. Er ging vor und wartete bei der geöffneten Eingangstür.

„Kommen Sie herein. Jacqueline, führ doch Herrn Valenti gleich ins Wohnzimmer. Ich muss noch einmal für fünf Minuten ins Büro, dann bin ich bei euch."

Das Vorzimmer, das Ernesto nun zum ersten Mal betrat, mutete wie eine Aula an. Das letzte Mal war Ernesto über die Terrasse direkt in de Lorenzos Büro gelangt und hatte das wahre Ausmaß des Gebäudes nur geschätzt. Dieser Vorraum, die Wände mit Holz getäfelt, erstreckte sich über drei Stockwerke und maß fünf Meter im Quadrat. Er strahlte etwas Offizielles aus, wie der Eingangsbereich zu einem Amt, aber gleichzeitig erinnerte er an das Entree zu einem Herrenhaus. Die Ledercouch da in der Ecke und die Palme. Daneben ein Bücherregal, auf das Ernesto sofort zusteuerte.

Noch bevor er die Titel lesen konnte, hatte er den Verdacht, dass mit diesen Büchern etwas nicht in Ordnung war. Zuerst dachte er, dass es sich vielleicht um Attrappen handelte, wie man sie in Möbelhäusern findet. Aber das hier waren richtige Bücher mit schönen gewölbten Rücken und Goldprägung. Ernesto zog ein Exemplar heraus. Das Papier roch frisch, und die Bindung knarrte, als Ernesto das Buch öffnete. Er war mit Sicherheit der erste, der dieses Buch aufschlug. Beim nächsten Buch war es dasselbe. Eine Reihe von Büchern, eine Klassikerausgabe, vom Innenarchitekten ausgewählt und hier als Accessoire aufgestellt.

Dazu passte die Kopie der Totenmaske des Tutanchamun, die neben dem Bücherregal stand und mit Gold nicht nur überzogen war. Von hier aus gelangten sie in das Wohnzimmer, ein opulent ausgestatteter Raum, der sich mit einer Glasfront hin zum nahen Wäldchen öffnete.

Ohne Ernesto zu fragen, öffnete Jacqueline die Bar und begann, Whisky einzugießen.

„Für mich nicht“, sagte Ernesto. „Machen Sie mir, wenn Sie wollen, einen Kaffee.“

„Zum Lockerwerden“, sagte Jacqueline und hielt ihm das Glas entgegen.

Ernesto stellte es auf dem Glastisch ab und lehnte sich im Ledersofa zurück. Ein sehr angenehmes

Leder, weich und nicht allzu glatt. Wenn er jetzt die Augen schloss, schlief er sicher in ein oder zwei Minuten ein. Aber zum Schlafen war er nun ganz bestimmt nicht hier. Jacqueline stellte ihm einen Espresso neben den Whisky.

„Wie kommt es, dass Sie sich hier so gut auskennen?“, fragte Ernesto.

„Ich dachte, unser Interview ist vorbei.“

„Journalisten sind nie außer Dienst. Und im Übrigen wundere ich mich nur. Ich dachte, Sie würden die Abneigung des Bürgermeisters teilen.“

„Was meinen Sie?“

„Alois Guggenbichler hat sich ganz schön ins Zeug gelegt, um Massimo de Lorenzo das Leben schwer zu machen. Anzeige bei der Gebietskrankenkasse und so weiter.“

„Ach das. Das sollte man nicht überbewerten. Alois ... Das spielt jetzt wohl keine Rolle mehr.“ Sie ließ sich auf einem Sofa Ernesto gegenüber nieder, zog die Beine an und nippte von ihrem Drink. „Es stimmt schon, was über Sie gesagt wird.“

„Was wird denn über mich gesagt?“

„Dass Sie eine Spaßbremse sind.“

Ernesto lächelte.

„Das finden Sie jetzt lustig?“

„Ein wenig.“

„Glauben Sie wirklich, man wird Sie so in den Club aufnehmen?“

„Das sieht beinahe so aus“, antwortete Ernesto, der im ersten Moment nicht wusste, wovon Jacqueline sprach. Glaubte sie vielleicht, er wolle Mitglied des Narrenrates werden, gar der nächste Faschingsprinz?

„Aber dazu müssen Sie ein bisschen lockerer werden.“

„Erzählen Sie mir lieber noch ein bisschen aus der Gemeinde."

„Was wollen Sie denn wissen?"

„Der Magistrat verfügt doch auch über einen Bauhof, nicht wahr?"

„Selbstverständlich, aber da habe ich wenig Einblick."

„Eine Gärtnerei?"

„Nein, schon seit einigen Jahren nicht mehr. Das hat man outgesourct."

„Was für ein hässliches Wort", sagte Ernesto.

„Aber warum interessiert Sie die Gärtnerei?"

„Das Zyankali. In einer Gärtnerei könnte man so etwas finden, oder bei einem Kammerjäger."

„Sie glauben?"

„Ich denke nur laut nach. Aber im Falle, es gäbe da noch Reste von diesen Mitteln, hätten zum Beispiel der Vizebürgermeister oder Sie ganz leicht an das Gift kommen können, oder irre ich mich da etwa?"

„Ich hatte keinen Grund ..." Sie verstummte.

„Motive finden sich immer. Vielleicht wollten Sie das Kind behalten, und er hat Sie gedrängt, vielleicht sogar dazu gezwungen, das Kind abzutreiben? Wer weiß? Oder es gibt irgendeinen anderen, jetzt noch verborgenen Grund. Und was den Vizebürgermeister anbelangt, so haben Sie ein ganz gutes Motiv selbst genannt."

„Das mit dem Kind hat gar nichts mit Alois zu tun."

„Entschuldigen Sie, wenn ich Ihnen das nicht glaube. Natürlich hatte die Schwangerschaft mit ihrem Geliebten zu tun. So oder so. Ob er nun der Vater war oder nicht."

„Was wollen Sie mir damit ..."

„So, jetzt habe ich Zeit für euch", sagte de Lorenzo, als er die Tür öffnete. „Das Geschäft macht keinen

Unterschied, ob gerade Fasching ist oder nicht. Aber das ist erledigt.“ Er blieb an der Bar stehen, mixte sich einen Martini und zündete sich eine leichte Zigarre an. „Es freut mich wirklich, dass Sie jetzt hier sind.“ Er setzte sich neben Jacqueline und legte ihr einen Arm um die Schulter. „Also fragen Sie. Was wollen Sie wissen?“

„Was ich wirklich wissen will, werden Sie mir nicht verraten“, sagte Ernesto.

„Und das wäre?“

„Wer der Mörder des Bürgermeisters ist. Aber lassen wir das und reden über Sie.“

Irgendwann während des Gesprächs wanderte Massimos Hand von Jacquelines Schultern hinunter zu ihren Oberschenkeln. Ernesto bemerkte das, kommentierte es aber nicht. Nicht einmal dann, als die Hand den linken Oberschenkel hinaufwanderte und die Scham bedeckte. Die meiste Zeit sah Ernesto de Lorenzo an, und nur ab und zu schrieb er ein Stichwort in seinen Notizblock. Dann nippte er von seinem Kaffee und betrachtete die Einrichtung des Wohnzimmers. Der Raum wirkte kleiner, als er war. Dafür waren sicher die Holzpaneele an den Wänden und der Decke verantwortlich. Eines der Paneele bewegte sich und schwang auf. Eine Geheimtür, wie dramatisch. Ernesto schüttelte lächelnd den Kopf, und dann erschien Roxanne in einem mit Spitze besetzten Satinkleid. Ernesto starrte sie kurz an, dann wandte er sich ab. Sie setzte sich neben ihn, nahm das unberührte Whiskyglas und trank einen Schluck, dann küsste sie Ernesto sanft auf die Lippen.

Der Geschmack des Whiskys breitete sich in Ernestos Mund aus. Er wehrte sich nicht, als Roxanne sich an ihn lehnte und seinen Nacken zu streicheln begann.

„Ich sag ja, er muss lockerer werden", meinte Jacqueline und lachte.

„Dräng ihn nicht", sagte Massimo, und dann zu Ernesto gewandt: „Fühlen Sie sich zu nichts verpflichtet, aber Sie sollen wissen, dass Sie bei uns willkommen sind. Wir können so kluge Männer wie Sie gut gebrauchen."

„So, wie Sie meinen Kollegen Markus brauchen?"

„Aber nicht doch." Massimo lachte. „Markus, ich bitte Sie. Nein, ich glaube nicht, dass man das vergleichen kann."

Ernesto hob eine Augenbraue.

„Oh, ich glaube, Sie verstehen sehr gut, was ich meine", sagte de Lorenzo.

Ernesto antwortete immer noch nicht.

„Ulrich hat mir Bescheid gesagt. Er hat Sie für morgen eingeladen. Wir treffen uns im Gildehaus, so gegen sieben Uhr."

„Ich nehme die Einladung an", sagte Ernesto und spürte Roxannes Hände auf seiner Brust. Er fragte sich, ob jetzt der Zeitpunkt gekommen war, um aufzustehen und zu gehen. Doch wenn er sich zurückgezogen hätte, dann wäre das wohl ein Zeichen gewesen, dass er auch die morgige Einladung ausschlagen würde, und das wollte Ernesto auf keinen Fall.

Als Roxannes Hände tiefer wanderten und sie seine Ohren zu küssen begann, spürte Ernesto, wie die Erregung in ihm wuchs. Er wollte das nicht, aber es war unmöglich, sich dagegen zu wehren. Um sich von Roxanne zu lösen, ohne sie von sich zu stoßen, lehnte er sich vor und trank seinen Kaffee aus. Er räusperte sich und zündete sich eine Zigarette an. Roxanne nahm ihm die Zigarette aus der Hand und rauchte zwei Züge, dann gab sie ihm die Zigarette wieder zurück.

„Ich sehe, Sie wollen lieber alleine sein“, sagte Massimo. „Das ist am Anfang manchmal so. Fühlen Sie sich hier wie zu Hause. Jacqueline und ich werden uns einstweilen zurückziehen, und wir sehen uns dann morgen Abend. Vielleicht hat Roxanne Ihnen bis dahin schon beigebracht, ohne Scham zu genießen.“

Kapitel 15

47

Ernesto sah den beiden nach, wie sie durch die versteckte Tür verschwanden. Dass er und Roxanne nun wirklich unbeobachtet waren, wagte er zu bezweifeln. Die Wandverkleidung eignete sich hervorragend, um Kameras und Mikrofone zu verstecken. Dieser Gedanke war möglicherweise ein wenig paranoid, aber dennoch nicht von der Hand zu weisen.

Kaum hatte sich die Tür hinter Jacqueline und Massimo geschlossen, ließ Roxanne einen Träger ihres Kleides über die Schulter gleiten. Das Kleid sackte auf ihre Hüften und entblößte die Brüste.

„Vielleicht bist du die schönste Frau, die ich in meinem Leben gesehen habe“, sagte Ernesto und lehnte sich zurück.

„Du kannst mehr tun, als mich nur anzusehen.“ Sie beugte sich vor und küsste ihn zart auf den Mund.

„Nein“, sagte Ernesto und berührte sacht ihr Gesicht. Er atmete tief ein und dann wieder aus. „Nein“, sagte er noch einmal und schüttelte den Kopf. „Das ist nicht richtig.“

„Hast du eine Frau oder eine Freundin?“

„Das ist es nicht. Jedenfalls nicht nur.“ Er dachte kurz an Sonja und wischte das Bild beiseite.

„Kannst du nicht?“

„Das kannst du sehen, dass ich sehr wohl könnte.“ Ernesto lachte. „Aber erstens möchte ich mich dabei nicht filmen lassen, und zweitens ist es eben nicht richtig, weil ich dich nicht liebe.“

Roxanne kniff die Augen zusammen, als würde ihr das dabei helfen, Ernesto besser zu verstehen.

„So kompliziert ist das nun auch wieder nicht." Ernesto drückte seine Zigarette aus und zündete sich die nächste an.

„Das ist dein Ernst", sagte Roxanne und zog das Kleid wieder an. „Du weist mich also zurück."

„Zurückweisen, nein", sagte Ernesto. „Ich versuche nur ..."

„Wie soll ich das denn dann verstehen?"

„Komm her zu mir." Ernesto öffnete seine Arme, und Roxanne lehnte sich an ihn. Er verschränkte seine Hände vor ihren Brüsten. „Hör mir zu, Roxanne. Ich möchte dich nicht beleidigen. Ganz im Gegenteil."

„Ich merke doch, dass du mit mir schlafen willst."

„So einfach ist das nicht."

„Doch, genauso einfach ist das. Du möchtest, ich möchte, also, was hält uns davon ab? Die Kameras? Du weißt doch nicht einmal, ob hier welche sind. Du machst es komplizierter, als es ist."

„Ich bin kompliziert." Ernesto genoss den Geruch ihrer Haare und ihrer Haut. „Wenn du mir eine Freude machen willst, dann erzähl mir von dir."

„Sonst ist es immer umgekehrt. Die Männer wollen ihre Lebensgeschichte erzählen."

„Ich bin davon überzeugt, deine ist viel spannender als meine. Oder hast du heute sonst noch etwas vor?"

Roxanne löste sich von Ernesto und setzte sich im Schneidersitz neben ihn. Sie schnorrte noch eine Zigarette, und Ernesto mixte noch eine Runde Drinks. Draußen wurde es Abend, und vom Wald her kam die Dunkelheit. Der Schnee schimmerte bläulich im späten Licht, und von den Feldern her zogen Nebelschwaden.

„In dem Dorf, aus dem ich komme, da war mein Vater ein angesehener Mann. Er war aber auch ein unglücklicher Mann. Denn seine beiden Kinder waren so gar nicht, was er sich erhofft hatte. Sein Sohn ein Krüppel und sein zweites Kind ein Mädchen. Wie soll man da als Vater in den albanischen Bergen glücklich sein?“ So begann Roxannes Geschichte.

Der Vater war der Anführer des Dorfes, ein großer und grimmiger Mann, der in den Krieg zog und gerne von seinen großen Taten erzählte. Mehr als erzählen konnte er aber nicht, denn seit mehr als zehn Jahren hatte er das Haus kaum verlassen. Alle Verhandlungen und Beratungen, alle Entscheidungen, die im Dorf gefällt wurden, fanden hier in diesem Haus statt. Ein Haus wie eine Burg.

Nur über eine schmale Stiege konnte man den Einstieg erreichen, und wenn es nötig war, schaffte es ein Mann alleine, den Eingang gegen eine ganze Meute zu verteidigen. Diese Sicherheitsmaßnahme war notwendig geworden, nachdem Roxannes Vater einen Mann aus einem anderen Dorf im Zorn getötet hatte.

„So ist das Blut über uns gekommen“, sagte Roxanne.

„Du meinst, dein Vater hat eine Blutfehde ausgelöst?“

„Eine Blutfehde, ganz genau. Und obwohl der Kanun, das ist unser altes albanisches Gesetzbuch. Also, obwohl der Kanun sagt, dass Blut nicht mit Blut ausgelöscht wird, haben die Männer doch nichts anderes zu tun, als sich gegenseitig aufzulauern.“

„Der Kanun?“

Der Kanun des Lekë Dukagjini, so erklärte Roxanne, ist eine Gesetzessammlung, die in ihrem Ursprung auf vorgeschichtliche Zeit zurückgeht. Zu Zeiten des berühmten Fürsten Skanderbeg, also gegen Mitte des 15. Jahrhunderts, wurden diese Gesetze niedergeschrieben.

„Warum hat dein Vater diesen Mann umgebracht? Was ist das für eine Geschichte?“

„Er hat ja nicht nur diesen einen Mann getötet. Es waren viele.“

Auch wenn er sich das Jahr über in seinem Haus, das einer Festung glich, verschanzte, so zog Roxannes Vater dennoch regelmäßig aus und plünderte Bauernhöfe, überfiel Dörfer in den Bergen und trieb Tribut ein. Seine Herrschaft dehnte sich über mehrere Täler, und die Siedlungen, die Weiler und Höfe mussten ihm Rinder und Getreide liefern.

Aber er plünderte die Leute nicht nur aus. Er beschützte sie auch vor anderen Räubern. Er zog sogar in den Krieg gegen diese Plünderer und Wegelagerer. Von den eingeschlagenen und abgeschnittenen Köpfen, von den verschleppten Frauen und den geraubten Rindern erzählte er gerne, wenn er sich wieder in sein Haus zurückzog und dort brütete und wartete. Er verrammelte die Tür und stellte doppelte Wachen davor. Denn jederzeit konnte irgendeiner auftauchen. Ein Sohn oder Bruder eines Ermordeten. Dann galt es, seine Haut zu verteidigen, um nicht der Blutrache zu verfallen.

Besonders stolz war er auf den Sieg über den Clanführer jenseits des Flusses. Seit Jahren mussten die Leute von dort hohen Tribut liefern. Jedes Jahr eine große Summe Geld und Rinder.

„Du brauchst nur einen großen Sieg“, pflegte er zu sagen. „Dann kannst du dich auf die faule Haut legen und das Leben genießen.“

Und ja, er genoss das Leben. Nur konnte es einem leicht so vorkommen, als sei diese Freude ein bisschen zu laut und zu angestrengt. Es konnte einem scheinen, als verbargen sich hinter dieser Feierlaune ein Gram und eine Sorge.

Der Gram über seinen missgestalteten Sohn und die Sorge um seine Tochter färbten sein Haar silbern und beugten seine Schultern. Was sollte werden, wenn seine Kraft erlahmte und er nicht mehr der unanfechtbare Führer seines Clans war? Wer würde ihn verteidigen? Sein Sohn wohl nicht. Der konnte kein Gewehr halten, war zu schwach, um jemals an einem Raubzug teilzunehmen.

Seine Tochter? Nein, das wollte er nicht. Nach dem Kanun, dem alten Gesetz, hätte Roxanne sich entscheiden können, eine Burrnesha zu werden, eine eingeschworene Jungfrau. Dann hätte man sie im Dorf und überall im Land wie einen Mann behandelt, und sie hätte die Führung der Familie übernehmen können.

„Er hätte mir vertrauen sollen", sagte Roxanne und legte sich in Ernestos Schoß. „Weißt du, ich hätte diese Bande von Wilden schon in den Griff bekommen. Ich mit einer Kalaschnikow, das wäre was gewesen. Wenn du eine Burrnesha wirst, dann legst du die Kleider einer Frau für immer ab. Du ziehst dir Hosen an und trinkst Schnaps und rauchst Zigaretten. Du darfst nicht heiraten, und du schwörst, niemals bei einem Mann zu liegen." Roxanne lachte. „Ja, aber wenn du erst einmal ein Mann bist, wer wird dir dann vorschreiben, was du zu tun hast? Aber es kam ganz anders."

Roxannes Vater hatte einen Plan. Er besprach sich mit dem Clanführer von jenseits des Flusses. Ob er seine Tributzahlungen nicht endlich loswerden wolle? Ob man nicht Frieden schließen solle zwischen den Familien und diesen Frieden mit einer Hochzeit besiegeln?

„Du hast einen Sohn, und ich habe eine Tochter", sagte Roxannes Vater. „Sie sind im richtigen Alter. Also, was sagst du?"

Der andere Clanführer ging darauf ein. Statt der Zahlung des Tributs sollte es diesmal ein Fest geben, eine Hochzeit. Das wäre das Ende einer fast dreißig Jahre währenden Zeit des Krieges.

In den folgenden Wochen und Monaten wirkte Roxannes Vater gelöster und fröhlicher als je zuvor, und diese Stimmung übertrug sich auf das ganze Dorf. Da man nun wusste, dass ein Fest bevorstand, beeilten sich die Menschen, Vorräte anzulegen, den Dorfplatz herzurichten und Unterkünfte für die Gäste zu schmücken. Überall sah Roxanne diese Vorbereitungen, und sie spürte jeden Tag und jede Stunde die Blicke auf ihrem Körper. Wie sie gemessen und abgeschätzt wurde. Auch der Ton der Menschen ihr gegenüber änderte sich. Nun war sie nicht mehr das Kind. Sie war die junge Braut. Die Männer wichen ihr auf der Straße aus, und die Frauen tuschelten, wenn sie vorbeiging.

„Du bist eine Knospe", sagte ihre Mutter zu ihr. „Aber nun wirst du bald erblühen. Du wirst eine richtige Frau werden."

Roxanne lächelte, aber sie verstand nicht, was ihre Mutter ihr damit sagen wollte. Sie hatte keine Ahnung, was da auf sie zukam. Eine Heirat, das war etwas Fernes und Fremdes. Selbst jetzt noch, da sie selbst die Braut sein würde.

Ihr Bräutigam, so hieß es, sei ein paar Jahre älter als sie. Ein schöner und starker Mann.

Roxanne seufzte und nahm Ernesto die Zigarette aus der Hand. „Ein schöner Mann. Ja, das war er. Aber ..."

„Erzähl der Reihe nach“, unterbrach Ernesto sie und legte eine Hand auf ihren Arm. Er streichelte ihre Schulter und nahm ihr dann die Zigarette wieder ab.

„Also gut, ich erzähle weiter.“

Drei Tage vor der Hochzeit kam ein Bote aus dem anderen Ort. Er versicherte sich, dass alles in Ordnung war und alle Vorbereitungen getroffen. Die Verhandlungen mit dem Brautwerber waren abgeschlossen. Ochsen wurden in einen Pferch am Rand des Dorfes getrieben, und die Frauen begannen damit, Hühner zu schlachten. Aus den Kellern, aus den geheimen Vorratslagern brachten die Männer Schnaps und Zigarren. Immer wieder schoss jemand mit dem Gewehr in die Luft. Gesang brandete auf, verebbte wieder, und weder bei Tag noch bei Nacht kehrte Ruhe ein.

In der Nacht vor der Hochzeit zogen sich die Männer zurück. Die Frauen versammelten sich und schmückten Roxanne. Nun durfte sie bis zum Fest das Haus nicht mehr verlassen. Erst wenn der Bräutigam sich am Dorfplatz eingefunden hatte, durfte Roxanne hinausgehen und ihr neues Leben beginnen.

„Ich war betäubt von dem Lärm und den vielen Menschen. Die Männer tanzten. Manche in Uniform, manche nur in Hosen mit nackten Oberkörpern“, sagte Roxanne, und Ernesto meinte zu hören, wie ihre Stimme zitterte.

Ein Wirbel aus Musik und Farben überflutete sie. Schnaps wurde herumgereicht, und immer wieder schoss jemand in die Luft. Heiß und laut fiel diese Nacht über sie her und zerrte sie aus ihrem alten Leben.

Auch Roxanne trank. Als ihr die Flasche gereicht wurde, flüsterte ihr die Mutter ins Ohr. „Du musst trinken, mein Kind. Trink die Flasche aus." Immer noch klang der Triumph in der Stimme ihrer Mutter.

48

„Als ich erwachte, krümmte ich mich vor Schmerz."

Es fühlte sich an, als hätte ihr jemand einen Pfahl durch den Unterleib getrieben. Überall um sie herum war Blut, und sie fühlte, wie das Blut aus ihr heraussickerte. In Panik sprang sie auf, fiel aber gleich wieder hin, weil ihre Beine sie nicht trugen. Auf Händen und Knien verharrte sie keuchend, wischte sich die Haare aus dem Gesicht und versuchte sich zu orientieren. Sie sah nur verschwommen, aber sie wusste, sie war nicht mehr in ihrem Dorf. Das hier waren die Berge, und da vorne befand sich ein Bach.

Auf diesen Bach kroch sie zu. Es dauerte lange. Eine halbe Stunde und mehr brauchte sie, bis ihre Fingerspitzen das Wasser berührten. Dann ließ sie sich fallen, und das kalte Wasser schwappte ihr ins Gesicht. Sie schnappte nach Luft und drehte sich. Jetzt kehrte das Denken wieder zu ihr zurück. Sie rappelte sich auf, setzte sich, und da fiel ihr Blick auf das Lager ihres Bräutigams. Er hatte sie bemerkt und kam jetzt mit schnellen Schritten auf sie zu. Das Letzte, das sie sah, war der abgeschnittene Kopf ihres Bruders, der ganz in der Nähe auf einer Stange aufgepflanzt war.

Wie lange sie bewusstlos gewesen war, konnte sie später nicht mehr sagen. Als sie diesmal aus dem Dunkel heraufdämmerte, konnte sie sich vor Schmerzen kaum bewegen. Ihre Augen waren mit Blut verkrustet, ihre Lippen aufgeplatzt. Arme und Beine dröhnten vor Schmerz, und als Roxanne aufzustehen versuchte, traf sie ein stechender Schmerz zwischen den Rippen. Sie blieb liegen, wo sie war, öffnete noch nicht einmal die Augen und dämmerte dahin. Erst nach Stunden, als die Nacht kam, robbte sie ein Stück weiter zu einem Strauch, und dort fiel sie abermals in Ohnmacht.

Die nächste Empfindung war eine Kühle auf ihrer Stirn. Sie versuchte, die Augen zu öffnen, und da sprach sie eine Frauenstimme an. Sie solle liegenbleiben und sich nicht bewegen, sagte da jemand in gebrochenem Englisch.

Wie Roxanne bald herausfand, lag sie nicht mehr auf einer Wiese in den albanischen Bergen, sondern an einem Strand. Sie hörte das Rauschen des Meeres, die Wellen, die in gleichmäßigen Abständen gegen den Kies schwappten, sich überschlugen und in sich zusammenfielen.

Nur undeutlich erinnerte sich Roxanne daran, wie sie vom Strand weggebracht worden war. Erst Tage später, als sie zum ersten Mal aufstehen konnte, sah sie vom Balkon des Hauses hoch über den Klippen hinaus auf das Meer und hinunter auf den Strand, an dem sie abgelegt worden war.

„Mein Bräutigam hatte mich verkauft", sagte Roxanne. „Das fand ich aber erst später heraus. Jahre später."

„Wie alt warst du damals?"

„Dreizehn."

Nach Wochen heilten die Wunden, und die Schmerzen ebbten ab. Roxanne ging jeden Tag hinaus in den Park. So nannten die Frauen die Fläche rund um das Haus. Dort standen ein paar Bäume in einer dürren Wiese, gespickt mit von Eidechsen belagerten Steinblöcken und einem ausgebrannten Autowrack. Umgeben war das Anwesen von einer mindestens drei Meter hohen Mauer, auf deren Krone man Stacheldraht und Glasscherben in den Beton eingegossen hatte.

Die Frauen sprachen italienisch. Roxanne begann, einzelne Worte und Sätze zu verstehen. Sie lernte schnell. Ihr selbst fiel es zuerst gar nicht auf, aber sie antwortete den Frauen bald in deren Sprache.

Die anderen Mädchen im Haus stammten aus Osteuropa, aus China und von den Philippinen. Mit den meisten konnte sie sich nur mit Gesten verständigen. Nur die drei Mädchen aus der Ukraine konnten Englisch. Roxanne hatte diese Sprache bei ihren Cousins aufgeschnappt. Anders als sie durften die Jungen in eine Schule in Tirana gehen, und wenn sie in den Ferien zurückkamen, brüsteten sie sich mit ihren Sprachkenntnissen. Roxanne hörte zu und lernte.

Die Mädchen aus der Ukraine erzählten von einer Modelagentur in Donezk, von einer Anzeige in der Zeitung und der Hoffnung, die in ihnen aufgekeimt war. Hinaus aus dem Elend, weg von den verfallenen Häusern, den heruntergekommenen Fabriken und den Hungerwintern. Nur weg aus diesem Land, das jeden Tag weiter im Chaos versank.

Statt über einen Laufsteg zu gehen, mussten sich die Mädchen ausziehen, und dann erschien ein nackter Mann. Sie sollten mit ihm schlafen und sich dabei filmen lassen. Dann könnten sie als Model arbeiten. „Du machst alles, um da rauszukommen“, sagte ein Mädchen. „Du lässt dich eben ficken, was soll es. Solange du nur wegkommst aus diesem Land.“

Manchmal wurde eines der Mädchen abgeholt, manchmal kam ein anderes. Keines war auch nur annähernd so schrecklich zugerichtet wie Roxanne.

„Ich dachte schon, ich würde ewig dort bleiben in diesem Haus“, sagte Roxanne. „Aber dann tauchte ein Boot auf und legte unten am Strand an.“

An diesem Tag begegnete sie zum ersten Mal Massimo de Lorenzo. Er wusste, was er wollte. Er war gekommen, um Roxanne zu sich zu holen. Die anderen Mädchen würdigte er nicht einmal eines Blickes. Nur Roxanne durfte neben ihm auf dem Balkon sitzen, und während er eine Zigarre rauchte, musste sie ihm auf Italienisch erzählen, wie sie die letzten Tage verbracht hatte.

Fürs Erste war er zufrieden. Dann musste sie sich ausziehen und nackt vor ihm auf und ab gehen. Er sah sie an, wie man ein Stück Vieh begutachtet. Sie musste die Zähne blecken und die Beine spreizen. Dann gab er ihr einen Klaps auf den Hintern und lachte.

Noch am selben Tag nahm er sie mit. Den Nachmittag über hockte sie vorne am Bug und ließ sich den Wind ins Gesicht blasen. Hinter ihr am Steuer stand ein Mann, der nur aus Muskeln zu bestehen schien, und neben ihm Massimo de Lorenzo, der seine neueste Beute nicht aus den Augen ließ.

In dieser ersten Nacht nahm de Lorenzo sie mit unter Deck, und Roxanne dachte daran, was das Mädchen aus Donezk gesagt hatte. Sie biss die Zähne zusammen, als er in sie eindrang. Es schien eine Ewigkeit zu dauern. Angst stieg in ihr hoch, und dann überschwemmte sie die Panik. Es war, als sei sie nur noch Schmerz und Keuchen. Wie er sie packte und in die Kissen drückte und von hinten nahm. Wie er ihr Gesicht hochriss und in ihren Mund ejakulierte. Ihr Herz raste, und es dauerte beinahe eine Stunde, die sie allein im Dunkeln lag, bis sie wieder denken konnte.

Vielleicht war der Tod doch besser als das hier. Vielleicht sollte sie sich hinausschleichen an Deck und über Bord springen. Ertrinken konnte nicht so schlimm sein. Nichts konnte so schlimm sein.

49

Drei Tage später erreichte das Boot sein Ziel. Am Hafen wartete eine Limousine. De Lorenzo hielt Roxanne die Wagentür auf und fragte sie, ob ihr der Ausflug gefallen hätte. Jetzt wären sie in Italien angelangt, endlich. Jetzt würde er sie nach Hause bringen, und dort könne sie sich dann erholen, und er würde dafür sorgen, dass sie die besten Lehrer bekam, die man sich nur vorstellen konnte.

„Was hatte er vor?", fragte Ernesto.

„Das ist doch offensichtlich, nicht wahr?"

„Keineswegs. Für mich klingt das absurd. Zuerst vergewaltigt er dich und dann ..."

„Aber natürlich", unterbrach ihn Roxanne. „Du bist naiv."

Ernesto schüttelte den Kopf.

„Überleg doch einmal. Wenn du ein Mädchen kaufst, dann schätzt du doch ab, welches Potential sie hat. Ist sie eine Straßenhure? Eine Nutte, die du in irgendein Bordell steckst? Oder kann man mehr Geld mit ihr verdienen? Wenn sie jung ist, kann ich sie als Jungfrau verkaufen. Das funktioniert eine Zeitlang. Ist sie schön, kann ich mir überlegen, ob ich Kunden habe, die mehr für sie zahlen. Aber dazu muss sie nicht nur schön sein, sie muss auch gute Umgangsformen haben, muss die Sprache des Landes beherrschen, und sie sollte nicht dumm wie ein Stück Brot sein."

„Aber dennoch ...“

„Es ist eine Investition. Natürlich müssen die Mädchen Geld verdienen.“

„Und du?“

„Ich bin nicht dumm.“

„Das war nicht meine Frage.“

„Was glaubst du? Ich hatte viele Lehrer, und einer davon war Massimo. Er hat mir beigebracht, dass man sich durch Sex befreien kann.“

„Indem er dich vergewaltigt?“

„Eine Lektion. Früher oder später lernst du diese Lektion. Irgendwann kommt einer und schlägt dich. Er schlägt dir ins Gesicht und auf die Brüste. Er tritt dir in den Magen. Männer machen das, und eine Hure muss darauf vorbereitet sein.“

Ernesto schnaufte.

„Aber das ist eben nur die eine Seite. Massimo hat mich zu einer Königin gemacht.“

Drei Jahre verbrachte Roxanne bei Massimo de Lorenzo, und jeden Tag kamen Lehrer und unterrichteten sie in Italienisch, Englisch, Französisch und Deutsch. Jeden Abend kam die Limousine und brachte sie zu einer Villa, einem Hotel oder im Sommer auch oft an einen Strand. Zuerst verkaufte de Lorenzo sie als Jungfrau. Dann lernte Roxanne, wie man sich in feinen Restaurants benimmt und so tut, als sei man die Tochter des Mannes im Anzug. Sie zierte sich, so wie de Lorenzo es ihr beigebracht hatte, und sie tat erstaunt, wenn die Männer sie mit ins Hotelzimmer nahmen, auch wenn sie schon längst wusste, was auf sie zukam.

Manchmal begleitete sie einen älteren Mann für eine Woche. Er fuhr mit ihr hinaus aufs Meer, oder er brachte sie in die Berge in ein Jagdhaus. Es hieß, er sei ein bekannter Politiker. Das kümmerte Roxanne nicht. Ihr war nur wichtig, dass er sie nicht schlug.

„Später fand ich heraus, dass Massimo diesen Mann in der Hand hatte. Es gab Fotos von ihm und mir, und wären diese Fotos in der Zeitung erschienen, hätte ihn das zerstört.

Es kamen andere Männer, viele Männer, und von jedem lernte ich etwas. Am meisten aber von Massimo, der mir beibrachte, welche Macht ich habe. Welche Macht darin besteht, wenn ich mit den Männern ins Bett gehe. Das hat mich befreit."

Ernesto senkte den Kopf und schloss die Augen. Die lange Erzählung war an einem Punkt angekommen, der ihn verwirrte und ratlos machte. Sollte aus dieser Grausamkeit tatsächlich eine Befreiung geboren worden sein? Er hielt das für unmöglich. Aus der Erniedrigung, der Vergewaltigung konnte doch niemals ... Dieser Gedanke war naiv. Selbstverständlich konnte Roxanne glauben, ihren Schmerz überwunden zu haben. Für sie mochte dieses Trauma wie eine Quelle der Kraft erscheinen, auch wenn Psychologen das als eine Art der Verdrängung klassifizieren würden. Man stellt sich dem Schmerz nicht, indem man die Verletzung umdeutet in eine Ermächtigung.

Aber war das nicht besserwisserisch und ein weiterer Versuch, Roxanne zum Opfer zu machen? Du weißt es nicht besser, du armes Mädchen. Sie haben dich dressiert, so gut haben sie dich abgerichtet, dass du deine Kerkermeister sogar bewunderst und schon so denkst wie sie.

Ernesto nahm Roxannes Hand und betrachtete sie genau. Die feinen Narben an den Handgelenken, die weiche Haut am Handrücken und die Linien ihrer Handfläche. Niemand kann die Geschichte eines Menschen aus seiner Hand lesen, aber wer die Hand eines anderen lange genug in seiner hält, der spürt etwas von dem Leben des anderen.

„Du bist jetzt also glücklich?“, fragte Ernesto.

„Zufrieden.“ Sie lächelte.

„Es ist spät.“ Ernesto streckte sich.

„Hier ist genug Platz für uns beide.“ Roxanne rückte etwas zur Seite, und Ernesto legte sich neben sie. Er umfing sie von hinten und spürte ihren Körper an dem seinen. Die Hände vor ihrem Bauch verschränkt, schloss er die Augen und schlief bald ein.

50

Ernesto erwachte noch vor dem ersten Morgenlicht. Ein paar Minuten blieb er liegen und genoss die Nähe Roxannes, dann stand er behutsam auf und schlich aus dem Zimmer. Die Uhr auf seinem Mobiltelefon zeigte 4 Uhr 24. Zeit, nach Hause zu fahren.

In der Empfangshalle zog sich Ernesto die Schuhe an und streifte sich die Jacke über. Er gähnte und stellte sich vor, wie kalt und unangenehm es da draußen war. Das ungeheizte Auto, die Fahrt in der Nacht. Mitten in diesen Gedanken fiel ein anderer. Wo ist das Büro?

Die Empfangshalle lag in der Zentralachse des Gebäudes. So viel wusste Ernesto. Zur linken Hand befand sich das Wohnzimmer. Der Blick durch die Glasfront des Wohnzimmers ging auf eine kleine Schonung. Vom Büro aus sah man aber einen Park. Das Büro konnte sich also nicht auf der gleichen Seite wie das Wohnzimmer befinden.

Die rechte Seite des Gebäudes war nur beinahe eine gespiegelte Kopie der linken. Dennoch fand sich

Ernesto zurecht, und dann auch das Büro. Die Tür war nicht versperrt, und Ernesto fand auch die Schubladen des Schreibtisches offen.

Als Ernesto sich setzte, knarrte der Drehsessel, und im gleichen Moment hörte Ernesto ein Schnaufen aus der Dunkelheit. Ein verhaltenes Bellen. Der Dobermann erhob sich und kam auf Ernesto zu.

„Hallo Schatzi", flüsterte Ernesto und spürte die feuchte Schnauze des Hundes an seinem Handrücken. „Kann man dich doch nicht so alleine lassen in der Nacht hier in dem Büro."

Der Hund stupste Ernesto an und ließ sich streicheln. Dann legte er sich neben dem Schreibtisch nieder und döste weiter.

Zwar drang von draußen Mondlicht in den Raum, aber es war zu finster, um etwas lesen zu können. Ernesto knipste die Schreibtischlampe an und begann, die Schubladen zu durchsuchen. In der obersten Schublade fand sich nichts Bemerkenswertes. Heftklammern und Kugelschreiber, ein Schokoriegel und ein Brieföffner. In einer anderen Schublade lag ein Ordner mit Rechnungen. Ernesto blätterte ihn schnell durch. Nichts, was er verstand oder gebrauchen konnte. Eine Mappe mit Verträgen. Ganz oben las Ernesto den Namen des Faschingskanzlers Wiegele. Er fotografierte die ersten zehn Seiten mit seinem Smartphone. Der nächste Vertrag bezog sich auf ein Gebäude in der Nähe von Landskron. De Lorenzo hatte es gepachtet, der Name des Verpächters lautete Kurt Samonig. Auch diesen Vertrag fotografierte er. So arbeitete er sich vor. Da gab es weitere Verträge mit Wiegele, aber auch mit der Agentur für Fortschritt und Entwicklung. Verträge mit der Stadt Villach und drei weitere Verträge mit Samonig in seiner Funktion als Geschäftsführer einer Baufirma.

Während er Seite um Seite fotografierte, überlegte Ernesto, wie um alles in der Welt man diese Fotos vom Smartphone auf einen Computer übertragen konnte. Er hatte so etwas noch nie gemacht. Aber wahrscheinlich funktionierte es genauso wie bei einem Fotoapparat.

Die beiden untersten Schubladen waren etwas höher als die anderen. Darin fand Ernesto Zeitungen und Buntpapier, eine Schere, ein Skalpell und Klebstoff. Als er die erste Zeitung vor sich ausbreitete, sah er es. Jemand hatte fein säuberlich Buchstaben aus der Titelseite ausgeschnitten. Man musste kein besonders guter Kombinierer sein, um das Wort zu erraten. Es fehlten nur drei Buchstaben, und aus denen konnte man nur zwei sinnvolle Worte basteln. AUS wird es wohl nicht gewesen sein, dachte Ernesto und blätterte weiter.

Alle Zeitungen zu fotografieren, hätte Stunden gedauert, deshalb beschränkte sich Ernesto darauf, vier besonders auffällige und offensichtliche Beispiele festzuhalten. Jetzt zweifelte er nicht mehr. Er hatte die Werkstatt gefunden, in der die Drohbriefe gegen den Bürgermeister zusammengebastelt worden waren.

Kapitel 16

51

„Aufmachen“, schrie Ernesto und schlug mit der Faust gegen die Tür. „Steh auf und mach mir die Tür auf.“ Er versetzte der Tür einen Tritt.

„Bist wo ang’rennt?“, kam es aus der Tiefe der Wohnung. „Es ist mitten in der Nacht.“

„Mach auf, sonst tret ich dir die Tür ein.“

„Seit wann bist du bei der Polizei?“ Walter riss die Tür auf und ließ Ernesto hinein.

„Warum Polizei?“

„Weil die einem normalerweise die Tür eintreten.“ Walter kratzte sich im Schritt und wischte sich die Haare aus dem Gesicht. „Um diese Zeit. Was willst du, du Arschloch?“

„Einen Kaffee.“

„Du kriegst gleich eine in die Goschn.“ Walter hob seine Faust und deutete einen Schlag an.

Ernesto drehte sich weg und machte Licht. „Hast du in diesem Drecksloch auch eine Kaffeemaschine?“

„Pulverkaffee, links oben.“ Walter wischte sich mit einer Hand übers Gesicht und gähnte.

„Wilde Nacht?“ Ernesto wusch zwei Tassen aus und häufte Pulverkaffee hinein. „Ich verstehe nicht, wie man in so einer versifften Bude hausen kann. Ich bin ja kein zwangsgestörter Sauberkeitsfanatiker, aber da holt man sich ja die Krätze.“

„Kannst wieder gehen, wenn’s dir nicht passt.“

Ernesto ließ das warme Wasser laufen, bis es dampfte.

„Milch?“

„Sonst noch was?“

„Wie kann man Kaffee ohne Milch trinken? Du bist ein erbärmlicher Barbar.“

„Was willst du überhaupt hier?“

„Gut, dass du fragst. Wir haben uns unterhalten, vor ein paar Tagen.“

„Was war das noch?“

„Du erinnerst dich genau.“ Ernesto probierte den Kaffee. Er schmeckte widerlich. „Du wolltest mir einen Gefallen tun.“

Walter verzog das Gesicht.

„Also, was ist?“

„Jetzt auf der Stelle?“

„Blitzkneißer. Das war am Donnerstag. Jetzt haben wir Dienstag. Also ...“

„Was willst du eigentlich genau?“

„Ich will wissen, wo dieser de Lorenzo die Mädchen versteckt. Das heißt, ich hab schon einen Verdacht. Ich will, dass du der Sache nachgehst und mir einen Kontakt in Villach machst. Einen Kontakt mit einem von den Einheimischen. Verstehst du? Ich muss sicher wissen, was da abläuft. Ich muss es selber sehen.“

„Alter, du bist da oben aber auch nicht mehr ganz sauber“, sagte Walter und zeigte auf seine Stirn. „Genau da oben bekommst du eine Kugel verpasst, wenn du dich in solche Sachen einmischst. Erinnerst du dich an den Toten vor zwei Jahren?“

„Welchen Toten?“

„Den auf dem Autobahnrastplatz zwischen Pörtschach und Velden. Aufgesetzter Kopfschuss. Bumm. Weiß man bis heute nicht, wer der Tote ist.“

„Hör mir auf mit deinen Schauergeschichten.“

„Den haben sicher der Godunow und seine Leute meier gemacht.“

„Und wenn schon?"

„Die Italiener, die sind noch ärger, die verpassen dir gleich Betonpatschen und schicken dich im Wörthersee schwimmen."

Ernesto verdrehte die Augen.

„Du musst es ja nicht glauben."

„Wovor fürchtest du dich mehr? Vor diesen Idioten oder vor dem Knast? Ich sag nur: Minderjährige."

„Vor dem Knast? Ich bitte dich. Hörst du mir nicht zu? Da geh ich lieber in den Knast, als mich mit diesem de Lorenzo anzulegen."

Ernesto goss den Kaffee in die Abwasch und stellte die Tasse wieder auf den Misthaufen, aus dem er sie gezogen hatte. Auf den Tellern schimmelten Spaghetti, und dieser Rest da am Rand der Arbeitsplatte mochte vielleicht irgendwann ein Pommes frites gewesen sein.

„Mach dir nicht ins Hemd", sagte Ernesto. „Ich hab den Steinkellner in der Kurzwahl, und wenn du dich bis heute um drei Uhr nicht bei mir meldest, dann fällt mir noch viel mehr ein als die Geschichte mit den Minderjährigen."

„Schleich dich, du Wichser."

„Bin schon unterwegs", sagte Ernesto.

52

Der Schlaf kam schnell. Ernesto hatte sich kaum die Decke über die Schultern gezogen, als er schon hinabglitt in die Dunkelheit. So schwebte er durch die letzten Stunden der Nacht, und erst, als das Morgenlicht schon auf den Bäumen spielte, tauchte Ernestos Geist aus dem Vergessen des Schlafes in einen Traum.

Roxanne lag nackt unter einem blühenden Strauch. Der Wind bewegte die großen, rosafarbenen Blüten, und so flirrte ein Netz aus Schatten und Licht über Roxannes Haut. Ernesto stand über ihr und betrachtete sie. Es schien ihm, als würden ihre Haare sich bewegen, sich aufrichten und ihn anzischen. Die Haare waren von Schlangen durchsetzt. Kleine, schmale Schlangen, die sich wanden und züngelten.

An viel mehr konnte sich Ernesto nicht erinnern, nachdem ihn das Klingeln des Mobiltelefons aufgeschreckt hatte. Vielleicht hatte er sich neben Roxanne gelegt, vielleicht hatte er mit den Schlangen gespielt. Er wusste es nicht mehr.

„Valenti? Hier Steinkellner. Ich habe Ihre Fotos bekommen."

„Mhmm", machte Ernesto und setzte sich im Bett auf.

„Schlafen Sie noch?"

„Jetzt nicht mehr."

„Es ist bald neun Uhr. Ich habe die Enthaftung von Frau Guggenbichler beantragt."

„Und gleichzeitig wird de Lorenzo die Haft antreten?"

„Das glaube ich nicht", sagte Steinkellner. „Der Staatsanwalt lehnt sogar einen Durchsuchungsbefehl ab. Die Indizien sind nicht rechtmäßig beschafft worden."

„Seit wann verhandeln wir hier nach amerikanischem Recht, zum Teufel noch einmal?"

„Das müssen Sie Auffenstein selber fragen."

„Geben Sie mir seine Nummer." Ernesto notierte die Zahlen, und gleichzeitig fiel ihm ein, dass das eine Falle sein konnte. „Sie wollen mich in die Sache hineinziehen, nicht wahr?"

„Wie kommen Sie darauf?"

„Wenn ich Auffenstein anrufe und ihn wegen der Fotos frage, dann weiß er, dass ich die Quelle bin."

Steinkellner schwieg.

„Es ist gut", sagte Ernesto. „Jetzt wissen wir wenigstens, woher die Drohbriefe stammen."

Er hatte das Gespräch kaum beendet, als das Mobiltelefon schon wieder schepperte und piepste. Diesmal war Auer dran.

„Lass mich raten", sagte Ernesto statt einer Begrüßung. „Der LH steht Kopf und droht mit Klage."

„Hat dich schon wer angerufen?"

„Was, bitte, hast du erwartet? Das Land subventioniert Bordelle. Klarerweise flippen die aus, wenn wir das schreiben. Aber was wollen sie dagegen machen?"

„Tschabuschnig", sagte Auer. „Er schreit so ins Telefon, man glaubt, er kriegt jeden Moment einen Herzinfarkt."

„Ich kümmere mich darum. Ah ja, übrigens, halt mir eine halbe Seite frei, irgendwo vorne. Die Frau Bürgermeister kommt heute frei."

Ernesto stemmte sich aus dem Bett und tastete sich in die Küche vor. Der Schlaf saß ihm auf den Augenlidern, und er brauchte dringend einen Kaffee. In seinem Kopf rauschte die Leere. Er griff wie mechanisch nach einer Tasse und stellte sie unter den Automaten, gab Zucker dazu und drückte den Knopf.

Während der Kaffee in die Tasse lief, trank Ernesto ein Glas Wasser und steckte sich eine Zigarette an. Sein Mund fühlte sich an, als sei er mit bitterer Watte ausgekleidet. Als er den ersten Schluck Kaffee trank, klingelte schon wieder das Mobiltelefon.

„Da kriegst du ja die Motten", murmelte er und hob ab.

„Diesmal sind Sie zu weit gegangen", brüllte Tschabuschnig. „Wir verklagen Sie. Das ist Ihnen doch klar, oder? Wir klagen Sie so lange, bis Sie fertig sind, bis Sie kein Bein mehr auf den Boden bekommen. Sie persönlich und die Zeitung. Wir werden Sie vernichten."

„Ich weiß ja, dass Sie der Presseschreier des LH sind. Aber dass Sie jetzt ..."

„Das ist üble Nachrede und Kreditschädigung", fiel ihm Tschabuschnig ins Wort. „Das ist Verleumdung und ... Der Landeshauptmann persönlich wird die Klage unterschreiben. Außerdem werden Sie auch von der Agentur geklagt. Das lassen wir uns nicht bieten. Da ist es mit einer Richtigstellung nicht getan. Da können Sie sicher sein."

„Mhmm", machte Ernesto.

„Diesmal ziehen wir sie aus dem Verkehr. Ein für alle Mal ..."

Ernesto legte das Mobiltelefon weg, setzte sich an den Tisch und trank seinen Kaffee. Zwischendurch sah er manchmal das Display an. Tschabuschnig schimpfte weiter, minutenlang. Dann wurde es kurz still.

„Valenti? Hören Sie mir überhaupt zu?"

Ernesto nahm das Telefon.

„Valenti? Sind Sie noch dran?"

„Hören Sie, Tschabuschnig, ich habe jetzt echt keinen Nerv für Ihren Schwachsinn", sagte Ernesto und legte auf.

Ein Prinz wie aus dem Märchen

Massimo de Lorenzo gibt nun sein Zepter ab. Er war der erste Villacher Faschingsprinz mit italienischen Wurzeln.

Von Ernesto Valenti

Die Geschichte des Unternehmers Massimo de Lorenzo klingt wie ein Märchen. „Ich wurde in ganz einfachen Verhältnissen in Florenz geboren“, erzählt er bei einem Interview mit der Kärntner Tagespost. „Ich bin das ledige Kind einer Kaufmannstochter aus Villach.“

Damals wies nichts darauf hin, dass Massimo jemals zum Spitzenmanager der weltgrößten Personalmanagementfirma aufsteigen würde. Ganz im Gegenteil. „Schon wenige Tage nach meiner Geburt starb meine Mutter bei einem bis heute nicht restlos geklärten Stromunfall. Ob es ein Blitz war oder ein Starkstromschlag, ich weiß es nicht.“

Diese Katastrophe am Beginn seines Lebens brachte Massimo auf seltsame Weise Glück im Unglück. „Alle Zeitungen berichteten von diesem seltsamen Unfall, und daraufhin meldete sich mein Vater und nahm mich zu sich.“

Jugend und Aufstieg. „Ich kam in eine völlig andere Welt. Mein Vater gehörte damals zu den wichtigsten Industriellen des Landes, und ich konnte die besten Schulen und Universitäten besuchen. Nach meinem Studium in den Vereinigten Staaten arbeitete ich zwei Jahre in Italien. Jetzt habe ich die Verantwortung für die Belange unserer Personalfirma in

Österreich übernommen", erzählt de Lorenzo von seinem Werdegang. Sein Vater, Herr über ein Firmenkonsortium, das sich sowohl mit Produktion als auch Dienstleistung beschäftigt, will, dass sein Sohn die Arbeit von Grund auf lernt.

„In den Semesterferien musste ich zuerst Ziegel und Kisten schleppen. Später durfte ich in der Auslieferung arbeiten. Da bekommt man ein Gespür für die Bedürfnisse der Arbeiter. Das ist wichtig."

Zukunftspläne. Der Firmensitz in Villach soll in den nächsten Jahren zur wichtigsten Drehscheibe im Personalmanagement werden. Geografisch ideal zwischen Ost und West gelegen, soll von hier aus die Vermittlung von Dienstleistungen innerhalb der gesamten EU gesteuert werden. „Wir verstehen uns als Anlaufstelle für die Wirtschaft. In einer Zeit, in der alle flexibel und schnell reagieren müssen, sind wir genau der richtige Partner", sagt de Lorenzo, der mit seiner Firma zur wirtschaftlichen Stabilität der Region und ganz Kärntens beitragen möchte.

Ernesto schickte den Artikel per Mail an die Redaktion. Eine nette, sehr positive Geschichte für die Wirtschaftsseite. Sollten diese Idioten daran ersticken. Vor allem Tschabuschnig und der Landeshauptmann, aber auch Wiegele hatten jetzt etwas, worüber sie nachdenken konnten. Zuerst der Artikel über die Bordelle und jetzt diese Lobeshymne auf den Verbrecher, der die Prostituierten für eben diese Bordelle lieferte. Sollten sie ihn für einen Volldeppen halten und sich in Sicherheit wiegen.

Tatverdächtige wieder auf freiem Fuß

Hilde Guggenbichler wurde gestern aus der U-Haft entlassen. Indizien haben sich als nicht stichhaltig erwiesen.
Von Ernesto Valenti

Kurz nach dem brutalen Mord am Villacher Bürgermeister Alois Guggenbichler wurde dessen Frau unter dringendem Tatverdacht verhaftet. Laut Major Horst Steinkellner vom Landeskriminalamt hätten sich in den ersten Stunden und Tagen die Hinweise gegen Guggenbichler verdichtet.

„Wir gingen zu diesem Zeitpunkt davon aus, dass Frau Guggenbichler die Drohbriefe gegen ihren Mann verfasst hat. Diese Annahme hat sich nun als falsch herausgestellt“, kommentiert Steinkellner den Lauf der Ermittlungen.

„Die Ermittlungen gehen weiter. Wir haben einige interessante Spuren und sind zuversichtlich, in den nächsten Tagen ein Ergebnis präsentieren zu können“, steckt Major Steinkellner diesen Rückschlag scheint’s unbeeindruckt weg.

An dieser Stelle angekommen, griff Ernesto zum Mobiltelefon und wählte die Nummer des Staatsanwaltes Auffenstein. Eigentlich sollte er ihn schon aus taktischen Gründen nicht anrufen, aber jetzt interessierte es ihn schon, warum de Lorenzo so unantastbar war.

„Ich frage mich, warum Sie keinen Haftbefehl gegen Massimo de Lorenzo ausstellen?“, fragte Ernesto.

Er bekam keine Antwort.

„Sie fragen sich, woher ich über de Lorenzo Bescheid weiß. Ich sage nur, ich habe meine Quellen, und meine Quelle hat mir dieselben Unterlagen zugespielt wie der Kriminalpolizei. Jetzt bin ich natürlich kein Polizist und auch kein Staatsanwalt. Aber wenn die Beweise ausreichen, um die Guggenbichler freizulassen, müssen sie doch auch reichen, um de Lorenzo zu verhaften. Oder zumindest sein Anwesen zu durchsuchen."

„So einfach ist das nicht."

„Versuchen Sie es."

„Ich kann nicht jemanden verhaften, weil es einen anonymen Tipp gibt."

„Ah, können Sie das nicht?"

„Nein, das reicht einfach nicht aus. Außerdem wissen wir doch nicht sicher, dass die Fotos wirklich in de Lorenzos Haus aufgenommen wurden. Das behauptet doch nur der Informant, und ich kenne diesen Informanten nicht. Das ist viel zu heikel."

„Angenommen, der Informant gibt sich zu erkennen und sagt, er habe die Fotos in de Lorenzos Büro geschossen."

„Dann sind das immer noch illegal erworbene Beweise."

„Nach amerikanischem Recht vielleicht."

„Und wenn wir dort nichts finden?"

„Das war Ihnen aber bei der Frau Bürgermeister auch ziemlich egal."

„Das kann man nicht vergleichen."

Ernesto beendete das Gespräch. Was er erfahren konnte, hatte er erfahren, und welche rechtlichen Gründe man vorbringen konnte, um de Lorenzo nicht zu verhaften, interessierte ihn nur am Rande. Das Interessante war, dass der Staatsanwalt überhaupt solche Gründe suchte. Offenbar wollte er de Lorenzo schützen, und genau das war der springende Punkt.

Entweder hatte Auffenstein Angst vor de Lorenzo und den Leuten, die hinter ihm standen, oder er steckte mit diesem Gesindel unter einer Decke.

Ernesto rief David Simon an. Aber der Chef der Wirtschaftsredaktion hatte den Namen Auffenstein noch nie gehört. Als nächstes versuchte es Ernesto bei Markus. Der meinte, sich dunkel daran zu erinnern, den Staatsanwalt Auffenstein schon einmal irgendwo gesehen zu haben. Beim Villacher Fasching oder beim Kirchtag. Genaueres wisse er aber nicht.

Die Homepage der Staatsanwaltschaft brachte Ernesto auch nicht weiter. Dort stand nur, was er schon wusste, nämlich der Name und die Telefonnummer. Er tippte den Namen in die Suchmaschine, und das lieferte endlich ein paar interessante Ergebnisse.

Da fand Ernesto einen Artikel aus der Kärntner Tagespost. Auffenstein war gebürtiger Villacher und hatte nach einiger Zeit als Universitätsdozent in Wien einen Posten als Staatsanwalt in Klagenfurt übernommen. Weiter unten gab es Links auf Artikel zu Fragen des Strafrechts, die Auffenstein verfasst hatte oder in denen sein Name genannt wurde, und auf Seite fünf tauchten Sportergebnisse auf. Der gute Herr Staatsanwalt verbrachte seine Freizeit wohl hauptsächlich im Golfclub Ossiach-Tauernwald, denn wer so ein Handicap vorzuweisen hat, ist entweder ein Naturtalent oder ein Besessener.

„Sagt dir der Golfclub Ossiach-Tauernwald etwas?“, fragte Ernesto, als er Markus noch einmal anrief.

„Natürlich sagt mir der etwas. Das ist der Golfclub am Ossiacher See.“

„Ich meine, was dir dazu einfällt.“

„Na, nichts eigentlich.“

„Okay." Ernesto legte auf.

Auch die Chefin der Politikredaktion konnte Ernesto nichts Erhellendes zu diesem Staatsanwalt mitteilen. Franziska Edlinger hatte den Namen zwar schon ein paarmal gehört, aber immer nur im Zusammenhang mit mehr oder weniger uninteressanten Strafprozessen.

54

Die ganze Zeit über dachte Ernesto an Roxanne und ihre Geschichte. Immer wieder tauchte das Bild aus seinem Traum auf. Roxanne, die nackt und mit Schlangenhaar unter einem Busch liegt. Das sollte eine Assoziation in ihm auslösen, aber da kam nichts.

Die Ellbogen auf dem Tisch aufgestützt, das Kinn in den Handflächen, so sah Ernesto am Bildschirm vorbei hinaus auf die Koralpe. Der Nebel hielt sich heute und bildete eine Decke über dem Tal. Frost lag auf den Gräsern und klumpte an den Zweigen des Apfelbaums. Doch das nahm Ernesto alles nicht wahr. Seine Aufmerksamkeit war ganz auf die inneren Bilder gerichtet, die er geduldig und genau betrachtete. Welche Erzählung breitete sich da vor ihm aus? Auf welches Muster deutete diese Erzählung?

Roxannes Geschichte bildete da einen wichtigen Teil. Ihre Verschleppung, die Vergewaltigung durch ihren Bräutigam, und wie er sie verschacherte. Dann de Lorenzos Auftritt. Ein bisschen erinnerte das an den Helden, der die Prinzessin aus ihrem Gefängnis befreit, aber das passte dann doch nicht. Nein, de Lorenzo war nicht der klassische Held, ihm haftete etwas anderes an. Verruchtheit, so konnte man das vielleicht sagen. Ein dunkler Held, eine Art Dandy, der ein Ziel verfolgte, das nicht so ganz zur hehren Moral passen wollte, die man Helden gemeinhin unterstellt.

Selbstverständlich verfolgte de Lorenzo Ziele. Er ließ kaum einen Zweifel darüber aufkommen, worin sein vorrangiges Interesse bestand. Profit und Spaß und von beidem möglichst viel. Das war nicht die Frage. Hinter diesen offensichtlichen Zielen verbarg sich aber ein Begehren, das tiefer reichte als das Bewusstsein.

Für jeden, der de Lorenzo einigermaßen aufmerksam beobachtete, war zu sehen, welche Anziehungskraft er auf die Menschen ausübte. Die Blicke, die ihm Frauen wie Männer zuwarfen, wenn er als Faschingsprinz die Bühne betrat. Wie sie ihm mit offenen Mündern lauschten, wenn er einen Witz erzählte.

Als Geschäftsmann strahlte er Ruhe aus, und wenn man ihm so gegenübersaß, konnte man kaum glauben, dass er in so etwas Verwerfliches wie Menschenhandel und illegale Prostitution verwickelt sein sollte.

Gegen Mittag legte sich Ernesto wieder hin. Der Abend würde lange und anstrengend werden. Er zog sich die Decke über den Kopf und schloss die Augen. Seine Gedanken wanderten zu Roxanne zurück. De Lorenzo war nicht so schwer zu durchschauen. Auch wenn seine Persönlichkeit vielschichtiger sein mochte, als es auf den ersten Blick schien, hegte Ernesto keinen Zweifel, die wesentlichen Züge seines Charakters zu kennen. Doch bei Roxanne gab es einen Punkt, der Ernesto beunruhigte.

Wie kann eine Frau aus diesem Irrsinn eine Befreiung schöpfen? Wie konnte sie das glauben? Von einem Patriarchen wie de Lorenzo abgerichtet und verkauft. Im besten Fall ein Aufputz für einen alten

Sack, der nach dem Abendessen über sie herfällt. Wie konnte das eine Befreiung sein? War das der Gipfel des Widerstreits, jener Punkt, an dem das Opfer einsieht, dass ihm kein Leid geschehen ist, dass es sich irrt, wenn es seine Peiniger anklagt?

Die Müdigkeit war so groß, dass sie bald die Gedanken an Roxanne auslöschte und Ernesto tief in den Schlaf stieß.

Diesmal führte ihn der Traum in einen Wald. Dicht standen die Bäume und Sträucher. Das Sonnenlicht flirrte über dem trockenen Boden. Aus dem Augenwinkel nahm Ernesto eine Bewegung wahr, drehte sich und sah braunes Fell durch das Unterholz blitzen. Ein Hund, nein, etwas Größeres. Ernesto folgte dem Tier. Der Wald wurde dichter, auf den Ästen der Olivenbäume saßen Smaragdeidechsen. Sie züngelten Ernesto entgegen, während er versuchte, einen Weg durch das Gewirr aus Ästen und Zweigen zu finden.

Der Wald öffnete sich zu einer Lichtung. Ein efeubekränzter Löwe kam auf Ernesto zu. Gemessenen Schritts näherte er sich, das Maul leicht geöffnet, und mit jedem Schritt veränderte sich sein Gesicht. Das Löwenhaupt streckte sich, und Hörner wuchsen ihm aus der Stirn. Für einen Moment sah sich Ernesto einem Löwen mit Stierschädel gegenüber, und dann, einen Augenblick später, dämmerten aus dem Stiergesicht die Augen eines Ziegenbocks. Ein Meckern stieg auf, ein Bocksgebrüll, das Ernesto mit Panik erfüllte.

Noch bevor er einen Gedanken fassen konnte, wirbelte Ernesto herum und lief davon. Der Ziegenbock verfolgte ihn und stieß immer wieder ein meckerndes Lachen aus. Die Zweige verschränkten sich zu einem fast undurchdringlichen Netz, verhakten sich in Ernestos Kleidern und schlangen sich um seine Arme. Die Eidechsen schnellten ihre riesengroßen, langen Zungen in sein Gesicht, und der Ziegenbock kam näher und schnappte nach Ernesto.

„Das kannst du doch gar nicht wissen“, sagte eine Frauenstimme. Ernesto hatte eine der Eidechsen in Verdacht, aber er hatte keine Zeit, sich umzusehen. Der Ziegenbock war ihm auf den Fersen, riss sein Maul auf und wollte seine Zähne in Ernestos Arm schlagen.

Der Wald war verschwunden, und Ernesto hockte mit untergeschlagenen Beinen an einem Strand. Nicht weit von ihm lag Roxanne und schlief. Der Efeu in ihrem Haar bewegte sich verdächtig. Da waren Schlangen, die sich in ihren Haaren versteckten.

Auf dem Meer, etwas außerhalb der Bucht, schaukelte eine Jacht.

Roxanne erwachte und lächelte Ernesto an. Sie küssten einander. Ihre Zunge war wie eine Schlange, die sich in seinem Mund bewegte. Ihre Arme waren wie zwei Schlangen, die sich um seinen Oberkörper wanden, ihre Beine verschmolzen und ringelten sich um seinen Unterleib.

Der Schrei erstarb Ernesto in der Kehle, denn immer weiter und tiefer kroch die Schlange in ihn hinein, schlüpfte durch seine Speiseröhre und zwängte sich tief hinein in seinen Körper. Sie bohrte sich durch den Brustkorb bis zur Wirbelsäule und glitt weiter zum Kreuzbein, um sich dort niederzulassen. Eingeringelt lag sie dort, sanft pulsierend, die Augen nur halb geschlossen, wie auf der Lauer.

Kapitel 17

55

„Ich kann mir gut vorstellen, dass de Lorenzo der Täter ist“, sagte Ernesto und reichte Sonja das Heu für die Schafe. Er hatte bis drei Uhr nachmittags geschlafen und war dann von Auer geweckt worden. Noch eine Drohung des Landeshauptmanns. Jetzt stand er im Stall und fütterte gemeinsam mit Sonja die Tiere.

„Er hatte mehr als einen Grund. Guggenbichler wollte ihn ruinieren, wollte ihn aus der Stadt vertreiben. Die Anzeige bei der Gebietskrankenkasse, das ist keine Kleinigkeit. Die Gelegenheit hatte er auch. Er hätte so gut wie jeder andere das Gift in den Heringssalat schütten können, und das Gift zu besorgen, dürfte für so einen Gauner wie de Lorenzo auch kein Problem sein.“

„Dann schick die Kavallerie“, sagte Sonja. „Sag Steinkellner Bescheid, und die Sache hat sich. Wenn du beweisen kannst, dass de Lorenzo die Drohbriefe geschrieben hat ...“

„Aber der Staatsanwalt.“

„Dann musst du dir etwas anderes einfallen lassen. Wenn du die Drohbriefe gefunden hast, vielleicht findest du ja auch das Gift.“

„Ha“, machte Ernesto und gab einem Lamm eine Karotte. „Es hat sich gut gemacht, das Lamm.“

„Ich glaub nicht, dass es den Frühling überlebt. Es nimmt kaum etwas zu.“

„Hast du eine Ahnung, was das ist?“

„Der Tierarzt sagt, er hat auch keine Ahnung. Das ist manchmal so."

Ernesto streichelte das Lamm, nahm das Köpfchen zwischen seine Hände.

„Du fährst heute zu der Party nach Villach?"

„Bleibt mir wohl nichts anderes übrig."

„Du kannst einem leidtun."

„Das will ich meinen", sagte Ernesto und verteilte das Stroh auf dem Boden. „Ich habe keine Lust auf diesen Schwachsinn."

„Du Armer."

„Möchtest du mitkommen?"

„Gott bewahre." Sonja hob die Hände und lachte. „Ich bin für so etwas nicht gemacht."

„Aber ich schon, oder was?"

„Schaut fast so aus. Du verstehst dich mit Roxanne ja bestens."

„Was willst du damit sagen?"

„Du hast doch mit ihr geschlafen."

„Wenn du das wirklich glauben würdest, würden wir nicht hier stehen und die Schafe füttern."

„Ich bin ja Kummer gewohnt."

Ernesto sah sie fragend an.

„Was glaubst du, wie lustig das ist, wenn du mir erzählst, du hast eine Nacht mit ihr verbracht? Was soll ich mir da denken?"

„Ich habe dir das erzählt, weil ich die Frau nicht verstehe."

„Du hast also nicht mit ihr geschlafen, obwohl sie sich dir angeboten hat?"

„Warum sollte ich so etwas tun?"

„Hast du, oder hast du nicht? Ich will es nur wissen."

„Wenn du nicht willst, dass ich nach Villach fahre, dann fahre ich nicht."

Sonja ließ den Futtereimer fallen und ging aus dem Stall. Einen Moment war Ernesto verwirrt, dann folgte er ihr, holte sie in der Küche ein.

„Ich habe natürlich nicht mit ihr geschlafen", sagte er.

„Ich weiß." Sonja sah ihn an. „Du könntest einfach auf meine Frage antworten."

„Du weißt, dass ich so etwas nie machen würde. Ich lasse mich ja auch nicht von Wiegele bestechen oder von de Lorenzo einwickeln und in seine miesen Geschäfte hineinziehen."

„Ich weiß", sagte sie. „Aber allein, wenn ich mir das vorstelle." Sie schüttelte den Kopf. „Überhaupt, was dir passieren könnte."

„Was stellst du dir jetzt vor? Wie ich mit einer anderen Frau schlafe, oder wie mir einer eine Waffe an den Kopf hält?"

„Das ist nicht lustig." Sonja versuchte zu lächeln.

„Nein, eigentlich nicht. Aber es wird weder das eine noch das andere passieren. Ich fahre da hin und überführe den Mörder. Ende der Geschichte."

„Du findest sie aber attraktiv."

„Sie ist sehr schön, und ich verstehe sie nicht."

„Was verstehst du nicht?"

„Dass Roxanne glaubt, sie hätte sich durch Sex befreit. Das ist ein ziemlich erstaunlicher Unsinn." Ernesto küsste Sonja. „Mach dir bitte keine Sorgen."

„Ich mach mir aber Sorgen."

„Ja, ich weiß", sagte Ernesto.

56

Als er im Wagen saß und den Motor anließ, zögerte Ernesto. Am liebsten hätte er den Schlüssel abgezogen und wäre wieder zurück ins Haus gegangen. Sonja hatte ihn angeschaut, als würde er sie für immer verlassen. Er setzte rückwärts aus der Einfahrt und schaute dann noch einmal zum Küchenfenster. Dort stand Sonja und sah ihm zu. Er winkte, aber sie winkte nicht zurück.

Er hätte anhalten und aussteigen sollen, aber das tat er nicht. Er fuhr davon und drehte den CD-Player so laut auf, dass die Boxen krachten. Kurt Ostbahn röhrte ein Liebeslied und säuselte dann davon, wie er allein an der Bar sitzt und wartet, dass niemand vorbeikommt. Reserviert für zwei, aber ein Platz bleibt immer leer. So sah sich Ernesto schon in der Weinstube Raab neben der Jukebox hocken und darüber nachdenken, was für eine schlechte Idee das gewesen war mit dem Gildehaus und dem Fasching.

Durch die wachsende Düsternis fuhr Ernesto Richtung Villach. Der Himmel dunkelte und verschloss sich mit Wolken. Nur über der Gerlitzen zeigte sich ein Stern, der verhalten leuchtete.

Immer noch spürte Ernesto den Drang, bei der nächsten Gelegenheit zu wenden und zurückzufahren, aber er hatte diese Sache angefangen, und jetzt wollte er nicht mehr aufhören. Er war nur mehr einen Schritt davon entfernt, die Zusammenhänge zu verstehen.

Diesmal verfuhr er sich nicht. Das Gildehaus lag am Ufer des Magdalensees am Rande von Villach. Die Abzweigung zu de Lorenzos Villa im Wald war nicht allzu weit. Zu Fuß hätte man den Weg in einer Viertelstunde schaffen müssen.

Die Straßenlaternen standen spärlich entlang der Promenade, und ihr oranges Licht kam kaum gegen die beginnende Nacht an. Halb auf dem Gehsteig, halb auf der Straße parkten schon einige Autos. Ernesto fuhr am Gildehaus vorbei und stellte seinen Wagen in die Einfahrt zu einem Waldweg.

Es war gegen sechs Uhr abends. Die Tür zum Gildehaus stand weit offen, und die Treppe war links und rechts mit Fackeln beleuchtet. Oben am Eingang wartete ein als Butler verkleideter Wachmann. Zuerst beobachtete Ernesto die Szene von einer Bank an der Promenade aus. Es dauerte ein paar Minuten, bis ein Wagen vorfuhr. Ein Mann im Anzug stieg aus, ging um den Wagen herum und öffnete die Beifahrertür. Eine Frau stieg aus. Sie trug ein silberfarbenes Kleid, das vorne bis zum Bauchnabel ausgeschnitten war. Der Mann hielt ihr einen Pelzmantel hin.

Wie es aussah, war Ernesto hoffnungslos underdressed, denn auch der nächste Mann, der die Stufen zum Eingang hinaufging, trug einen Anzug mit Krawatte. Besonders beeindruckt war Ernesto nicht. Zum einen hegte er die Vermutung, dass sich die Herren ihrer Ober- und Unterbekleidung im Laufe des Abends entledigen würden, und zum anderen misstraute er Schlipsträgern aus Prinzip. Er rückte seine Lederjacke zurecht, sah nach, ob seine Jeans nicht allzu schmutzig waren und ging zum Eingang.

Der Wachmann musterte ihn und verschränkte die Arme vor der Brust, ließ ihn aber vorbei. Ernesto verkniff sich eine Bemerkung. Mit seinem schwarzen T-Shirt und den voluminösen Oberarmen wirkte der Wachmann wie der Türsteher einer Dorfdisco, und das ließ doch auf den Charakter der Veranstaltung schließen, Schlipsträger hin oder her.

Ulrich Wiegele kam Ernesto durch den Mittelgang des Saales entgegen, breitete die Arme aus, als er ihn sah. Wenn er noch ein bisschen breiter grinst, kann er sich die Ohren mit der Zunge ausputzen, dachte Ernesto und setzte ebenfalls ein falsches Lächeln auf.

„Das ist ja großartig", rief Wiegele. „Ich freue mich so, dass Sie unserer Einladung gefolgt sind. Sie werden sehen, hier geht es viel gemütlicher zu als im Congress-Center. Hier sind wir ja sozusagen unter uns." Er zwinkerte Ernesto zu und nahm ihn um die Schultern, führte ihn zwischen Tischen und Sesseln bis ganz nach vorne.

Dort, links vor der Leinwand, stand ein großer Tisch, um den sich schon die wichtigsten Leute des Villacher Faschings versammelt hatten, so schien es Ernesto jedenfalls. Am Kopf der Tafel residierte der Faschingsprinz, links und rechts saßen Büttenredner und Funktionäre, und am anderen Ende der Tafel ließ sich nun der Faschingskanzler nieder. Für Ernesto war ein Platz neben Roxanne frei. Er grüßte nickend in die Runde und legte seine Lederjacke über die Stuhllehne. Hier hatte er den Großteil seiner Verdächtigen an einem Ort. Auch die Geliebte des Bürgermeisters fehlte nicht. Jacqueline Moser saß zur rechten Seite des Faschingsprinzen, und de Lorenzo beugte sich gerade jetzt zu ihr hinüber und küsste sie.

„Das geht aber schnell", sagte Ernesto.

„Das wundert dich? Du hast sie doch gestern selber gesehen, wie sie Hand in Hand verschwunden sind", antwortete Roxanne.

„Aber ein geheimes Techtelmechtel ist etwas anderes als ein Kuss in der Öffentlichkeit."

„Was du für komische Wörter kennst."

„Techtelmechtel", sagte Ernesto noch einmal, und Roxanne lachte. Ernesto machte ein ernstes Gesicht. Ihm war dieses mühelose Einverständnis gar nicht recht, und als Roxanne nach seiner Hand griff, zuckte er zusammen, ließ sie aber gewähren. Anstatt Roxanne anzusehen, starrte er an ihr vorbei auf de Lorenzo. So intensiv sah er den Faschingsprinzen an, dass Roxanne seinem Blick folgte.

„Was siehst du da?“

„Vermutlich einen Mörder“, sagte Ernesto.

„Das ist ein schlechter Witz. So etwas solltest du nicht sagen.“

„Ja.“ Ernesto legte den Kopf schief, presste die Lippen aufeinander und schnaubte.

„Was machst du denn da?“

„Ich halte den Kopf schief, damit das Gehirn zusammenrinnt. Dann kann ich besser denken.“

Roxanne ließ seine Hand los. Besser, dachte Ernesto, besser, aber noch lange nicht gut. Er wollte hier weg, und die ganze Zeit über spürte er, wie Sonja ganz nahe war. So als säße sie hinten in seinem Kopf und schaute ihm zu.

De Lorenzo und die Geliebte des Bürgermeisters, das war kein Motiv, das war eine Draufgabe, eine Trophäe. Ernesto drehte sich und beobachtete Wiegele. Den Faschingskanzler hatte er schon fast von seiner Liste der Verdächtigen gestrichen, aber nur fast.

Ulrich Wiegele unterhielt sich mit dem Vizebürgermeister. In dem Trubel konnte Ernesto nicht hören, worum es ging. Aber so wie die beiden lachten, hatte Wiegele gerade einen Witz erzählt.

Der Vizebürgermeister, Kurt Samonig. Nein, Ernesto schüttelte leicht den Kopf. Selbstverständlich ein Vollpfosten und Arschkriecher, aber eben auch nicht mehr. Er steckt ja quasi permanent bis zu den Schultern in Wiegeles Hinterteil. Wenn er nicht so ein grandioser Depp wäre, hätte er schon vor Wochen den Arsch gewechselt. Jeder mit dem IQ eines mittleren

Hühnerstalls weiß mittlerweile, dass de Lorenzo hier das Sagen hat. Ganz ausschließen wollte Ernesto Samonig noch nicht, aber er rangierte ziemlich weit hinten auf seiner Liste.

Das Lachen von Jacqueline Moser übertönte das Rauschen der Gespräche, bohrte sich förmlich in Ernestos Gehör. Es klang so nah, dass Ernesto aus dem Sitz auffuhr und herumwirbelte. Jacqueline stand direkt neben ihm. Sie beugte sich gerade zu Roxanne herab.

„Das halt ich nicht aus", sagte sie und fasste Roxanne an den Schultern. „Das ist ja eine unglaubliche Geschichte. Hallo Ernesto. Wie geht's? Gut ausgeschlafen?" Sie lächelte ihn an.

„Ausgezeichnet", sagte Ernesto, und er hoffte, dass sie das Knurren in seiner Stimme hörte. Eine hervorragende Verdächtige, ging es ihm durch den Kopf.

„Wirklich fabelhaft, dass du und Roxanne so gut zueinanderpasst. Wir sehen uns dann noch." Sie strich Roxanne übers Haar und ging zurück zu de Lorenzo.

„Was glaubt sie?", fragte Ernesto.

„Na, rate einmal."

Ernesto verdrehte die Augen.

„So abwegig ist das ja nicht", sagte Roxanne.

Sollten sie das nur glauben. Ernesto und Roxanne. Der große Massimo de Lorenzo hatte die Gefahr gebannt und den gefährlichen Journalisten mit seiner Edelnutte verkuppelt. Mit dem Video von gestern Abend, so mochten manche hier meinen, hatte de Lorenzo ihn in der Hand. Wie würde sich das wohl machen, wenn das Video im Internet auftauchte? Der kritische Journalist, die moralische Instanz im Bett mit einer Prostituierten, die ihm ein Geschäftsmann aus Villach zur Verfügung gestellt hat. Wusste Roxanne von dem Plan? Natürlich wusste sie davon.

Dieser Gedankengang lenkte ihn für einen Moment von Jacqueline Moser ab. Eine vorzügliche Verdächtige, allerdings. So, wie sie sich hier benahm, konnte er eigentlich gleich Steinkellner anrufen und ihn bitten, sie zu verhaften. Sie warf sich de Lorenzo an den Hals, völlig schamlos. Gerade, dass sie sich nicht auf seinen Schoß setzte und es vor allen Leuten mit ihm trieb. Aber vielleicht kam das noch.

Kaum zu glauben, dass diese Liebe erst in den paar Tagen seit dem Tod des Bürgermeisters entflammt war.

„Wie lange geht das denn schon mit den beiden?", fragte Ernesto Roxanne.

„Sie haben sich im Herbst kennengelernt. Als Massimo zum Faschingsprinzen ernannt wurde, da sind sie sich zum ersten Mal begegnet."

„Und es war Liebe auf den ersten Blick?"

„Sieht das aus wie Liebe?"

Sie hatte recht. So, wie sich Jacqueline an de Lorenzo klammerte, wie sie ihm die Zunge in den Mund steckte und keuchte, das sah eher so aus, als wolle sie ihn in Stücke reißen und auffressen. Seine Hände wanderten über ihren Körper, und auch ihm war die Gier anzusehen.

„Wie lange geht das schon so?"

„Oh, schon eine Weile", sagte Roxanne.

57

Während der Fernsehübertragung hatte Ernesto genügend Zeit, sich am Tisch umzusehen. Die Gespräche wurden leiser, aber da und dort steckten immer noch ein paar die Köpfe zusammen. Samonig tuschelte mit Wiegele, und der Apotheker ging von Platz zu Platz und schenkte Schnaps aus.

„Aus eigener Produktion“, sagte er und grinste.

Auch an den anderen Tischen kehrte keine Ruhe ein. Kellnerinnen wuselten herum. Die Mädchen der Garde in anderer Verkleidung, wie Ernesto bald erkannte. Weiter hinten erzählte jemand einen Blondinenwitz, schallendes Gelächter. Auf der Leinwand das Orchester, und jetzt sang der ganze Saal das Faschingslied.

Von links stieß ihn Roxanne an, von rechts traf ihn der Ellbogen eines Büttenredners. Das Schunkeln begann. Ernesto stand auf, sah Roxannes lachendes Gesicht und griff nach seiner Jacke.

„Wo willst du hin?“

„Raus. Eine rauchen.“ Ernesto warf sich die Jacke über die Schulter und ging. Der Wachmann am Eingang ignorierte ihn. Erst als Ernesto ihm die offene Zigarettenpackung hinhielt, lächelte er.

„Und, lustig?“

„Ja, zum Schreien“, sagte Ernesto. „Wenn mich wer kitzelt. Für was soll die Security gut sein?“

„Wichtige Leute.“ Der Wachmann zuckte mit den Schultern.

„Eh.“ Ernesto überlegte, ob er gleich abhauen sollte. Aller Wahrscheinlichkeit nach ergab sich hier nichts mehr. Die Verdächtigen saßen an einem Tisch versammelt und amüsierten sich. Lachten sich einen Ast ab, weil sie den Bürgermeister endlich los waren.

Ernesto verzog den Mund und kniff die Augen zusammen. Da saßen sie alle an einem Tisch, und vielleicht nicht nur das. Vielleicht steckten sie auch alle unter einer Decke.

Die öffentliche Hinrichtung des Bürgermeisters passte da gut ins Bild. Seht her, so ergeht es jemandem, der sich uns in den Weg stellt. Cäsar wurde während einer Senatssitzung erdolcht, öffentlich hingerichtet von den Verschwörern um Brutus und Cassius Longinus. War das hier nach demselben Muster abgelaufen?

Wiegele, de Lorenzo, der Vizebürgermeister als Köpfe eines Komplotts zur Ermordung des Bürgermeisters?

„Das würde ich zumindest nicht von vorneherein ausschließen“, sagte Ernesto halblaut.

„Bitte was?“, fragte der Wachmann.

„Nichts.“ Ernesto schüttelte den Kopf. „Ich muss wieder rein, sonst verpasse ich noch einen Witz.“

Auf seinem Weg durch den Saal ließ sich Ernesto Zeit und sah sich die Gäste an. Er erinnerte sich an manche Gesichter. Viele dieser Leute waren auch schon bei der Faschingssitzung gewesen, andere kannte Ernesto beruflich. Ein Landtagsabgeordneter und der PR-Manager einer Bank. Die Geschäftsführerin eines Industriebauunternehmens, Ärzte und so weiter. Nichts Auffälliges. Im Halbdunkel blitzten Narrenkappen auf. Jemand zog sich gerade eine Maske vom Gesicht, eine Zigarette glühte auf, Gläser klirrten.

„Ausgeraucht?“, fragte Roxanne, als er sich wieder setzte.

„Ausgeraucht.“ Ernesto rieb sich die Hände, die immer noch klamm waren von der feuchten Kälte.

Der Schlussapplaus dröhnte aus den Lautsprechern. Der Großteil des Publikums sah auf die Leinwand und verpasste so den spannendsten Moment des Abends. Ernesto war einer der wenigen, die die Bewegung hinten im Saal bemerkten. Der Eingang verdunkelte sich für einen Augenblick, und im Gegenlicht konnte Ernesto zunächst nicht erkennen, wer den Saal betreten hatte. Als die Gestalt etwa die Hälfte des Saales hinter sich gebracht hatte und das Licht der Leinwand auf ihr Gesicht fiel, sog Ernesto scharf die Luft ein. Hilde Guggenbichler kam direkt auf den Tisch zu, an dem Ernesto saß, beugte sich über Ulrich Wiegele und küsste ihn auf die Wange.

Niemand am Tisch schien sich über den Auftritt Hilde Guggenbichlers zu wundern. De Lorenzo würdigte sie nur mit einem Nicken, und Roxanne bemerkte Guggenbichler erst, als sie Ernestos Blick folgte.

„Wundert dich das nicht auch, dass die hier auftaucht?", fragte Ernesto.

„Wieso sollte mich das wundern?"

„Ich denk mir nur, ich würde nicht gleich auf eine Faschingsparty gehen, wenn meine Frau ermordet wird, und schon gar nicht würde ich auf eine Faschingsparty gehen, bei der alle Verdächtigen versammelt sind."

„Du findest, hier ist jemand verdächtig?"

Ernesto nickte.

„Das kann ich mir nicht vorstellen."

Auf den ersten Blick war es vielleicht nicht zu sehen, aber wie Hilde Guggenbichler da neben Ulrich Wiegele saß, das war doch mehr als die Fürsorge eines alten Freundes. Wiegele strich ihr mit dem Finger über den Handrücken. Ernesto wandte für einen Moment die Augen ab. Die Geste hatte etwas Obszönes.

Der Lärmpegel im Saal stieg merklich an, nachdem die Fernsehübertragung beendet war. Die Leinwand wurde hochgezogen, das Saallicht ging wieder an, und die Gardemädchen servierten neue Sektflaschen. Die ersten Gäste brachen auf. Sesselrücken und Frauen, denen in den Mantel geholfen wurde. Aber an Ernestos Tisch machte niemand Anstalten, den Abend zu beenden. Wiegele winkte ein Gardemädchen heran und gab Anweisungen. Dann stand er auf und klopfte mit einer Gabel gegen sein Glas.

„Ich darf euch kurz um eure Aufmerksamkeit bitten“, sagte er und stand auf. „Als Faschingskanzler möchte ich mich für diese Saison bei euch allen herzlich bedanken. Mit dem heutigen Abend geht eine anstrengende, aber auch und vor allem lustige Zeit zu Ende. Trotz eines schlimmen Zwischenfalls“, er sah hinunter zu Hilde Guggenbichler, „ist der Fasching doch noch ein großer Erfolg geworden. Jetzt aber lasst uns noch einmal feiern.“ Er hob sein Glas, und die anderen folgten ihm.

Nach und nach leerte sich der Tisch. Soweit Ernesto sehen konnte, verließen die Leute den Saal aber nicht in Richtung Ausgang. Als nur noch Roxanne und er am Tisch saßen, nahm sie seine Hand und zog ihn hoch. Um ihren Mund spielte ein Lächeln.

Zwar ahnte Ernesto, wohin das führen würde, er ließ sich von Roxanne dennoch in das Gängegewirr führen. Aus einem Zimmer hörte er Gekicher, er warf nicht einmal einen Blick hinein. In der Kaffeeküche stand de Lorenzo an die Anrichte gelehnt, stützte sich mit den Händen an der Arbeitsplatte auf und sah zu, wie Jacqueline ihm die Hose auszog.

„Es fängt gerade an“, sagte Roxanne.

„Hier in der Küche?“, fragte Ernesto.

„Gleich da hinten.“ Roxanne zeigte auf einen Durchgang. Hinter dem Mauerbogen sah Ernesto ein Durcheinander aus Matratzen, Polstern und Decken. Roxanne küsste ihn auf die Wange, ließ seine Hand los und umarmte de Lorenzo. Er küsste sie, und gleichzeitig knöpfte Roxanne ihre Bluse auf und zog sie aus.

Weiter hinten, schon ausgestreckt auf den Polstern, erkannte Ernesto Hilde Guggenbichler. Neben ihr Ulrich Wiegele, der ihre Hüften streichelte und ihr ins Ohr flüsterte. Roxanne löste sich von de Lorenzo und kam wieder zu Ernesto.

„Schließ die Tür“, sagte sie. „Zuerst ist die Frau Bürgermeister dran. Genieße es.“ Sie streichelte Ernesto übers Gesicht und war dann schon bei Hilde Guggenbichler und kniete nieder. Ernesto zog die Tür zu und drehte den Schlüssel um. Er atmete durch und setzte sich dann so, dass er die Szene gut überblicken konnte. Die Lippen aufeinandergepresst, unterdrückte er ein Lächeln.

Kapitel 18

58

Als Ernesto die Augen aufschlug, sah er eine große, schwarze Schnauze vor sich. Betty bemerkte, dass Ernesto wach war, schnupperte und leckte ihm über die Wange. Als er einen Arm ausstreckte und auf die Schulter der Hündin legte, begann sie, mit dem Schwanz auf die Matratze zu klopfen. Aus der Küche hörte Ernesto Geräusche von Frühstücksvorbereitungen. Tassen wurden auf Unterteller gestellt. Messer stießen gegen Keramik, und der Brotkorb scheuerte auf der Tischdecke.

„Wenn er wach ist, schmeiß ihn aus dem Bett, Betty", rief Sonja.

Betty stupste Ernesto mit der Schnauze ins Gesicht und vergrub ihren Kopf unter seinem Hals.

„Ist ja schon gut." Ernesto lachte und nahm Bettys Kopf zwischen seine Hände, hielt die Hündin ein Stück von sich weg, um nicht schon wieder abgeschleckt zu werden.

„Du verziehst den Hund", sagte Sonja, als Ernesto in der Küche auftauchte. Betty setzte sich neben ihn und lehnte sich an seine Beine.

„Der bravste Hund der Welt."

„Der eigentlich nicht ins Bett darf. Außerdem könnte ich da eifersüchtig werden."

„Auf wen?"

„Muss ich mir noch überlegen."

Ernesto wischte sich den Schlaf aus den Augen und gähnte. Die Uhr über der Sitzbank zeigte dreiviertel neun. Irgendwann musste er sich wieder einmal ausschlafen. Wenn das so weiterging, würde er noch im Stehen einschlafen. Aber immerhin hatte er ein paar entscheidende Details herausgefunden. Die Frau Bürgermeister ...

„Hörst du mir zu? Erde an Ernesto."

„Bitte?"

„Ich sagte gerade, du solltest lieber wieder ins Bett gehen. Du schaust erbärmlich aus."

„Danke."

„Ich meine, wenn das stimmt, was du erzählt hast, dann kannst du dir jetzt eine Pause gönnen. Der Mörder oder die Mörderin läuft dir nicht weg."

Noch in der Nacht hatte Ernesto erzählt, was sich im Gildehaus zugetragen hatte. Die Befreiung der Frau des Bürgermeisters.

Schon als er Ulrich Wiegele und Hilde Guggenbichler zusammen sah, als er sah, wie sich de Lorenzo den beiden näherte, wusste er im Grunde, was nun kommen musste. Als er die Tür hinter sich zuzog und absperrte, hatte er keinen Zweifel mehr. Sonja wollte die Einzelheiten nicht hören, und Ernesto war froh darüber. Was er da zu sehen bekam, war ein Aufbrechen raubtierhafter, verzweifelter Gier. Wie Hilde Guggenbichler sich darbot und nacheinander Wiegele und de Lorenzo über sie herfielen, wie sie das über sich ergehen ließ und dabei immer erregter wurde, das erfüllte Ernesto mit Abscheu und Traurigkeit. Der Knoten in seinem Magen hatte sich immer noch nicht gelöst.

„Ich bin dann ziemlich bald verschwunden", sagte Ernesto.

„Du hast dich also nicht befreien lassen?"

„Befreien? Das ist doch absurd, und es ist zum Kotzen. Ein zuckendes Stück Fleisch. Mehr ist man nicht, wenn man sich von de Lorenzo befreien lässt."

Das Mobiltelefon unterbrach die Unterhaltung.

„Guten Morgen, Major Steinkellner", sagte Ernesto, als er ranging.

„Sie sollten in spätestens einer Stunde in Landskron sein. Die Adresse schicke ich Ihnen per SMS. Da werden wir einen Zugriff ausführen, und Sie können direkt dabei sein."

„Wie komme ich zu dieser Ehre?"

„Haben Sie sich die Verträge durchgeschaut?"

„Die Verträge von de Lorenzo?"

„Da war ein Pachtvertrag dabei", sagte Steinkellner. „Ein Bauernhaus. Das gehört einem gewissen Samonig."

„Dem Vizebürgermeister?"

„Eben dem. Hat mich interessiert."

Ernesto lächelte. Steinkellners Spürnase.

„Wie sich herausgestellt hat, verwendet de Lorenzo den Bauernhof als Zwischenlager, und wir möchten nachschauen, wie viele illegale Prostituierte er da untergebracht hat."

59

Fritz Hochegger winkte ihm, als er die Einfahrt zum Bauernhof hinauffuhr. Links und rechts standen Einsatzfahrzeuge. Busse der Polizei und der Cobra. Männer in Kampfanzügen, mit Helmen und Masken über dem Gesicht, machten sich bereit. Einer schob sich gerade die Maske über die Nase und zündete eine Zigarette an. Ein anderer schnallte seinen Gürtel fest.

Vorne, über die Motorhaube eines Polizeiwagens gebeugt, stand Major Steinkellner. Er fuhr mit einem

Stift über eine Karte und sprach mit einem Mann im Kampfanzug. Ernesto parkte direkt neben Steinkellner. Noch bevor er richtig aus dem Wagen gestiegen war, packte ihn ein Polizist am Ellenbogen.

„Ist schon in Ordnung“, sagte Steinkellner. „Der gehört zu uns. Diesmal wenigstens.“

Ernesto gesellte sich zu der kleinen Versammlung an der Motorhaube. Dort ausgebreitet lag ein Plan des Bauernhofes. Steinkellner hatte alle Eingänge rot markiert.

„Wir wissen nicht, wie viele Leute sich in dem Gebäude befinden“, sagte Steinkellner zu Ernesto gewandt. „Es ist auch nicht auszuschließen, dass es da Bewaffnete gibt. Wenn alle bereit sind, dann legen wir los.“

Ernesto winkte Hochegger. Der Fotograf schlängelte sich durch die Einsatztruppe und postierte sich am Polizeiwagen.

„Geile Bilder“, sagte er. „Da geht dir richtig einer ab, oder?“

Ernesto grinste.

„Los geht's“, sagte Steinkellner und griff zum Megafon. „Hier spricht die Polizei. Verlassen Sie mit erhobenen Händen das Gebäude.“

Nichts.

„Es passiert Ihnen nichts“, rief Steinkellner ins Megafon. „Kommen Sie mit erhobenen Händen aus dem Gebäude.“

Wieder rührte sich nichts. Steinkellner sah den Einsatzleiter der Cobra an.

„Besser wird's nicht“, sagte der.

Steinkellner nickte.

Der Einsatzleiter hob den rechten Arm und ließ die Hand kreisen, als wolle er einen Propeller imitieren. „Go“, sagte er, und die Männer der Cobra setzten sich in Bewegung.

„Jetzt können Sie die Simpsons einmal in Aktion sehen“, sagte Steinkellner.

„Die Simpsons?“

„Wegen dem Bürstenhaarschnitt.“

Die Cobra verteilte sich ums Haus. Vor jedem Eingang postierten sich zwei Mann. Auf das Kommando des Einsatzleiters donnerten Rammböcke gegen die Türen, und die Männer stürmten mit der Waffe im Anschlag ins Haus.

Dann ging das Geschrei los. Zuerst hörte Ernesto einen Mann brüllen. Er verstand nicht, was er sagte, aber es klang nicht besonders freundlich. Dann eine Frau. Sie kreischte, und eine zweite und eine dritte stimmten ein. Mit in die Luft gereckten Armen liefen vier halbnackte Frauen ins Freie. Zwei Beamte kamen von links und rechts und hielten ihnen Decken hin. Die Frauen ließen sich fallen und krallten sich am Boden fest.

„Aufstehen“, bellte einer der Polizisten, aber die Frauen rührten sich nicht.

Ernesto sah Steinkellner an.

„Seid’s nicht so unfreundlich“, rief Steinkellner. „Oder springt ihr mit euren Freundinnen auch so um?“

Die Polizisten sahen Steinkellner an, und Ernesto konnte sehen, wie sich der Ausdruck des Unverständnisses auf ihren Gesichtern in Scham wandelte. Der erste Beamte kniete sich nieder, legte einer der Frauen die Decke über die Schultern und redete leise auf sie ein. Nach einer Weile lösten sich ihre Hände vom Boden, und sie ließ sich aufhelfen.

„Geht doch“, sagte Steinkellner.

Es dauerte noch zehn Minuten, bis der Einsatzleiter der Cobra Entwarnung gab. Dann betraten Steinkellner und Ernesto gemeinsam das Gebäude. Im ersten Raum stießen sie auf ein Matratzenlager. Die Frauen hatten versucht, den Raum ein bisschen herzurichten. Ein kitschiges Jesusplakat klebte an der Wand. Etwa in der Mitte des Zimmers gab es einen freien Platz mit ein paar Kerzen, und da lagen Chips- und Zigarettenpackungen.

Die Kücheneinrichtung hatte schon bessere Zeiten gesehen. Die meisten Sessel wackelten, der große Tisch war abgegriffen, und von der Platte fehlte ein Stück. Der Herd rostete, und von einigen Kästen fehlten die Türen. Aber sonst war alles blitzsauber und aufgeräumt.

Ein weiterer Raum war als Aufnahmestudio eingerichtet. Ein Bett, ein Sofa, von Scheinwerfern ausgeleuchtet. Drei Kameras gab es da und einen Computer mit mehreren Bildschirmen. Als Hochegger gerade zu fotografieren begann, kam der Einsatzleiter der Cobra und tippte Steinkellner auf die Schulter.

„Der Keller“, sagte der Einsatzleiter und verzog das Gesicht.

„Können wir hinunter?“, fragte Steinkellner.

„Kommt drauf an.“

„Worauf?“, fragte Ernesto.

„Auf Ihre Magennerven.“

Über eine Holzstiege ging es steil nach unten. Das Gewölbe war niedrig, aber wenn man nicht gerade zwei Meter groß war, konnte man noch einigermaßen aufrecht stehen. An den schwarz gestrichenen Wänden flackerten elektrische Fackeln. Im Licht der Taschenlampen erkannte Ernesto Ketten und Handfesseln. Eine Wandnische war mit Eisenstangen vergittert, ein Käfig. An den Seilen sah Ernesto dunkle Flecken. Blut. Als er weiterging, stieg ihm der Geruch von Fäkalien in die Nase.

„Böse", sagte Steinkellner. „Das ist wirklich übel. Der Arzt muss die Frauen genau untersuchen."

Hochegger fotografierte, aber selbst er hatte seine gesunde Gesichtsfarbe verloren. „Ich möchte es mir gar nicht vorstellen", flüsterte er.

„Nur, dass man fast nicht anders kann", sagte Ernesto. „Jetzt ist de Lorenzo aber dran."

„Er bekommt eine Anzeige wegen illegaler Prostitution und Menschenhandel", sagte Steinkellner auf dem Weg nach oben.

„Ernsthaft? Ich dachte, Sie sperren ihn ein und werfen den Schlüssel weg."

„Also, ich würde ja, aber ohne Haftbefehl wird das schwierig."

Ernesto sah ihn fragend an.

„Keine Flucht- und keine Verdunkelungsgefahr, behauptet der Staatsanwalt."

„Ja eh."

„Was soll ich machen?", fragte Steinkellner.

„Ihn erschießen", antwortete Ernesto und deutete auf de Lorenzo, der gerade aus seinem SUV stieg. Im Schlepptau hatte er gleich zwei Anzugträger.

„Was glauben Sie, was Sie hier tun?", fragte einer der Anzugträger.

„Hier ist der Durchsuchungsbefehl." Steinkellner hielt ihm einen Zettel hin, und der Anzugträger las ihn aufmerksam. „Ist korrekt", sagte er zu de Lorenzo. „Da kann man nichts machen."

„Was soll das heißen?", fragte de Lorenzo.

„Dass der Bescheid korrekt ist", sagte der Anzugträger.

„Wie kommen eigentlich all die jungen Frauen in dieses Haus?“, fragte Steinkellner.

„Antworten Sie darauf nicht“, sagte der Anzugträger.

„Wir sind berechtigt, die Identität dieser Personen festzustellen. Dabei wird sich auch herausstellen, ob die Frauen Aufenthaltsgenehmigungen haben.“

„Ich ...“, setzte de Lorenzo an.

„Antworten Sie nicht“, sagte der Anzugträger.

„Es besteht der dringende Verdacht, dass diese Frauen als Prostituierte arbeiten.“

„Davon weiß mein Mandant nichts. Er vermietet lediglich Unterkünfte.“

„Vermietet? Da gibt es doch sicher Verträge.“

„Autsch“, sagte Ernesto.

Der Anwalt funkelte ihn böse an.

„Diese Verträge würde ich dann gerne sehen“, sagte Steinkellner.

„Nur mit einem Gerichtsbeschluss.“

Steinkellner lächelte.

„Was gibt es da zu grinsen?“, fragte de Lorenzo.

„Ich habe eigentlich nur eine Frage“, sagte Ernesto.

„Und wer sind Sie überhaupt?“, fragte der Anzugträger.

„In welchem Golfclub, mein lieber Massimo, bist du Mitglied?“

„Ossiach, aber was hat das jetzt damit zu tun? Und überhaupt, was machst du hier, Ernesto?“

„Jedenfalls ist das Ganze jetzt nicht mehr so mysteriös, wie ich gedacht habe“, sagte Ernesto.

„Was reden Sie da?“, fragte der Anzugträger.

„Haben Sie eine Visitenkarte?“, fragte Ernesto.

„Wofür brauchen Sie meine Visitenkarte?“

„Für den Zeitungsbericht, den ich über das hier schreiben werde.“

„Das können Sie nicht machen. Mein Mandant verklagt Sie und Ihre Zeitung."

„Auf was hinauf?", fragte Ernesto und runzelte die Stirn. „Massimo, ich verstehe, wenn du dich dazu nicht äußern willst, aber das sieht nicht gut aus."

„Valenti hat recht", sagte Steinkellner. „Sie werden angezeigt, können aber vorerst auf freiem Fuß bleiben."

„Sie haben doch überhaupt keine Beweise", sagte der Anwalt.

„Sie waren noch nie im Keller, oder?", fragte Ernesto. „Fritz." Ernesto drehte sich zu seinem Fotografen. „Bist du so weit?"

Hochegger nickte.

60

Am Nachmittag rief Ernesto Steinkellner an, um nach den neuesten Entwicklungen zu fragen. Steinkellner hatte noch nicht allzu viel, aber er bestätigte, dass einige der Frauen verletzt waren.

„Ich glaube, aber das dürfen Sie noch nicht schreiben, dass die Verletzungen mit diesem Folterkeller zusammenhängen", sagte Steinkellner.

„Haben Sie de Lorenzo schon verhaftet, oder bleibt es bei der Anzeige auf freiem Fuß?"

Steinkellner stieß ein Lachen aus, das wie ein Bellen klang.

„Also nein."

„Ich habe nichts in der Hand."

„Menschenhandel, Zuhälterei, illegale Prostitution, nur so zum Anfang."

„Schön wär's." Steinkellner lachte wieder. „Aber das alles können wir ihm nicht nachweisen. Irgendeine Nachlässigkeit, was das Mietrecht angeht oder so, vielleicht. Aber sonst ... Er hat das Gebäude an eine Frau aus der Ukraine untervermietet und sich nicht darum gekümmert, ob die Dame eine Aufenthaltsgenehmigung hat, und er hat auch nicht überprüft, wie die Unterkunft genutzt wurde. Also ob genug Platz für all die Leute war. Wobei das eigentlich gar nicht seine Aufgabe ist. Das müsste die Fremdenpolizei machen."

„Okay", sagte Ernesto gedehnt. „Das heißt, er ist aus dem Schneider?"

„Was das anbelangt, ziemlich sicher, ja. Übrigens, warum haben Sie ihn nach seinem Golfclub gefragt?"

„Ossiach-Tauernwald? Ja, raten Sie, wer dort noch Mitglied ist?"

„Woher soll ich das wissen?"

„Unser verehrter Staatsanwalt, der schon die ganze Zeit seine Hand über de Lorenzo hält."

„Valenti, seien Sie vorsichtig. Wir haben ja unsere Differenzen", sagte Steinkellner. „Aber mit Auffenstein sollten Sie sich nicht anlegen."

„Dann erzählen Sie mir lieber etwas über die Ermittlungen zum Mordfall Guggenbichler."

„Sie halten jetzt de Lorenzo für den Täter?"

„Ich würde ihn jedenfalls nicht völlig ignorieren."

„Und den Faschingskanzler, diesen Wiegele?"

„Ich habe Ihnen schon gesagt, welche Motive Wiegele hat. Aber sollte nicht ich die Fragen stellen?"

„Bitte."

„Warum halten Sie Auffenstein für gefährlich?"

„Das hat nichts mit dem Mordfall Guggenbichler zu tun."

„Glauben Sie. Oder besser, behaupten Sie. Also anders. Welche Spuren verfolgen Sie?"

„Dazu kann ich aus ermittlungstechnischen Gründen nichts sagen."

„Du lieber Gott." Ernesto stöhnte. „Ihr kryptisches Getue nervt. Zuerst sagen Sie mir, dass ich mich vor dem Staatsanwalt fürchten soll, und dann eiern Sie bei dem Mordfall herum."

„Weil die Sachen dann morgen in der Zeitung stehen. Verstehen Sie das nicht?"

„Ja, und? Dann steht es in der Zeitung. Das ist doch lächerlich. Wenn ich, sagen wir einmal, schreiben würde, dass Sie de Lorenzo verdächtigen, was, glauben Sie, passiert dann? Dann passiert nichts. De Lorenzo weiß, dass er unter Beobachtung steht. Der ist doch nicht bescheuert. Glauben Sie, der kann nicht eins und eins zusammenzählen? Der hat doch schon längst überrissen, was da läuft. Der weiß, dass die Hinweise für die Razzia von mir stammen, und bei nächster Gelegenheit wissen das auch alle anderen Beteiligten."

„Ein Grund mehr für Sie, sich da rauszuhalten. Glauben Sie mir, Valenti, der Mörder entgeht uns nicht. Ich habe da eine wichtige Spur. Gerade heute von Havlicek hereinbekommen."

„Jetzt spannen Sie mich nicht auf die Folter."

„Ich sollte Ihnen das wirklich nicht sagen."

„Ich finde es früher oder später sowieso heraus", sagte Ernesto.

„In dem Fall wohl eher später. Nämlich bei der Pressekonferenz, bei der wir den Täter präsentieren. Glauben Sie mir, das ist das Beste."

„Mhmm", machte Ernesto. „Sie wissen so gut wie ich, was ich jetzt als Nächstes mache."

„Lassen Sie es."

„Havlicek wird sein Labor irgendwann verlassen, und dann werde ich ihn fragen, was da los ist, und Havlicek wird es mir sagen.“

„Sie sind eine ...“

„... Nervensäge, ich weiß“, beendete Ernesto den Satz. „Das gehört zu meinem Job.“

Steinkellner schnaufte.

„Jetzt sagen Sie es schon.“

„Aber nur, wenn Sie mir hoch und heilig versprechen, dass Sie nichts darüber schreiben.“

„Das kann ich Ihnen so nicht versprechen. Was halten Sie davon, ich schreibe es erst, wenn der Mörder überführt ist?“

Steinkellner schwieg.

„Jetzt kommen Sie schon.“

„Ich weiß, dass ich es lassen sollte“, sagte Steinkellner. „Aber Sie hören ja ohnehin nicht auf. Also, Havlicek hat die Proben vom Heringssalat noch einmal untersucht.“

„Danke, dass Sie mir das verschwiegen haben.“

„Das geht Sie ja eigentlich auch nichts an. Havlicek ist da etwas aufgefallen. Das Gift im Heringssalat stimmt nicht mit dem Zyankali überein, das wir im Glashaus von Guggenbichler gefunden haben.“

61

Bis zum Redaktionsschluss hatte Ernesto noch ein bisschen Zeit. Der Stoffbezug des Liegestuhls auf der Dachterrasse war feucht. Ernesto stellte sich an die Brüstung und sah auf den Park hinunter, während er rauchte. Von hier aus konnte er es nicht genau erkennen, aber er hatte den Eindruck, dass das gefrorene

Kondom immer noch neben dem Denkmal für die freiwilligen Schützen lag. Make love, not war. Oder so ähnlich. Aber diese Art der Liebe, wenn man das überhaupt Liebe nennen konnte, war auch eine Form des Krieges.

In Gedanken formulierte Ernesto die ersten Sätze des Artikels über die Razzia, als David Simon auf die Dachterrasse trat und sich eine Zigarette ansteckte.

„Großer Erfolg, was?"

„Wie man's nimmt", sagte Ernesto.

„Das muss doch ganz nach deinem Geschmack sein. Ernesto Valenti, der große Held, der Ritter, der die armen Frauen aus den Fängen des bösen Drachen befreit. Ein richtiges Märchen."

„Ein bisschen viel Adjektive für meinen Geschmack."

„Und du glaubst, du wirst damit irgendetwas verändern?"

„Auf was willst du hinaus?"

„Dir ist schon klar, dass du und dein Freund von der Polizei da gerade dabei seid, die Kärntner Wirtschaft massiv zu schädigen?"

„Ich bin mir jetzt nicht sicher, ob ich richtig gehört habe." Ernestos Stimme zitterte ein wenig.

„Du hast ein paar Nutten befreit mit deinem Kumpel von der Polizei, aber was ist mit den ganzen Jobs und den Investitionen, die an dem Geschäft hängen? Hast du eine Ahnung, wie es der Villacher Bauwirtschaft gehen würde, wenn es den Wellnessclub nicht gäbe, wenn das Einkaufszentrum und die Bordelle in der Innenstadt nicht gebaut werden? Machst du dir eine Vorstellung, was das bedeutet?"

„Du meinst, wie es der Firma des Vizebürgermeisters dann geht. Der Firma, die offiziell sein Schwager oder Bruder oder weiß der Henker wer leitet? Der Firma von de Lorenzo? Und den Schmiergeldkonten von Staatsanwälten und Kommunalpolitikern und, soll ich sagen, von Wirtschaftsredakteuren?“

„Das muss ich mir von dir nicht sagen lassen. Ich betreibe objektiven Journalismus, und du mit deiner Sensationsgier ...“

„Ist schon gut.“ Die Falten um Ernestos Mund wurden weiß, ein untrügliches Zeichen, dass er knapp davor war, die Beherrschung zu verlieren. „Natürlich willst du mir auch noch erzählen, wie sehr die Frauen darunter leiden. Es ist ja wirklich eine Schande. Eine Schande, dass sie sich jetzt nicht mehr vergewaltigen lassen dürfen, um ihren Eltern und ihren Kindern ein paar Euro zu schicken. Eine Schande, wirklich.“ Ernesto pfefferte seine Zigarette über die Brüstung und ging.

„Scheiße“, schrie er, als er die Treppe hinunterstürmte. „Verdammte Scheiße.“ Er wischte sich die Tränen aus dem Gesicht.

„Weil du gerade vorbeikommst“, hörte Ernesto Čertovs Stimme.

Ernesto blieb stehen und suchte Čertov hinter dem Stapel aus Büchern und alten Zeitungen.

„Wenn du schon vorbeikommst, bitte vergiss nicht auf die Lesung heute Abend in Villach. De Sade, du weißt schon.“

Ernesto nickte und hob die Hand zum Zeichen, dass er verstanden hatte. An diese schwachsinnige Lesung hatte er nicht mehr gedacht. Marquis de Sade am Aschermittwoch. Sonst noch irgendwelche Probleme?

An seinem Schreibtisch starrte er auf die leere Vorlage für seinen Artikel. Für Momente konnte er keinen Gedanken fassen. Was hatte er noch vor Minuten gedacht, wie die Schlagzeile aussehen sollte? Wie viele

Frauen? Woher? Er zwang sich, auf den Notizblock zu schauen. Da war es wieder.

„Razzia im Rotlicht“, tippte er in die Vorlage für die Überschrift.

Razzia im Rotlicht

Gestern Vormittag befreite ein Spezialkommando der Polizei über dreißig Frauen aus einem Bauernhof bei Landskron.

Von Ernesto Valenti

Die Türen waren verriegelt, und die Spezialeinheit Cobra musste sie mit Rammböcken aufsprengen. Drinnen fanden die Beamten über dreißig Frauen, vorwiegend aus Rumänien, Moldawien und der Ukraine, zusammengepfercht auf engstem Raum. Ein Filmstudio und ein Kellerabteil, mit Utensilien für SM-Praktiken ausgestattet, wurden ebenfalls entdeckt.

Die Polizei geht davon aus, dass die Frauen zur Prostitution gezwungen wurden. „Den Frauen wurden die Pässe abgenommen. Die ersten Befragungen haben ergeben, dass die Frauen ihren Zuhältern hohe Geldsummen für die Reise nach Österreich schulden“, gibt Major Steinkellner erste Ermittlungsergebnisse bekannt.

Laut vertraulichen Unterlagen, die der Polizei zugespielt wurden, befindet sich der Bauernhof im Besitz des Villacher Vizebürgermeisters Kurt Samonig. Auf Nachfrage bestätigt Samonig diese Angaben, behauptet aber, von der Verwendung des Bauernhofes nichts gewusst zu haben. „Ich habe den Hof an eine Personalvermittlungsfirma verpachtet und nicht kontrolliert, was dort passiert.“ Die Firma gehört Massimo de Lorenzo ...

„Ernesto." Winfried Auer beugte sich zu Ernesto herunter. „Komm bitte mit. Es ist wichtig."

„Ich bin gleich fertig."

„Nein, jetzt sofort."

Ernesto folgte Auer in sein Büro, schloss die Glastür und setzte sich. Es gefiel ihm nicht, wie Auer dreinsah, und der Ton gefiel ihm noch viel weniger. Wenn Auer etwas nicht passte, wenn er auch nur den Eindruck hatte, etwas ginge nicht nach seinem Kopf, dann brüllte er herum. Dieses Geflüster war so gar nicht seine Art.

„Wir haben ein Problem", sagte Auer jetzt in normaler Lautstärke und machte ein besorgtes Gesicht.

„Okay."

„Ein wirkliches Problem."

„Spuck's aus."

„Der Vorstand der Kärntner Tagespost hat mich angewiesen, dich zu entlassen."

Das Adrenalin explodierte in Ernestos Bauch. Seine Hände zitterten, und er krampfte sie um die Stuhllehne. Die Angst fegte alle Gedanken aus seinem Kopf, und er konnte sich für einen Moment nicht bewegen.

„Beruhig dich", sagte Auer.

Ernesto nickte.

„Du bist natürlich nicht gefeuert."

Ernesto schnaubte.

„Ich hab es ihnen ausgeredet." Auer machte eine abwehrende Handbewegung. „Frag lieber nicht. Aber wir müssen dich aus der Schusslinie nehmen, dringend."

„Was heißt das?"

„Du nimmst dir ein paar Tage frei."

Ernesto sah ihn skeptisch an.

„Du musst doch Überstunden zum Saufüttern haben. Also bitte. Und dann, nächste oder übernächste Woche, es hat keine Eile, übernimmst du das Büro in Wolfsberg. Dort muss man sowieso dringend einmal aufräumen."

„Das Regionalbüro in Wolfsberg?"

„Du schiebst dort eine ruhige Kugel, und wenn sich alles wieder ein bisschen beruhigt hat ..."

„Und wem habe ich diese Beförderung zu verdanken?"

„Das willst du nicht wissen."

„Oh doch, das will ich selbstverständlich wissen."

„Ich sagte ja, der Vorstand."

„Die kommen doch nicht von allein auf die Idee."

„Kannst du es dir nicht denken?"

„Nach den Drohungen in den letzten Stunden? Ungefähr. Ich würd es aber gerne genau wissen."

„Der Vorstandsvorsitzende. Da gab es heute in der Früh einen Anruf. Jemand aus der Landesregierung hat unseren Vorstandsvorsitzenden angerufen."

„Jemand aus der Landesregierung?"

„Der Tschabuschnig natürlich."

„Und?"

„Gedroht hat er uns."

„Das beeindruckt uns für gewöhnlich nicht sonderlich."

„Ja, aber diesmal. Das Land hat angekündigt, sämtliche Werbeaufträge zu stornieren, wenn du nicht umgehend entlassen wirst. Die Partei des LH hat schon ein Mail geschickt, in dem die nächste Anzeigenkampagne abgesagt wird."

„Und wie komme ich zu der Ehre?"

„Hast du gelesen, was du geschrieben hast? Du hast behauptet, das Land Kärnten finanziere den Bau von Bordellen."

„Das ist ja auch so."

„In dem Artikel, den du da gerade schreibst, sagst du, dass der Vizebürgermeister von Villach ...“

„Ich weiß, was ich geschrieben habe. Dieser Ulrich Wiegele, Geschäftsführer der Agentur für Fortschritt und Entwicklung, hängt da auch mit drinnen. Menschenhandel, illegale Prostitution und was nicht sonst noch alles. Der Staatsanwalt verhindert einen Haftbefehl ...“

„Dieser Staatsanwalt Auffenstein“, fiel ihm Auer ins Wort. „Der hat sich auch schon gemeldet. Er wird Ermittlungen wegen Kreditschädigung und übler Nachrede aufnehmen. Wir können in absehbarer Zeit mit einer Anzeige rechnen.“

„Na bestens“, sagte Ernesto. „Die Landesregierung droht der Werbeabteilung, und wir gehen in die Knie.“

„Von irgendetwas muss die Zeitung schließlich dein Gehalt bezahlen. Sei froh, dass du nicht gefeuert bist. Wir gehen also nicht in die Knie, wir sammeln nur unsere Truppen.“

Kapitel 19

62

„Bist du schon wach?“

„Hätte ich sonst abgehoben?“, fragte Sonja.

„Ich bin noch nicht ganz munter, fürchte ich. Sieben Uhr was? Siebenunddreißig oder so. Ich glaube, ich leg mich wieder hin.“

„Wie geht’s dir jetzt?“

„Ich werd’s überleben. Aber ich bin wütend. Ich komm am Nachmittag bei dir vorbei, wenn es dir recht ist.“ Ernesto legte auf. Normalerweise rief er Sonja nie um diese Zeit an, aber heute Morgen musste er ganz dringend ihre Stimme hören.

Vor dem Einschlafen hatte er noch in Walther von der Vogelweides Minneliedern gelesen, und dabei war ihm eines untergekommen, das wie für Sonja geschrieben war. Er hatte eine erste, vorläufige Übersetzung auf einen Zettel gekritzelt.

Mein Wollen und Sinnen gehört nur ihr
Der Reinen und Lieben und Guten.
So mag sich unser Glück nun wohl vollenden.
Was ich jemals wagte an Huld zu begehren
Was ich in der Welt je an Freude gewann
Das hat ihre Schönheit und ihre Güte mir geschenkt
Und ihr roter Mund, der so lieblich lacht.

So pries Walther von der Vogelweide seine Liebesseligkeit, und Ernesto fand, er tat ganz recht damit. Walther von der Vogelweide und der Minnesang, aber was half ihm das wirklich?

Seit dem Beginn der Ermittlungen suchte Ernesto nach einem Muster, das dem Mord und dem Verhalten der Beteiligten zugrunde lag. Denn dieses Muster, davon war er überzeugt, würde über kurz oder lang zum Mörder führen.

In dieser Geschichte ging es letztlich darum, wie Männer und Frauen einander begegnen. Dafür gibt es Muster, Verhaltensmuster, denen man folgt oder aus denen man ausbricht. Gesellschaftlich akzeptierte Muster und auch Muster, die zwar offiziell verpönt, aber dennoch weit verbreitet sind.

Das Walther-von-der-Vogelweide-Muster konnte Ernesto ausschließen. Niemand hat auch nur die geringste Ehrfurcht vor dem anderen. Die Menschen werden nach ihrer Verfügbarkeit beurteilt. Wozu lässt er oder sie sich gebrauchen? Welchen Gewinn an Lust oder Geld oder Prestige habe ich, wenn ich mich mit ihm oder ihr einlasse?

Ernesto rappelte sich auf. Jetzt war er hellwach. Da war etwas weit hinten in seinem Gedächtnis, ein Gedanke, ein Zusammenhang, den er in den letzten Tagen schon einmal zu fassen bekommen hatte. Er tappte durch die Wohnung, schaltete das Licht ein und versuchte, sich den Schlaf aus den Augen zu reiben. Gähnend stand er vor dem Bücherregal im Wohnzimmer und wartete darauf, dass sich dieser Gedanke von den hintersten Winkeln seines Geistes bis herauf in sein Bewusstsein bequemte.

Dionysos. Dieser Name dämmerte in Ernestos Gedanken. Dionysos, der Gott der Lust und der Ekstase, der gleichzeitig auch ein eifersüchtiger Gott ist und jeden bestraft, der nicht vor ihm im Staub kriecht.

Die Geschichte vom Leben und den Heldentaten des Gottes Dionysos musste Ernesto nicht nachlesen. Das Fest Anthesteria, das Öffnen der Weinfässer, die ausgelassene, wilde und orgiastische Feier in den Straßen von Athen als Wurzel und Keimzelle des Faschings, das war Ernesto nicht mehr aus dem Kopf gegangen. Ihm erschien das ziemlich plausibel, auch wenn man sicher keine direkte historische Verbindung zwischen den Festen im antiken Athen und der Villacher Faschingsgilde herstellen konnte. Aber der Geist und die Intention, da gab es mehr als nur Ähnlichkeiten. Die Menschen heute unterscheiden sich zumindest in dieser Hinsicht nicht gravierend von ihren antiken Ahnen. Auch die Athener der Antike interessierten sich nur nebenbei für Religion, und mit Schuld und Sühne hatten sie recht wenig am Hut. Es ging ihnen bei der Feier des Gottes Dionysos wohl mehr um den Wein und die Frauen als um die Huldigung des großen Gottes. Wiewohl in diesem Fall das eine das andere nicht ausschloss.

Dionysos selbst hätte wohl seine Freude an den Umtrieben in Villach, und vielleicht ist der Konjunktiv auch falsch, dachte Ernesto. Sicher sogar, denn Dionysos hatte es sich schon lange gemütlich gemacht in der Stadt der Narren, und was Ernesto da untersuchte, war Teil des Mythos des wüsten Gottes. Das ging Ernesto in diesen Stunden auf, und er sah, wie sich die Geschichte vor seinem inneren Auge entwickelte, verfolgte Schritt für Schritt, wie sich der Mythos von Dionysos noch einmal verwirklichte.

Dionysos eroberte viele Städte im Sturm. Nur kam der Gott nicht mit einem bewaffneten Heer. Er zog unter Jubel und Gesang durch die Gassen, und seine Satyrn und Mänaden nahmen die Menschen an den Händen und zogen sie in den wilden Reigen. Da konnten die hohen Herren, die Könige und Heerführer gar nichts dagegen machen. Sie rechneten mit Soldaten, und dann wurden sie von betrunkenen Tänzern überwältigt. So war es in Athen, und so war es in Theben gewesen.

63

Für Ernesto gab es keinen Zweifel, wer in dieser Geschichte die Rolle des Dionysos spielte. Massimo de Lorenzo. Er kam in die Stadt und eroberte sie auf seine Weise. Die Krönung zum Faschingsprinzen hätte es da gar nicht mehr gebraucht. Schon längst hatten seine Mänaden die Männer umgarnt und sie in ihren Bann gezogen. Ein sanfter Sieg, möchte man auf den ersten Blick meinen. Doch Dionysos ist ein gnadenloser Gott. Wer sich ihm nicht beugt, wer sich nicht einreiht in den wilden Tanz und den Rausch, der wird in Stücke gerissen.

Das Muster passte. Alois Guggenbichler war Opfer eines antiken Schauspiels geworden. Er hatte sich dem Gott Dionysos entgegengestellt und war kopfüber im Heringssalat gelandet. Ein skurriler Tod, der das Opfer verhöhnte.

Wenn das Muster stimmte, dann war de Lorenzo der Auslöser des Wahnsinns, der Mörder war er aber nicht. Sein Erscheinen hatte die Stadt verändert, hatte eine neue Wirklichkeit geschaffen, in der die Lust und der Rausch zu Sakramenten aufgestiegen waren.

Eine Theorie, die Steinkellner sicher nicht gefallen würde. Sollte er de Lorenzo aufgrund einer kulturwissenschaftlichen Analyse verhaften? Wohl kaum.

Ernesto rief Steinkellner also nicht an, um ihm eine Sage aus der Antike zu erzählen. Er rief ihn an, weil er wissen wollte, ob die Kriminalpolizei schon etwas gegen de Lorenzo in der Hand hatte.

„Keine Chance“, sagte Steinkellner. „Und wie ich höre, braucht Sie das auch nicht mehr zu interessieren.“

„Schlechte Nachrichten sprechen sich schnell herum. Und? Hat sich bei Ihnen jemand beschwert?“

„Man hat mir zu verstehen gegeben, dass ich nicht so eng mit der Presse zusammenarbeiten soll.“

„Ha“, machte Ernesto. „Der Witz des Tages.“

„Wie man es nimmt.“

„Übrigens, Sie können de Lorenzo von der Liste der Verdächtigen streichen“, sagte Ernesto.

„Er hat doch die Drohbriefe geschrieben.“

„Die Drohbriefe haben schon etwas damit zu tun, aber nicht so.“

„Sprechen Sie nicht in Rätseln, Valenti.“

„De Lorenzo hatte überhaupt keinen Grund, Guggenbichler zu töten.“

„Aber das ist doch absurd. Denken Sie nur an die Geschichte mit der Gebietskrankenkasse und den Aufstand, den Guggenbichler im Gemeinderat veranstaltet hat.“

„Ja, das ist mir schon bewusst. Aber de Lorenzo war dabei, das Problem auf ganz andere Weise zu lösen. Ich glaube sogar, der Mord an Guggenbichler ist für ihn ein bisschen eine Enttäuschung. Jetzt kann er sein Spiel nicht mehr zu Ende spielen.“

„Erzählen Sie.“

„Haben Sie jemals Schnitzlers ‚Traumnovelle‘ gelesen?“

„Keine Ahnung.“

„Oder den Film ‚Eyes Wide Shut‘ gesehen, mit Nicole Kidman und Tom Cruise? Den haben Sie sicher gesehen.“

Steinkellner schwieg.

„Diese Sexpartys, die da gezeigt werden, so etwas gibt es auch in Villach."

„Und Sie waren dabei."

„Das ist jetzt wirklich nicht wichtig. Was aber sehr wohl von Bedeutung ist, ist de Lorenzos Strategie. Er sammelt wichtige Leute, oder solche, die er für wichtig hält. Diese Leute lädt er zu seinen Partys ein, bietet ihnen Prostituierte an und verwickelt sie zusehends in seine Spielchen. Da gibt es sogenannte Befreiungen."

„Befreiungen?"

„Eigentlich ein ziemlich einfacher Trick. Sie deuten an, dass da ein Club, eine exklusive Vereinigung von Leuten existiert und dass es da ein Geheimnis zu entdecken gibt. Das machen Geheimgesellschaften schon immer. Und dann fordern sie eine Art Initiation. Man muss sich selbst in eine kompromittierende Lage bringen, muss sich zum Beispiel beim Sex mit einer Prostituierten filmen lassen."

„Damit hat de Lorenzo die Leute in der Hand."

„Genau. Aber das ist noch nicht der Punkt. Er will es so weit treiben, dass er den Menschen gar nicht mehr drohen muss. Sie sollen sich ihm freiwillig hingeben. Das Video, oder was auch immer es ist, dient nur als letzte Sicherheit. Er schart eine Gruppe um sich, eine Anhängerschaft."

„Und Sie glauben, jemand aus dieser Anhängerschaft hat den Bürgermeister ermordet?"

„Das hilft uns auch nicht sonderlich weiter, was?", sagte Ernesto.

„Das würde ich so nicht sagen. Wenn Ihre Geschichte stimmt, dann gibt es einen neuen Punkt, an dem ich ansetzen kann. Machen Sie nichts Unüberlegtes, Valenti."

„Schon passiert. Aber ich werd's überleben."

Nach dem Gespräch nahm Ernesto sich die Fotos vom Empfang des Bürgermeisters noch einmal vor. Hochegger hatte die ganze Speicherkarte ins Archiv der Zeitung gestellt, und Ernesto klickte sich durch hunderte Bilder. Auf irgendeinem dieser Fotos, vielleicht nur in einem Detail, konnte zu sehen sein, wie der Bürgermeister vergiftet worden war.

Wenn Steinkellner fleißig ist, dachte Ernesto, dann sitzt er jetzt ebenfalls vor dem Computer und sieht sich diese Bilder an. Immerhin wäre dann das Theater, das er am Tatort gemacht hat, für etwas gut.

In einem ersten Schritt speicherte Ernesto die Fotos in einen eigenen Ordner. Das dauerte, und Ernesto klickte sich durch Youtube-Videos mit Leonard Cohen. Die sonore Stimme füllte den Raum, und zwischendurch schnappte Ernesto die eine oder andere Zeile auf. Obwohl er sich auf die Fotos konzentrierte, hörte er, wie Cohen von der ersten und der letzten Liebe sang, davon, wie er seiner Geliebten beim Schlafen zusieht, und wie er sich mit Janis Joplin ins Chelsea Hotel flüchtet, um dort für Stunden wenigstens so etwas Ähnliches wie Liebe zu kosten. Am Ende, oder vielleicht auch nur zwischendurch, landet der Prophet der Liebe im Turm der Lieder, wo er einsam darüber nachdenkt, warum er sich das alles antut. Aber diese Frage stellt sich nicht. Auch wenn diesmal nichts bleibt von der großen Liebe als Schmerz und Verletzung. Im Turm der Lieder stirbst du nicht an gebrochenem Herzen. Dort halten dich die Engel am Leben, bis du deine traurigen Liebesgedichte geschrieben hast.

Hochegger hatte so viele Fotos geschossen, man hätte daraus einen Film machen können. Der Bürgermeister, wie er den Saal betritt, dicht gefolgt von seiner Frau und seiner Geliebten. Es wirkte ganz natürlich. Ein Mann, dessen Bedeutung nicht zu übersehen ist, schicker Anzug, und im Schlepptau zwei Frauen.

Dann der Vizebürgermeister, der Faschingskanzler und der Faschingsprinz. Alle lachten, und da umarmte Wiegele den Bürgermeister. Warum tat er das?

An dieser Stelle wurde Ernesto von Čertov unterbrochen. Der Kulturchef keifte ins Telefon, weil er schon seit Stunden auf den Artikel über die De-Sade-Lesung in Villach wartete.

„Wenn du dein Loch von Büro gelegentlich verlassen würdest, dann hättest du gehört, dass ich im Urlaub bin", sagte Ernesto.

„Was heißt im Urlaub? Unsereins geht nicht in Urlaub."

„Die Werbeabteilung findet, ich schreibe zu kritisch über die Landespolitik."

„Und jetzt?"

„Scheiß auf den Artikel. Ist wahrscheinlich eh nur Schrott. Nimm was anderes."

Um seine Augen auszurasten, stand Ernesto auf und ging auf den Balkon. Das Licht simmerte vor sich hin. Mittag war schon längst vorbei, und man konnte schon die Abenddämmerung ahnen. Irgendwer muss dem Winter jetzt bald einen Tritt verpassen, dachte Ernesto.

64

Sonja trieb die Töpferscheibe mit den Füßen an. Sie sah kurz auf, als Ernesto eintrat. Betty döste auf einer Matratze in einer Ecke der Werkstatt und rappelte sich auf, als sie Ernesto sah. Sie wedelte und sprang an ihm hoch. Der Ofen brüllte, und doch war es klamm. Die Feuchtigkeit zog von unten in die Hosenbeine und durch die Jacke bis auf die Haut. Als Sonja die Scheibe stoppte und sich die Hände wusch, sah Ernesto, dass ihre Finger ganz rot waren. Er nahm ihre Hände in die seinen.

„Das ist keine Arbeit für den Winter“, sagte er.

„Ist eben so. Hast du schon was gegessen? Komm mit, wir jausnen etwas.“

Als Betty hörte, dass es etwas zu essen gab, wedelte sie gleich noch viel heftiger und drängte zur Tür.

„Sie versteht jedes Wort“, sagte Ernesto.

„Sie versteht jedenfalls, was jausnen heißt. So viel ist sicher.“

In der Küche wärmte sich Sonja die Hände am Ofen.

„Was machst du gerade?“, fragte Ernesto und stellte Kaffee auf.

„Salatschüsseln, große und kleine. Eine ganze Serie. Und du? Wie geht's dir?“

„Ich ärgere mich“, sagte Ernesto. „Dass ein Anruf genügt, und die stellen mich kalt. Das ärgert mich.“

„Und die Klage?“

„Ach geh, da kommt nichts heraus dabei, aber es macht mir trotzdem Angst. Irgendwie. Es ist ...“

„Was hat Auer genau gesagt? Du hast den Job doch noch?“

„Aber wenn es reicht, bei der Werbeabteilung anzurufen. Wenn die Schiss haben, dass das Land keine Anzeigen mehr schaltet ... In Wirklichkeit ist das ein Skandal. Ich werde kaltgestellt, weil der LH es so will.“

„Geht es dir wirklich gut?“, fragte Sonja und nahm jetzt seine Hand.

„Jetzt bin ich wütend, schauen wir einmal, wie das morgen oder übermorgen ausschaut. Außerdem hab ich zu tun.“

„Bevor es ganz schlimm wird, rufst du aber Primarius Baumgartner an.“

„Das wird nicht nötig sein“, sagte Ernesto, der keine Lust hatte, mit einem Psychiater zu reden. Er war im vorigen Jahr bei ihm gewesen. Gleich, nachdem er aus Kroatien zurückgekommen war. Die Träume und die Flashbacks waren seltener geworden. Nur noch ab und zu kamen in der Nacht die Soldaten in seinen Träumen und hielten ihm eine Maschinenpistole an die Schläfe. Ganz selten blieb er vor einem Rasenstück stehen, vor einem Waldrand und fragte sich, ob da wohl keine Mine versteckt war.

„Ich bin so knapp dran an dem Mörder. So knapp.“ Ernesto hielt Daumen und Zeigefinger zwei Zentimeter auseinander. „Ich habe gar keine Zeit für eine Depression.“

„Ich mach mir trotzdem Sorgen.“

„Bitte nicht.“ Ernesto nahm ihr Gesicht zwischen seine Hände und küsste sie. „Ich fange den Mörder, und es wird mir gut gehen. Dann werde ich eben Provinzredakteur und komme endlich dazu, meine Dissertation zu schreiben. Irgendetwas über griechische Mythologie vielleicht. Da hätte ich schon eine Spur, sozusagen.“

Ernesto erzählte, was er über de Lorenzo herausgefunden hatte.

„Er weiß es natürlich nicht“, sagte Ernesto. „Aber er spielt die Rolle des Dionysos. Er kommt als junger Gott in die Stadt, und wer nicht nach seiner Pfeife tanzt, der hat ein massives Problem. Es geht ihm um nichts anderes als Macht, Gier und Lust. Der fröhliche Gott Dionysos, der jedem den Kopf abschlägt, der sich nicht von seinem wilden Tanz mitreißen lässt."

„Das hast du hoffentlich nicht Steinkellner erzählt. Der lässt dich in die Psychiatrie einweisen."

„Es stimmt aber. Nur weil Steinkellner es nicht versteht, kann es trotzdem richtig sein. De Lorenzo ist die Wurzel. Von ihm geht die Veränderung aus. Seit er in Villach ist, schießen die Bordelle wie Schwammerln aus dem Boden."

„Aber er hat den Bürgermeister nicht getötet?"

„Nein, das würde Dionysos auch nicht machen."

„Du glaubst, die Parallelen gehen so weit?"

„Sogar noch viel weiter." Ernesto hob den Kopf und sah für einen Moment ganz verwundert drein.

„Was hast du?"

„Nichts." Ernesto schüttelte den Kopf. „Es war nur so ein Gedanke. Wirklich nur so ein Gedanke." Ernesto saß eine Weile schweigend da.

„Ein sehr langer Gedanke", sagte Sonja.

„Kann man sagen. Weißt du, ich dachte daran, wie gut Dionysos in unsere Zeit passt."

„Ein antiker Gott?"

„Dionysos ist doch nur ein Name für etwas, das uns antreibt. Ein Urbild, ein Archetyp oder so etwas. Dionysos ist ein Gott, der das Individuum in den Mittelpunkt stellt. Du bist auserwählt, dich will ich unter meinen Anhängern haben."

„Ein bisschen wie Jesus."

„Der Unterschied ist nicht so wahnsinnig groß", sagte Ernesto. „Angeblich soll die Hochzeit von Kanaan, bei der Jesus Wasser in Wein verwandelt hat, eine Antwort auf den Weinkult des Dionysos sein. In der Spätantike war lange nicht klar, wer sich durchsetzen würde, Jesus, Mithras oder Dionysos. Erst als Konstantin das Christentum zur Staatsreligion erklärte, waren die anderen aus dem Rennen. Ich weiß nicht." Ernesto steckte sich eine Zigarette an. „Dionysos macht mit den Menschen etwas Eigenartiges. Einerseits spricht er dich ganz persönlich an, und andererseits stößt er dich in das kollektive Unbewusste und zerrt dich durch die wildesten und irrsten Abgründe. Er macht dich zu einem zuckenden Stück Fleisch, einem gierigen Schlund. Deine Lust, deine Gier und Geilheit stehen plötzlich im Mittelpunkt deines Lebens, und was immer du vorher über Moral und gesellschaftliche Konventionen gedacht hast, zählt nicht mehr. Du hältst vielleicht noch die Fassade aufrecht, aber mehr nicht. Dionysos ist der Gott unserer Zeit. Er ist zurückgekehrt aus der Verbannung und aus dem Reich der Titanen und der Unterwelt, und wir haben jetzt den Scherben auf."

Kapitel 20

65

In der Jukebox fand Ernesto Leonard Cohens Greatest Hits und suchte sich vier davon aus. Zum Abschluss seiner ersten Musikrunde gab er noch zwei Kurt-Ostbahn-Hits aus. Die Weinstube Raab war jetzt am frühen Abend noch nicht einmal zur Hälfte gefüllt, doch das würde sich sicher noch ändern. Das Publikum gab nichts auf christliche Feiertage, und auch die Fastenzeit, die seit gestern Abend in Kraft war, kümmerte sie wenig.

„Kaffee oder Schnaps?", fragte Viko.

„Kaffee. Wie kommst du auf Schnaps?"

„Bei dem Gesicht, das du machst."

„Ich mach kein Gesicht."

„Na, eh nicht."

Vom Eingang her wehte ein Schwall feuchtkalter Luft auf Ernestos Rücken. Ernesto drehte sich um und sah, wie der große Walter das Lokal betrat. Walter blieb einen Moment stehen, zögerte und wollte schon wieder gehen, als Ernesto ihm zuwinkte.

„Tu mir nichts, ich tu dir auch nichts", sagte Walter, als er sich neben Ernesto ziemlich mühselig auf einen Barhocker schwang.

„Was willst du mir schon tun?"

„Sind wir grantig oder was?"

„Du willst mich nicht provozieren, glaub mir", sagte Ernesto.

„Warum sollte ich das tun?"

„Du sitzt hier."

„Du hast ..."

„Auch wieder wahr", unterbrach ihn Ernesto.

„Das ist nicht so leicht, was du da von mir verlangst. Glaubst du, ich brauch nur mit den Fingern schnippen, und die Huren stehen in Reih und Glied?"

„Bist du ein Gauner oder nicht?"

„So einfach ist das auch wieder nicht."

„Wenn du gelegentlich Zeitung lesen würdest, wüsstest du, dass ich es ohne dich geschafft habe."

„Dann ist ja alles in bester Ordnung."

„Was ist in bester Ordnung, du Arsch? Ich hab deswegen meinen Job verloren."

„Scheiße, das tut mir aber leid."

„Ein Scheißdreck tut dir leid. Und du." Ernesto zeigte mit dem Finger auf Walter. „Du bist noch lange nicht vom Haken. Das sag ich dir."

„Ich hab doch gar nichts gemacht."

Ernesto schnaubte.

„Ja, wirklich."

„Das ist ja das Problem, das du nichts gemacht hast, du feiger Sack."

„Übrigens kenn ich die Alte, die die Polizei wieder ausgelassen hat."

„Die Frau Bürgermeister? Die kennst du? Woher? Und das sagst du erst jetzt? Ich sollte dir einen Tritt ..."

„Die Hilde, freilich kenn ich die."

„Red schon."

„Wir sind ja zusammen in die Schule gegangen."

„Du und die Guggenbichler?"

„In Ferlach, in die HTL für Goldschmiede, nur hat sie damals noch nicht Guggenbichler geheißen, sondern Zernatto. Ihr Vater hat ein Geschäft in Villach. Dort hat sie auch gearbeitet, bis sie den Großkopferten geheiratet hat, den Bürgermeister."

„Das erzählst du mir jetzt?"

„Du hast ja nicht gefragt."

„Und wie war sie so, die Hilde, damals?"

„Eh nett, aber nichts für mich. Die hat schon damals geglaubt, sie ist was Besseres. Mein Vater ist Goldschmied und hat dieses supergute Geschäft, wo die reichen Damen ihre Klunker kaufen", äffte Walter eine Frauenstimme nach. „Mein Vater war auch Goldschmied, nur hab ich keinen Bürgermeister geheiratet, sondern das Geschäft versoffen."

„Auch was", sagte Ernesto. „Du, ganz eine blöde Frage. Viko, bring dem Walter noch ein Bier und mir einen Kaffee. Also, ganz eine blöde Frage. Wie ist das? Ein Goldschmied, braucht der eigentlich Zyankali?"

„Wie kommst du denn auf so etwas?"

„Du müsstest das doch wissen, wenn du das gelernt hast."

„Sicher weiß ich das."

„Und?"

„Eigentlich heißt das ja Kaliumcyanid. Das ist das Kaliumsalz der Blausäure. Sagen wir, du möchtest etwas vergolden. Da gibt es mehrere Möglichkeiten. Eine davon ist das Galvanisieren. Da taucht man die Gegenstände in ein Goldelektrolyt ein. Das ist eine Lösung, die man mit Kaliumcyanid herstellt. Da geht das Vergolden aber fix, sag ich dir."

„Und du meinst, ihr Vater hat die Werkstatt immer noch?"

„Soweit ich weiß."

66

Ernesto sah sich die Bilder vom Empfang noch einmal an. Diesmal suchte er Fotos, auf denen Hilde Guggenbichler zu sehen war. Sie hielt sich dicht an ihren Mann. Die beiden betraten den Saal gemeinsam, und Alois Guggenbichler stand, während der Sekt verteilt wurde, neben seiner Frau. Ernesto sah sich das nächste Foto an. Die Leute prosteten einander zu. Dann gingen sie zum Tisch. Der Bürgermeister rückte seiner Frau den Stuhl zurecht, dann geleitete er Jacqueline Moser zu ihrem Platz. Leider konnte Ernesto auf diesem Foto nicht sehen, welchen Gesichtsausdruck Hilde machte.

Darauf folgten einige Bilder, die den Rest des Saales zeigten. Prominente und weniger Prominente, die sich hinsetzten und wieder aufstanden. Ernesto klickte weiter. Jetzt kam er an die Stelle, an der ihn Čertov heute Vormittag unterbrochen hatte. Und dann ...

Hilde Guggenbichler beugte sich zu ihrem Mann und strich ihm über die Wange. Am nächsten Bild drehte sie sich weg. Dann ein weiteres Bild. Hilde Guggenbichler suchte etwas in ihrer Handtasche. Als nächstes ein Foto von einer Kellnerin, die ein Tablett mit Heringssalat trug.

„Komm schon, Fritz“, sagte Ernesto.

Zwei Fotos später hielt Hochegger wieder auf den Tisch des Bürgermeisters. Der Heringssalat wurde serviert, und Hilde Guggenbichler beugte sich zu ihrem Mann. Auf diesem Foto verdeckte sie den Heringssalat. Alois Guggenbichler nahm einen Bissen, dann noch einen, und dann lag er mit dem Gesicht im Heringssalat.

Ernesto klickte noch einmal zurück. Da war es. Hilde Guggenbichler stand so, dass sie ihren Mann verdeckte. Das musste der Moment sein, in dem sie das Zyankali in den Heringssalat gleiten ließ. Sie hatte sicher eine kleine Kapsel verwendet, die sie leicht verschwinden lassen konnte. So vorgebeugt, mit der Hand unter dem Körper, hatte niemand etwas mitbekommen.

Ernesto wusste, dass dieses Foto kein Beweis war. Genau genommen war darauf gar nichts zu sehen. Aber vielleicht reichte es doch.

Als Ernesto auf die Zeitanzeige rechts unten auf dem Bildschirm sah, zeigte das Kästchen 3 Uhr 56. Er stand auf, streckte sich und rieb sich die Augen. Draußen war es kalt. Ernesto zog sich eine Jacke an und rauchte zwei Zigaretten, während er im Garten hin- und herspazierte. Am liebsten wäre er gleich nach Villach gefahren, aber Hilde Guggenbichlers Vater öffnete den Laden sicher nicht schon um fünf Uhr früh.

67

„Steinkellner?"

„Ja, verdammt, wissen Sie, wie spät es ist?"

„So halb sechs ungefähr."

„Warum rufen Sie mich zu dieser unchristlichen Zeit an?"

„Ich möchte Sie zu einem Rendezvous einladen."

„Was?"

„Wissen Sie, wo das Café Paracelsus in Villach ist?"

„Das werde ich herausfinden, wenn es sein muss."

„Dann kommen Sie da hin, so gegen zehn. Aber bitte unauffällig. Nur Sie."

„Valenti. Hören Sie auf mit dem Unsinn."

„Sie wollen ein Geständnis, nehme ich an."

„Von wem will ich ein Geständnis?"

„Das ist mir jetzt ein bisschen peinlich."

„Ihnen ist doch sonst nichts peinlich."

„Sie hatten im Grunde schon die richtige Verdächtige."

„Valenti."

„Aber aus den falschen Gründen. Sie müssen zugeben, Hilde Guggenbichler hat die Drohbriefe nicht geschrieben, und das Zyankali, also das Insektenvertilgungsmittel aus ihrem Glashaus, stimmt nicht mit dem Gift überein, das Alois Guggenbichler in die ewigen Jagdgründe befördert hat."

„Echt, das ist Ihre Ausrede?"

„Sie hätten die Frau nie überführt."

„Sparen Sie sich das."

„Wollen Sie die Mörderin verhaften oder nicht?"

„Dazu brauche ich Ihre Hilfe nicht. Wenn sie es überhaupt war."

„Kann sein", sagte Ernesto. „Aber ich liefere Ihnen den Fall auf einem silbernen Tablett. Außerdem schulden Sie mir was für den Hinweis auf den Bauernhof."

„Ob ich Ihnen für den Anschiss etwas schulde, muss ich mir noch überlegen."

„Sie haben einen Erfolg eingefahren, egal, was irgendein Staatsanwalt sagt. Ich bitte Sie. Machen wir der Sache ein Ende."

Ernesto war sich nicht sicher, ob er Steinkellner wirklich überzeugt hatte. Vielleicht schickte er schon in diesem Moment Beamte los, um Hilde Guggenbichler zu verhaften.

Im Moment zügelte er den Drang, Guggenbichler sofort anzurufen und sie um ein Treffen zu bitten. Es war tatsächlich noch ein bisschen sehr früh. Stattdessen machte sich Ernesto frischen Kaffee und versuchte, sich auf sein Bücherregal zu konzentrieren. Es gab da noch einen letzten Punkt, ein Detail, auf das ihn Sonja gebracht hatte. Sie hatte ihn gefragt, ob er glaube, die Parallelen zwischen dem Dionysos-Mythos und dem Mord an Alois Guggenbichler würden wirklich existieren. Das war der Augenblick gewesen, an dem er wieder an Hilde Guggenbichler gedacht hatte. Er schloss Jacqueline Moser noch nicht aus, aber Hilde schien ihm irgendwie besser zu passen.

Er zog einen Band mit griechischen Tragödien aus dem Regal. Er schlug das Buch bei Euripides' „Bakchen" auf, blätterte bis fast ganz an den Schluss und las die Passage.

Euripides erzählt von der Ankunft des Dionysos in Theben. Der Gott kehrt in die Stadt seiner Mutter zurück, aber seit seiner Flucht ist viel Zeit vergangen, und ein neuer König, sein Onkel Pentheus, herrscht über die Stadt.

Pentheus fürchtet um seine Macht und um seinen Einfluss und will Dionysos wieder vertreiben. Gegen die Warnungen seines Vaters verbietet er den Kult des Gottes. Doch dem Wüstling Dionysos, dem Nährer der Wollust und der Raserei entkommt man nicht so einfach.

Obwohl Pentheus mit Strafe und Verbannung droht, schließen sich immer mehr Bürgerinnen und Bürger dem wilden Treiben an. Auch seine Mutter Agaue jagt mit den Mänaden durch die Berge und zerreißt in ihrem dionysischen Rausch die Ziegenkitze bei lebendigem Leib.

Im äußersten Zorn gelingt es Pentheus sogar, Dionysos in den Kerker zu werfen. Doch der König kann den Gott nicht hinter Schloss und Riegel halten. Dionysos spaziert aus dem Gefängnis und verführt Pentheus.

„Du willst sehen, welche Macht ich über die Menschen habe?", sagt Dionysos zu Pentheus. „Dann verkleide dich als Frau und folge mir. Hab keine Angst, ich bringe dich in die Berge, und dort zeige ich dir ein Versteck. Nimm den Efeustab und folge mir."

Pentheus lässt sich überreden und ahnt nichts von der Falle, die ihm Dionysos stellt. Als Mänade verkleidet streift Pentheus durch die Berge und trifft einen Zug ausgelassen singender Frauen. In ihren Augen blitzt der Wahnsinn. Sie recken die Efeustäbe in den Himmel, und aus ihren Kehlen bricht Wolfsgeheul und Gesang.

Eingeschüchtert von den nackten Frauen, die über die Wiese tanzen, duckt sich Pentheus. Mitten unter ihnen erblickt er seine Mutter Agaue. Sie ist es, die auf Pentheus zustürmt. Dionysos hat ihre Sinne verwirrt, und statt ihres Sohnes sieht sie ein weißes Kitzlein vor sich. Sie packt ihn, und obwohl Pentheus um Gnade fleht, bricht sie ihm mit einem kräftigen Ruck das Genick. Die Mänaden fallen über Pentheus her und zerreißen ihn, stopfen sich sein rohes Fleisch in den Mund und trinken sein Blut. Nur das Haupt des Pentheus trägt Agaue wie eine Trophäe vor sich her und bringt es zurück in die Stadt. Erst da fällt die Verwirrung von ihr ab, und sie erkennt, dass sie ihren eigenen Sohn getötet hat.

Alois Guggenbichler war nicht von seiner Mutter, sondern von seiner Frau umgebracht worden, aber das war nur ein Detail. Die Frauen hatten sich gegen ihn verschworen. Geleitet von einem Mann, dem sie verfallen waren, für den sie sogar mordeten, rasten sie durch die Stadt und stürzten sich in den Rausch.

Ernesto rief Hilde Guggenbichler gegen acht Uhr an. Zuerst wollte sie sich nicht mit ihm treffen. Sie müsse so viele Dinge erledigen, die Verabschiedung ihres Mannes, die Trauerfeier für die Gemeindebediensteten.

„Machen Sie eine Pause", sagte Ernesto. „Kommen Sie gegen halb elf ins Café Paracelsus. Vielleicht können Sie mir noch ein paar Hinweise geben."

„Seit wann sind wir beiden denn wieder per Sie?"

„Tschuldigung. Natürlich du."

„Aber wirklich nur ganz kurz. Ich muss dann noch auf die Gemeinde."

Steinkellner hatte seine Kavallerie also noch nicht losgeschickt. Gut so. Denn Ernesto war davon überzeugt, dass es in einer offiziellen Befragung sehr schwierig sein würde, Hilde Guggenbichler zu einem Geständnis zu bringen. Sie würde sich genauso aufspielen wie beim letzten Mal, empört alle Vorwürfe von sich weisen, aufbrausen und zum Gegenangriff übergehen. Wie konnte man ihr so etwas nur unterstellen? Nein, unmöglich, diese ungehobelten Polizisten. Sie spielte die feine Dame wirklich hervorragend. Aber gegenüber Ernesto konnte sie diese Show nicht mehr abziehen. Er hatte sie dort im Gildehaus gesehen. Er hatte gesehen, was de Lorenzo mit ihr gemacht hatte.

68

An der Goldschmiedewerkstatt von Hilde Guggenbichlers Vater war Ernesto in den letzten Tagen sicher schon zwanzigmal oder öfter vorbeigekommen. Sie lag direkt am Hauptplatz, neben dem Wohnhaus des Paracelsus. Wie sinnig, dachte Ernesto. Hier wird das Metall verarbeitet, das der große Alchemist Paracelsus aus Blei und Dreck erschaffen wollte. Der Legende nach entdeckte Paracelsus bei seinen Experimenten zwar nicht das Rezept für die Goldmacherei, aber etwas Kostbareres. Er fand den Stein der Weisen, jenen geheimnisvollen Gegenstand, der uns die Unsterblichkeit und die höchste Einsicht in das Wesen der Dinge schenkt.

Ein paar Momente stand Ernesto vor der Auslage der Werkstatt und dachte über Paracelsus nach. Dann trat er in das schmale Gewölbe, das sich bis tief hinein in das Haus erstreckte. Links und rechts schimmerten Glasvitrinen, und an einem Pult stand ein Mann mit weißem Bart und einer Brille, die auf der Nasenspitze zu balancieren schien.

„Was kann ich für Sie tun, junger Mann?“, fragte der Alte.

„Ich möchte etwas vergolden lassen. Machen Sie so etwas?“

„Kommt ganz darauf an. Um was handelt es sich denn? Einen Ring, einen Anhänger?“

„Einen Anhänger, aber ich habe ihn nicht dabei“, sagte Ernesto.

„Wie sieht er denn aus, der Anhänger? Ist er eher glatt, oder hat er viele Verzierungen?“

„Eher viele Verzierungen. Ziemlich verschnörkelt.“

„Verstehe. Dann muss man das wohl galvanisieren.“

„Machen Sie so etwas?“

„Natürlich.“

„Ist das nicht gefährlich? Ich habe gehört, da muss man mit Zyankali arbeiten.“

„Da gibt es so kleine Tabletten. Man muss schon vorsichtig sein.“

„Dann komme ich in den nächsten Tagen mit dem Anhänger wieder“, sagte Ernesto und ging.

Es war noch etwas Zeit bis zu seinem Treffen mit Hilde Guggenbichler, und so schlenderte er über den

Hauptplatz Richtung Drau. Der Faschingsumzug war noch nicht einmal eine Woche her, aber man konnte keine Spuren mehr von all dem Konfetti und den Papierschlangen finden. Die Gemeindearbeiter hatten sich ins Zeug gelegt.

Unten am Hauptplatz machte Ernesto eine bekannte Gestalt aus. Steinkellner, der da mit hochgeschlagenem Mantelkragen stand und wartete. Ernesto ignorierte ihn und drehte noch eine Runde durch die Innenstadt. Er betrat das Café Paracelsus etwa um Viertel nach zehn. Steinkellner saß verdeckt durch einen Raumteiler in einer Nische, und Ernesto stand auf, als er Hilde Guggenbichler an der Eingangstür sah, um gleich ihre ganze Aufmerksamkeit auf sich zu ziehen. Sie umarmte Ernesto und küsste ihn links und rechts an der Wange vorbei. Ihr Parfum stieg ihm wie Säure in die Nase.

„Setz dich, setz dich", sagte er.

„Was gibt es denn so Wichtiges?"

„Nichts Wichtiges. Ich bin nur zufällig in Villach und dachte, du könntest mir vielleicht bei einer Frage weiterhelfen. Einer blöden Frage, aber immerhin." Ernesto schüttete Zucker auf den Schaum seines Cappuccinos. „Es ist ja wahrscheinlich gar nichts. Aber weißt du, die Polizei hat herausgefunden, dass das Gift aus deinem Glashaus nicht mit dem Zyankali übereinstimmt, das deinen Mann getötet hat."

„Siehst du? Und da sperrt man mich ein, ungeheuerlich ist das."

„Ich glaube, das Gift ist erst am Tisch in den Heringssalat gekommen."

„Unmöglich. Ich war doch die ganze Zeit dabei."

„Eben. Deshalb frage ich dich ja. Du müsstest doch bemerkt haben, wenn ihm irgendwer etwas gegeben hat“, sagte Ernesto, lehnte sich zurück und spähte durch den Raumteiler. Steinkellner saß mit dem Rücken zu ihnen.

„Das ist völlig ausgeschlossen.“

„Aber irgendwer muss das Zyankali in den Heringssalat getan haben.“

„Das könnte doch jeder gewesen sein. Der Heringssalat stand die ganze Zeit über in einem Servierwagen.“

„Aber wer auch immer das Zyankali mitgebracht hat, weiß auch, wie man damit umgeht. Das ist ja nicht ganz ungefährlich.“

Hilde Guggenbichler sah Ernesto fragend an.

„Ich meine“, fuhr Ernesto fort. „Ich wüsste zum Beispiel überhaupt nicht, wie ich das anstellen sollte.“

„Meinst du vielleicht ich?“

„Das könnte ich mir gut vorstellen.“

Hilde Guggenbichler lachte.

„Das ist gar nicht so lustig. Wo bist du zur Schule gegangen?“

„Was hat das jetzt damit zu tun?“

„Antworte einfach.“

„Dein Ton gefällt mir gar nicht.“

„Ich werde die Frage für dich beantworten. Du bist auf die HTL in Ferlach gegangen.“

„Woher ...“

„Du hast eine Ausbildung zur Goldschmiedin absolviert, und wenn ich raten soll, dann war geplant, dass du eines Tages das Geschäft deines Vaters übernimmst. Aber du hast dich anders entschieden und einen Mann geheiratet, der dabei war, Karriere zu machen.“

„Worauf willst du hinaus?“

„Das stimmt doch, oder?“

„Ich hatte keine besondere Lust, bei meinem Vater zu arbeiten, ja."

„Und dann hat sich dein Mann eine Geliebte genommen."

„Das willst du mir jetzt aber nicht als Mordmotiv unterstellen." Hilde Guggenbichler lachte wieder.

„Nein. Dann hättest du ihn schon vor zwanzig Jahren umgebracht."

„Ich habe ihn nicht ..."

Ernesto hob die Hand und brachte sie damit zum Schweigen. „Sag nichts. Die Geliebte, das war dir egal. Meine Güte, die Männer sind halt so. Solange du die Frau Bürgermeister warst, hat dich das nicht besonders gestört. Aber dann wird diese Frau schwanger. Upps. Sie bekommt ein Kind von deinem Mann." Ernesto zog die Augenbrauen hoch. „Da war plötzlich alles anders. Er wollte dich verlassen. Und da war es dann vorbei. Da hast du dir gedacht, das lass ich mir nicht länger gefallen."

Hilde Guggenbichler sah Ernesto an und presste die Lippen zusammen. Er hatte einen wunden Punkt getroffen.

„Das wäre doch blöd gewesen, wenn er dich verlassen hätte. Wo du doch alles aufgegeben hast, nur um die Frau Bürgermeister zu sein." Ernesto wusste, dass er sich zügeln musste. Zu sehr durfte er sie nicht angreifen. Wenn sie aufstand und ging, hatte er verloren.

„Aber du bist eine kluge Frau, eine entschlossene Frau. Da waren diese Drohbriefe. Fantastisch, nicht? Es gab jemanden, der deinen Mann so sehr hasste, dass er ihm mit Mord drohte."

„Hast du dir schon einmal überlegt, ob nicht der Schreiber der Briefe der Mörder ist?", fragte Hilde Guggenbichler.

„Massimo? Nein.“ Ernesto schüttelte den Kopf.

„Massimo hat die Briefe geschrieben? Aber wieso denn?“

„Das ist einfach. Um deinen Mann einzuschüchtern. Ich kann es nicht beweisen, aber ich glaube, Massimo wollte deinen Mann nicht töten, er wollte ihn für sich gewinnen. Die Drohbriefe waren sicher nur eine Stufe in seinem Plan. Aber das ist jetzt nicht mehr wichtig.

Du aber hast dir gedacht, die Drohbriefe sind eine tolle Ablenkung. Und du wusstest, der Schreiber der Briefe kam aus der unmittelbaren Umgebung deines Mannes. Wer auch immer es war, die Chancen standen gut, dass er bei dem Empfang nach der Faschingssitzung anwesend war.“

„Und dann habe ich meinen Mann vor aller Augen umgebracht? Das ist doch absolut lächerlich.“

„Nein, das ist ganz schön gerissen.“

„Das kannst du nicht beweisen.“ Hilde Guggenbichlers linker Mundwinkel zuckte.

„Doch, das kann ich“, sagte Ernesto. „Du hast deinen Mann umgebracht, weil du glaubtest, er würde dich für Jacqueline Moser verlassen. Du hast das gut vorbereitet und dir auch gleich wieder einen einigermaßen bedeutenden Mann geangelt, Ulrich Wiegele. Das wird vor Gericht nicht gut ankommen. Das schmeckt nach Heimtücke und kalter Berechnung.

Und weißt du, was vor Gericht auch noch ziemlich Eindruck machen wird? Dieses Foto hier.“ Ernesto hielt Hilde Guggenbichler sein Smartphone hin. Der Bildschirm zeigte das Foto, auf dem Hilde Guggenbichler sich über den Heringssalat beugt. „Das ist der Moment, in dem du das Zyankali aus der Werkstatt deines Vaters in den Heringssalat gekippt hast.“

Hilde Guggenbichler nahm Ernesto das Smartphone aus der Hand, und er sah, wie sich ihre Hand verkrampfte. Dann holte sie aus, das Smartphone krachte auf den Fliesenboden und zersprang.

„Scheiße. Verdammte Scheiße." Hilde Guggenbichler schlug die Hände vors Gesicht.

„Und übrigens", sagte Ernesto. „Jacqueline Moser hat das Kind abgetrieben."

„Was? Sie hat was?"

„Wie ich gesagt habe. Sie hat das Kind abgetrieben."

„Verfluchte Scheiße." Sie stieß Ernesto von sich. „Warum kann diese Schlampe das nicht einfach sagen? Dann hätte ich doch nie ..."

„Dann hättest du ihn nie umgebracht."

„Ja", sagte Hilde Guggenbichler.

69

Auf dem Rückweg hielt Ernesto in Velden. Er stellte den Wagen auf dem Parkplatz vor dem Venustempel ab. Aber er war nicht gekommen, um Godunow zu besuchen. Die Luft roch nach Regen. Der Frühling war nicht mehr weit, und das waren die letzten kalten Tage. Die Bäume hatten den Raureif abgeschüttelt, und überall tropfte es von den Ästen. Das Eis auf dem See schmolz, und eine Ente kippte beinahe vorneüber, als die dünne Eisschicht unter ihr brach.

Ernesto suchte nach dem Schwan, den er hier das letzte Mal gesehen hatte. Für Minuten stand er auf dem Steg und blickte auf den See hinaus. In seinem Kopf kreisten die Gedanken, und er versuchte, sie beiseite zu schieben. Er wollte nicht an Hilde Guggenbichler denken, und auch nicht an Massimo de Lorenzo, der immer noch frei herumlief, in seiner Villa saß und Menschen verschacherte. Es ekelte ihn, wenn er an de Lorenzo dachte, wenn er daran dachte, was in dem Gildehaus passiert war und wie nahe er daran gewesen war, de Lorenzo auf den Leim zu gehen.

Er zündete sich eine Zigarette an und kniff die Augen zusammen, als ihm der Rauch ins Gesicht stieg. Es wäre so leicht gewesen, sich fallen und von diesem dionysischen Rausch verschlingen zu lassen. Nur ein Kuss von Roxanne, noch eine Berührung, und er hätte aufgegeben. Er schüttelte sich. Nein, das wäre nie geschehen. Dieses Röcheln und Keuchen, dieses Sich-Begatten, das aussah und sich anfühlte wie ein Kampf, widerte ihn an. Dem konnte er nicht verfallen.

Leise begann er zu summen. Eine Melodie, die ihm schon seit langem im Kopf herumging. Eine Melodie für ein Minnelied von Walther von der Vogelweide. „Unter der Linde, an der Heide“, sang er und nahm wieder einen Zug von seiner Zigarette. „Wo wir zu zweit in Liebe lagen. Da möget ihr finden gebrochene Blumen und Gras. Tandaradei.“

Dann atmete er noch einmal tief durch und kehrte um. Auf seinem Weg entlang des Holzsteges blickte er hinunter auf die Wasseroberfläche. Dort, nahe an einem Pfosten dümpelte der Schwan. Er war tot. Erwürgt von einer Angelschnur.

Eine sehr strenge semiotische Schule behauptet, dass es bei einem literarischen Text völliger Unfug sei, nach außertextuellen Referenten zu suchen. Tatsächlich wird kaum jemand nach der Lektüre eines Romans von Henning Mankell im Telefonbuch von Ystad die Adresse von Kurt Wallander nachschlagen, und nur wirklich gefährliche und irregeleitete Tolkien-Fans würden in Oxford eine archäologische Ausgrabung beginnen, um die Überreste der Wohnhöhle von Bilbo Baggins freizulegen.

Die Frage nach der Beziehung unserer gemeinsamen Wirklichkeit, oder was wir dafür halten, und den kleinen narrativen Welten der Erzählung und des Romans, beantwortet der russische Literaturwissenschaftler Jurij M. Lotman, indem er sagt, der literarische Text sei ein sekundäres modellbildendes System. Das scheint mir eine sehr schöne und treffende Formulierung. Handlung und Personen sind keine Abbildung unserer gemeinsamen Wirklichkeit. Denn ein Roman ist keine Reportage. Elemente der Wirklichkeit werden transferiert, modelliert und manchmal bis zur Kenntlichkeit entstellt, um ein sekundäres System, eine narrative Welt zu schaffen.

Im vorliegenden Fall haben Handlung und Personen dezidiert nichts mit dem real existierenden Villacher Fasching zu tun. Allein die Kulisse und die sich daraus ergebenden erzählerischen Möglichkeiten erschienen mir unwiderstehlich. In meinen Recherchen habe ich mich daher absichtlich nicht mit den Mitgliedern der Faschingsgilde beschäftigt. Ähnlichkeiten mit lebenden oder toten Personen wären also rein zufällig.

Meine Imagination hat eine narrative Welt hervorgebracht, ein Modell von Wirklichkeit, und wer sich darin wiederfindet, der hat eindeutig mehr Fantasie als ich und sollte sich vielleicht fragen, warum er glaubt, sich da hineinmanövriert zu haben.

Natürlich hegen narrative Welten Beziehungen zu anderen narrativen Welten, und hier ist der richtige Ort, um meine Dankesschuld abzustatten. Das Kurt Ostbahn Zitat im ersten Kapitel stammt aus dem Song „I hob an Glücksstern“, zuerst veröffentlicht auf „Saft und Kraft“, 1999, Label: Amadeo (Universal Music). Wie Kurtologen wissen, wurde der Song schon 1967 von William Bell und Booker T. Jones gecovert und avancierte in der Version von Albert King bald zu einem Welthit.

Bei den Minneliedern habe ich mir erlaubt, sie frei zu übersetzen und die Originale im Text zu unterschlagen. Das erste Gedicht in Kapitel 12 stammt im Original von Ulrich von Lichtenstein und stellt die letzte Strophe des Liedes 43 aus dem Frauenlob dar.

> Wolde got, sold ich ir hals, ir ougen,
> brüstel, kinne, wängel, munt
> mit ir guotem willen küssen tougen
> hundert tûsent tûsent stunt!
> manger giht, des waer mir alze vil,
> der mit wîben niht kan spiln der minne spil.

Die im 19. Kapitel zitierte Strophe stammt aus „Wol mich der stunde, daz ich si erkande“ (110,13) von Walther von der Vogelweide.

Ich hân den muot und die sinne gewendet
an die vil reinen, die lieben, die guoten.
Daz müez uns beiden wol werden volendet,
swes ich getar an ir hulde gemuoten.
Swaz ich zer werlde fröiden ie gewan,
daz hât ir schoene und ir güete gemachet
und ir rôter munt, der sô lieplîchen lachet.

Mein besonderer Dank gilt Hubert Neuwirth, der mich auf den Pfarrer aufmerksam gemacht hat, der Gottes Zorn auf ein Bordell herabwünschte und dann ganz erstaunt war, dass Gott auf ihn hörte.

Wie immer danke ich meiner Frau Ingrid, ohne die es dieses Buch nicht gäbe. Ihre kritische Lektüre, ihr unermüdliches Bemühen haben auch dieses Buch besser gemacht. Aber vor allem danke ich ihr dafür, dass sie meine Frau ist.

Danke auch an meine Tochter Anna, die immer noch viele Kilo Bücher zwischen Universitätsbibliothek und meinem Büro hin- und herschleppt und auch sonst immer da ist, wenn man sie braucht.

Wilhelm Kuehs
Der letzte Rock hat keine Taschen
Ein Kärnten-Krimi
304 Seiten, € 12.95
HAYMON taschenbuch 181
ISBN 978-3-7099-7804-7

Todessturz im Kärntner Hüttenberg: Ein Mönch verunglückt auf dem Gebetspfad des Tibet-Zentrums. Der Landeshauptmann und sein Pressesprecher befürchten schlechte Publicity und versuchen, die Angelegenheit als Unfall abzutun. Journalist Ernesto Valenti hat jedoch seine Zweifel. Rasch stößt er zum einen auf dubiose politische Verstrickungen, zum anderen auf mögliche Motive für einen Mord – und damit auch auf Tatverdächtige: ein Biobauer, ein Oligarch und eine Pfarrersköchin …

Wilhelm Kuehs spielt ein teuflisches Spiel mit Abgründen: jenen der Kärntner Landespolitik, jenen der menschlichen Seele und den ganz realen Abgründen der Alpen.